# 活着为了相爱

## 残酷战争下笃定一生的爱情誓言

MY DEAR BESSIE

[英]克里斯·巴克 [英]贝茜·摩尔——著 [英]西蒙·加菲尔德——编 张源——译

江苏凤凰文艺出版社
JIANGSU PHOENIX LITERATURE AND ART PUBLISHING

人类只有在纸上才能实现荣耀、美、真理、知识、美德和永恒的爱。

——萧伯纳

## 活着、相爱，
## 于他们而言已是不可思议的奇遇

1942年年底，英国人克里斯·巴克（Chris Barker）被派往北非担任信号员，为了度过黑暗的战争时日，他开始给老同事们写信，而贝茜·摩尔（Bessie Moore）温暖的回信照亮了他的生活，两人由此相爱。

尽管其间彼此没有见面，但通过书信建立的感情同样深厚，一年后两人便谈婚论嫁。二战结束后，两人结婚并共同养育了两个儿子。

两人的通信内容有趣真实，充满英式幽默和时代气息。其中500多封被保留下来，部分收入本书中，生动还原了两人平凡而伟大的爱情。

“一想到我们生活在同一个世界，而且你也爱着我，我就觉得无论有多少纷争苦难，我们的生活依然充满了生机与希望。”

CONTENTS

# 目录

# 前　言

1943年秋，一名来自北伦敦、名叫克里斯·巴克的29岁前邮局职员发现自己在利比亚海岸百无聊赖。他是前一年入伍的，此时服役于托布鲁克附近的英国皇家信号部队。他并没有看到太多战斗：晨练加一些杂务之后，他通常会去下棋、玩惠斯特牌，或者观看从英国定期运来的电影。他最大的担忧就是老鼠、跳蚤和苍蝇；战争在很大程度上像是只在别处发生的事情。

巴克自学成才，是一个书呆子。他吹嘘自己是队里的最佳辩手，同时还写了许多信。他写信给自己的家人和之前邮局的同事，以及一位名叫黛布的家族故友。1943年9月5日，那是一个星期天，他用一个小时的空闲时间给一位名叫贝茜·摩尔的女士写了一封信。贝茜之前也是邮局的柜员，现在是外交部的一名摩斯密码破译员。战争之前，他们曾经彼此通信讨论政治和联盟问题，以及各自的抱负和对未来的期望。但他们之间一直都是柏拉图式的友谊——贝茜当时跟一个叫尼克的男人约会，所以克里斯在从利比亚写给贝茜的第一封信里认为他们是情侣。贝茜几个星期后写了回信，然后差不多两个月才寄到，而这封回信将永远地改变他们的命运。

我们手里并没有这封信，但可以判断这封信肯定热情洋溢。到他们第三次互相通信的时候，显然两人心中都燃起了无法轻易扑灭的火焰。不到一年，这对情侣便开始谈婚论嫁了。但与此同时，他们也遇到了一些困难，比如不能真正地见面，或者准确记得对方的长相。后来还出现了许多其他阻碍：轰炸、被捕、疾病、可笑的误会、朋友的反对、对审查的恐惧等等。

他们之间的500多封信得以保存下来，本书精选出其中最动人、最令人感兴趣、最热情的部分。这是一次了不起的通信，不止是因为它记录了一段不屈不挠的爱情故事。信中毫无保留，现代读者会随着他们在无尽的渴望、欲望、恐惧、悔恨及毫不掩饰的真挚情感中潸然泪下。或许只有那些铁石心肠的人才会不承认在这热情洋溢的浪潮中找到了自己过去浪漫的影子。有些信稀松平常，但大部分都很幽默（我是说，对我们来说很幽默，而对他们来说显然很重要），而所有的信共同巧妙而优雅地触动我们。

这里的绝大多数信出自克里斯之手。为了节省行囊空间，同时避免别人窥视他们的亲密关系，贝茜的大多数信都被克里斯烧掉了。但每一页信里几乎都是她，克里斯回复她最近的观点，就仿佛他们在相邻的房间里交谈。我们带着看肥皂剧般的痴迷追他们的信，最大的反派就是战争本身，第二大反派是他们指责的那些使他们分开的人。随着克里斯从北非迁移至希腊和意大利的热点地区，邮政服务的不稳定性又成了一大烦恼，不过，通信竟然一直没有中断，也算是个奇迹了。我们为两人担心，他们越享受快乐，我们就越能预见到灾难。

从1943年9月的第一封信到1946年5月克里斯复员，克里斯和贝茜只见了两次面，他们的邮政浪漫描绘了一条断断续续却又十分扎实的弧线。他们的许多信都有好几页长，里面还有许多重复的内容，尤其是他们对爱情的渴望。克里斯偶尔会发表对工会制度、家族政治及世界普遍状态的长篇大论。为了展示一个逐渐展开且引人入胜的故事，我选择只保留那些最相关、最重要和最引人入胜的细节。因此，克里斯写的一些信并没有收入本书，而有一些也删减得只剩几段。

这两个人是谁？在遇见彼此之前，他们最关心的主要是什么？霍勒斯·克里斯托弗·巴克（父母称其为“霍尔”）出生于1914年1月12日，一直过着那个时期的艰苦生活。他的父亲是一名职业军人，在印度和美索不达米亚参加了第一次世界大战，后来成为一名邮递员（副业是清空公共电话亭里的硬币）。克里斯起初在夏威夷长大，后来去了北伦敦，然后是距离托特纳姆6公里的地方。14岁意外离开德雷顿公园学校后，班主任留下的报告里写道：“一个非常可靠的孩子、一个诚实守信又出色的工人”离开了，“他在校期间表现优异，是学校最优秀的孩子之一，所有功课都完成得很好，非常聪明”。

父亲为他在邮局寻了一份工作，可以想见，这是一个可以干一辈子的铁饭碗。克里斯最初在汇款单部门做室内信差，他在邮局培训学校取得了良好成绩，然后在伦敦东区找了一份柜员的工作。他的爱好是新闻和工会，经常在邮局的周刊专栏上将两者合二为一。他不是派对上的中心人物，但绝对是躲在角落里的一个可靠的人。

他显然不是卡萨诺瓦式的浪荡公子。

巴克一家在二战爆发前不久搬到了肯特布罗姆利的半独立“别墅”，克里斯一直在那里生活到1942年。他作为电传打字机操作员所接受的训练使他能够得到一个保留职位，后来，军队增援的需求在1942年先是将他带到了约克郡的训练营，然后又带往北非。

贝茜·艾琳·摩尔（家人和一些朋友称她蕾妮）出生于1913年

10 月 26 日，比她的哥哥威尔弗雷德小两岁，早年住在南伦敦的佩克姆拉伊( Peckham Rye )。她还有其他两个兄弟姐妹，但都不幸早夭。她的父亲叫威尔弗雷德，是邮局里的另一位“终身劳役者”。贝茜上中学时获得奖学金，以优异成绩通过考试，然后成为一名邮政电报员。她认为，可能没有什么比这个更值得、更充满人情味和多样性、致力于公共服务的工作。

1938 年，25 岁的贝茜随家人一起搬到布莱克希思。摩尔一家过着相对富裕的生活，定期去海边度假，而且经常光顾伦敦西区剧院。贝茜尤其喜欢萧伯纳和吉卜林的作品，而且爱好园艺和手工。二战爆发后不久，她接受的摩斯密码训练使她获得了一份在外交部破译截获的德国无线电信息的工作。她经历了闪电战，并承担放哨的职责，

克里斯·巴克于利比亚，1944 年

还志愿加入了空军妇女辅助队，直到 1942 年母亲去世。

我第一次看到克里斯和贝茜的信是在 2013 年 4 月。当时我正在创作我的书《书信的历史》（*To the Letter*），这本书主要是赞颂正在消失的书信艺术。然后，令人意外的是，我越来越意识到，我的书里缺少的正是信。更具体地说，缺少出自普通人而非名人之手的信。我一直在关注小普林尼、简·奥斯汀、特德·休斯、猫王埃尔维斯·普雷斯利，并且一直在和档案保管员谈论，历史学家们很快就得费劲地通过文本和推特（twitter）来记录我们的生活了。越来越清楚的一点是：这本书需要的是能够典型地表现书信改变普通人生活的实例。

后来，我突然交了一次好运。我曾向萨塞克斯大学大众观察档案室的管理员菲奥娜·卡里奇提起我的书，她非常信任我。后来，她提到最近新到了一大批关于一个叫克里斯·巴克的人的资料，一大堆箱子里装满了新闻报道、照片、文件，还有许多信——一堆发霉的终身珍藏。我立刻就去了档案室。在屋里看了 10 分钟后，我确定他与贝茜·摩尔的这些通信正是我要找的。不到一个小时，我几乎要落泪了。

这些文档的珍贵对第一个遇到它们的历史学家来说是显而易见的。他们所有的信几乎都是手写，有许多显然是匆忙之间痛苦地仓促完成。（通信是另一种我们如今已经完全丧失的乐趣，大家只需要看一看外皮上杂乱的邮票、题文和说明就会明白，这些信在途中并不顺利。）回来之后不久，我就跟负责在档案室里摆放文件的人聊了聊，请求在我的书里使用这些信。我当时顺口说了句，将来这些信可能也可以独立成书。得到允许后，我从 50 多万字的信件中选取了大约 2 万字，将其穿插在我已有的章节中。

几个月后，我的书出版，许多读者热心地询问关于克里斯和贝茜的故事。还有更多人说他们跳过了主要章节，就是想知道这对情人后来怎么样了。之后不久，克里斯和贝茜成为名为《书信生活》（*Letters Live*）的系列表演的主角，在表演中，本尼迪克特·康伯巴奇、路易斯·布里利、丽莎·德万、凯莉·福克斯、帕特里克·肯尼迪和大卫·尼克尔斯的精彩演绎更是为他们赢得了更多粉丝。因此，我可以真诚地说，应大众要求，这里是关于他们的故事的更完整描述。

从他们的交流中，我们可以学到什么？首先，书信所赋予的极大的亲密性是任何其他东西都比不了的。宏大的历史没有时间去关注繁多兵舍里的恼人细节，或是战时不幸的购物行为，更不用说低等战斗人员的默默奉献。但除了大冒险之外，最让我们揪心的是这些偶发事件：电影中拉金式的失望；前同伴因嫉妒而含沙射影；引领时尚的灯芯绒裤子；渐渐深入灵魂的艰苦；法国的雷雨导致的邮政延误可能会让一个人非常担心。

其次，他们在信中表现出来的热情比本人更胜。克里斯一次次提到后悔在两人中间见面时，自己结结巴巴、词不达意。他们生动的表达可能在一定程度上缓解了那种决然的凄凉（“我们支了个帐篷。我们把帐篷拆了。”战争结束时，背负着那些年所有荒废的岁月，克里斯这样写道）。

我确信在未来几年里，我们会惊奇又开心地读着这些信。这里既有一些奇闻逸事，也有一些日常琐事。克里斯和贝茜为之献身的邮政服务最终回报了他们——以及我们。在他们书信通情的许多年后，这对情侣一直活着讲述他们的故事。但他们从来没有这样讲过。

这里面最吸引我的一点就是没有英雄。我们的书信是脆弱的、恐惧的，有时甚至是充满遗憾的。他们经常责备自己的思想和行为。但很难想象还有比这更直接、更天真、更漫无边际、更完全坦诚的

14232134 SIGMN. BARKER H.C. [illegible]
[illegible] C COY. AIR FORMATION SIGNALS, CMF
No. 1 ([illegible]) 24.1.45

My dear Bessie,

Technically this is my second day of freedom though I have only just got off the truck which has carried Bill and myself through the old Greek mountains over tracks that once were roads, and now with the [illegible], are becoming [illegible]. The most [illegible] journey of my life. Now the [illegible] hands of the British Army are [illegible] we are as comfortable as possible.

The great worry of my non arriving letters probably cannot be effaced from your system. I must have added many grey hairs to those you have already. But you can stop worrying now, and get drunk tonight with easy conscience (I have happily gulped the rum issues since I was released).

Will write you very fully later. Use the usual address, and be sure I shall write as often as I am able.

Our future moves are a matter of conjecture. Most of the optimists think we will be coming home. If you think we should there is nothing to stop you writing to the Prime Minister suggesting our return to allay relatives' anxiety. Verb sap.

Forgive this note. I hope you are well and undisturbed by aerial terrors.

Ever yours,
[illegible]

交流。当战争还在继续时，这对情侣制造了他们自己的骚动。当弹火满天飞时，他们自己的骚动成了活下去的更强大的理由。我想说的是，虽然在丘吉尔的大演讲中并没有宣布，但我们是为克里斯和贝茜这样的人而战。与其说是为了阳光普照的英国牧场，不如说是为了让相爱的人们在牧场上团聚的自由。

# 01

# 旧日朋友怎能相忘

## 1943年9月5日

14232134信号员H.C.巴克，基地仓库，皇家信号军团，驻中东部队

【托布鲁克，北非】

亲爱的贝茜：

“旧日朋友怎能相忘？”我早就想给你和尼克写信了，但一直没写，实在是令我良心难安。现在，我要介绍一下自从我5个月前到达这里后的行踪了，同时还有一两句其他评论，根据大不列颠人民的战时饮食或者你不同的早餐内容，这些评论可能会让你恍然大悟、乐不可支或者烦躁不安。

来的路上，一位信号官关于“安全”的建议是：保持肠道畅通，闭上嘴巴。但中途离船港的那些民众们似乎压根儿就没听见。不管在哪里，他们都会挥动着米字旗，神秘兮兮地比个“V”字手，高呼“万岁”！

军队在船上的表现简直糟透了。他们大喊大叫、推推搡搡，还随心所欲地偷东西。我大概丢了十几件装备，不过大部分都在下船的时候从那些丢三落四的家伙们那儿补回来了，他们当初买这些东西也不过是为了好玩。但我的刮胡刀除外。我本来把刮胡刀放在了架子上，转身拿个毛巾准备擦擦的工夫它就不见了。

我们离船上岸的安排非常完美，坐了一段不算很不舒服的火车后，我们就被带到了上面的地址。我本来以为会停在一个沙堆上，

然后被告知那就是我们的“家”。但仓库非常漂亮，四周环绕着松树和桉树，许多灌溉过的土花园穿插其中，花园里生长着桂竹香、雏菊等等。水是从水龙头里出来的，而且大家都坐着吃饭。这里还有一处教堂小屋，非常安静，也没有苍蝇，还有藏了许多好书的皇家教育训练部队小屋、非常不错的 NAAFI[1]（到目前为止，这些专制制度还是挺不错的），以及一家电影院。

稍微远一点的地方是义工经营的帐篷，里面供应各种点心（不是直接丢过来），价格公道，还有休息室、图书馆、写作室、游戏室和户外剧场。户外剧场每周上映一次免费电影，还举办音乐会。大家一个晚上听讲座，另一个晚上打桥牌和惠斯特牌，还有一个晚上欣赏更“高大上”的音乐剧。

我一到这里，哥哥就在他的部队里替我申请了职位。在基地过了两个月这样的生活后，我踏上了去投奔他的疲惫而又有趣的旅程。这是我们分别 26 个月后的首次相见，我们愉快地聊起家乡，聊起那里发生的那些事——The Rows 商业街以及人们的喜悦之情——晚上，我们穿过沙地葡萄园，在湛蓝的海水中畅游。

从离开邮局培训学校到现在已经 12 年了，我很少真正地休息。要么就真的在柜台上，要么就在做一些工会工作。就算我真的放松了，也不会放松太久，因为我会感到愧疚。自从加入（或者说被迫加入）英国军队，我已经享受了太多悠闲时光，大部分时间我都花在了阅读和写作上。

哦，对了，金字塔！我已经看过了，也坐过了。我不禁想，这

① 英国海陆空三军合作社（Navy, Army and Air Force Institutes）：社交俱乐部和综合商店。

真是工会制度的伟大案例！在这些大建筑物的崛起过程中，有多少心存不甘的奴隶死于苦役？可是，与大自然自身的那些高山大川相比，这些建筑又是多么的渺小！

我还去了开罗动物园，非常开心有两个在美国使团上学的年轻埃及人作陪，他们让我过得非常开心。把北极熊（这么高贵的生物）放在这样的环境里真是太残忍了，只要让它在冷水里泡 10 秒钟它就会任你宰割！

抱歉写成这样，不过毕竟是我写的，对吧！希望你过得不错。

祝一切顺利，贝茜。

克里斯

## 1943 年 12 月 14 日

亲爱的贝茜：

我于昨日收到你 10 月 20 日寄出的平邮信，我像读一位老友的来信一样热切地读完了它。虽然时光变迁，但你的风格一如往昔，就像当年我们极度热烈而又极度真诚地讨论《社会主义》和《其他》（*the Rest of It*）[①] 的通信一样，不像现在（我就是个招摇撞骗的伪君子），《其他》似乎越来越有吸引力。谢谢你的来信，老朋友。这封信我会空邮，因为里面的内容实在太沉闷了，足以把商船压沉。

我记得我们讨论过“熟人”这个词，我的观点仍然是“赞成”，就像你仍然表示“反对”。我大概有 100 个熟人（写信的有 50 个），

① 译注：历史学家、剧作家和同志权利活动家马丁·杜伯曼（Martin Duberman）的自传。

但朋友一只手就能数过来。词典释义：

熟人：认识的人。朋友：因喜欢和尊重而依赖的人。

我认识你，虽然我喜欢你，但并不依赖你。

很遗憾听说你和尼克“已经不是从前”了（按照你的说法），因为他缺乏勇气令你浪费了太多时间。那段日子一定很难挨，我真的很同情你——不过，你确定你的信没寄错人吗？我敢说：是的，没错！琼几个月前跟我“摊牌”了，不过从4月份收到第一封信起，我就知道会是这个结果。

我非常相信你所说的离开伦敦的士兵们让那一刻更加荣耀。你能够理解有些人先休三四天的假，然后奔赴前线，血染疆场，但不幸的是，更多的人在基地做着很舒服的工作，一身坏毛病。在基地的时候，我们的夜间通行证上印着这样的禁令：“禁止进入妓院。禁止召妓。”取通行证的地方有一个大牌子，上面写着：“不要冒险，要刺激请找——卫生员。”军队宣传的重点是“小心谨慎”，就连那个可怜的随军牧师瑟斯克在向我们道别时说的都是：绝大多数外国女人都有病，你们一定要小心。

在金字塔上，我找了一个具有预防效果的地方坐下，我觉得这真是古典与现代的完美组合！要是有人跟你说金字塔会告诉你时间，那肯定是在逗你。这里没有任何钢铁，也没有使用任何起重机或滑轮。唯一的工具就是绳子和杠杆。金字塔的崛起要归功于超一流的组织管理、血肉、劳动号子，以及人类劳动的所有其他相关内容。

我沿着颠簸的沙漠公路一路返回，很快就遇到了我哥哥，然后成功说服他转到我的部门。我们住在同一顶帐篷里，这种情况真是太适合我们了。我们谈论一切琐事，一起愉快地回忆往昔。

最近下雨比较多，在宽阔的平地上形成了一个人工湖。现在，我们已经在原来只有沙子的地方种上了草和一些小花，把这块地专门开辟成了小花园。闲的时候，我和伯特大部分时间都在下棋，棋是我们用电线和扫帚把做的。营地周围有几只狗，除此之外别无他物。没有平民。我们养了两头猪准备圣诞节宰了吃，哦，可怜的家伙们！不过我相信，那头“妻管严”的公猪肯定早就给了母猪一些暂时缓刑的希望。

希望你能经常收到哥哥的信，祝你和你的爸爸身体健康！

真诚祝福，克里斯

## 1944 年 2 月 21 日

亲爱的贝茜：

我已于 1944 年 2 月 7 日收到你 1 月 1 日的来信，自从收到你的信后，我一直在酝酿着给你来一个漂亮的回复，但总觉得自己像个穿着军靴的芭蕾舞女演员一样笨拙，虽然明知道无论足尖旋转做成什么样，忠诚的粉丝们都会鼓掌。我可能会一直抱着你，直到你自己掉下去！你那没有底线的“阿谀奉承”令我很受用！是的，我可能会抱你——这跟这里非常缺女人没有任何关系，主要是表达我非常开心你能看到其他人极少看到的我的优良品质，其实我真的没有那么好。我必须承认，你的过分热情令我忘记了“熟人”这个词，我意识到我们的交流中出现了一种新氛围，这种氛围也是你需要看到的。

坦白说，家乡的来信有时候会包含一些古怪的声明。以我自己的一封信为例，我告诉他们我给你写了第一封信。然后他们回了一份天气预报：“或许她会等你回来。”当然，我并没有这样想，不过你最近的来信我自然是没有告诉任何人，包括我哥哥。自从第一次遇到那个女实习生起，我就发现自己很享受每次小插曲开场时的那种鬼鬼祟祟、否认、躲闪。我能看出我绝对是一个安静的花花公子，而且我想警告自己：如果你不小心一点，肯定会以吵闹折磨收场。我还没有经历过什么“失落”。作为朋友，我开始喜欢你了，我希望写信能继续作为我们的约会方式。

不过我觉得，我给你写得越多，你就越不满意。希望你不要认为我只是将你的信视为一种安慰。在读你的信时，我也会大喊大叫，也会笑出声来。你会发现这种行为是情不自禁的。当你想要自然一点时，反而就不自然了。如果你明白我在说什么，你应该知道你已经让我有点“刻意”了。要是我没能令你印象深刻，我就会生气。

你说你的脑子就是一个杂乱的垃圾桶，你年轻时就想要改变的愿望一直没有实现。恭喜你把垃圾扔进了桶里，我的垃圾都堆成山了。我都不记得自己年轻时有过很多愿望（不过我确实记得玛德琳·卡罗尔是其中之一）。我很高兴你赞同我不透露我们往来信件内容的想法，这样会更令人满意，我们可以通过这种不同寻常的关系中所隐含的“秘密”理解使得彼此更熟悉。

你说我竟然对女性如此无知，这太奇怪了。我认为自己总能在看到诡计时识破它，而且我认为无论在任何重要的方面，女性与男性都没有本质区别。如果我真的把我所知道的都写下来，那我必须承认，许多同性的行为经常令我感到困惑，有时候我对自己也非常好奇。当然，我不会在性话题的迷宫里说长道短。如果那样，我得多无聊啊，我神秘的贝茜！

抱歉我的棋、花园和猪让你觉得有点“想哭”。你的眼泪最好还是留给超大的甲壳虫，还有小到可怕却讨厌至极的跳蚤吧。我很高兴有了床单，跟粗糙的军毯相比，皮肤贴着床单可舒服多了。晚上，要是跳蚤太活跃，我的疯狂诅咒镇不住它们，我就会拿起床单，光着身子走到外面，在极冷的黑夜里翻转抖动床单。然后重新回到床上，抓着床单紧紧裹住身体，把那些烦人的入侵者们挡在外面。最近几个月就温度来说已经非常舒服了，跳蚤也不多见了。我期盼着夏季快些到来。

军士长通常是那种粗鲁、喜欢咆哮、愤怒多于悲伤的家伙，但我们的军士长对我们好得不能再好，就像父亲一样。他比军营里的任何人干活都多，总是请求我们做事，从来不会命令我们。他是3个月前来到这里的，当时我们有且只有一个脏脏的帐篷可以在里面吃饭。从那之后，我们已经逐渐添加了更多帐篷；许多窗户和桌子；混凝土地面的休息帐篷；几十种游戏、每周一次的定期惠斯特牌比赛、一个小图书馆。之前我们只能在帐篷里用小汽油桶洗澡。现在我们去镇上淋浴，路上要走60公里。如果这就是军队的话——呃，还不错。

圣诞节过得非常愉快，因为离家还不算太久，我没有感受到分离的痛苦。昨天晚上我真的梦到妈妈了，她在梦里喊着我的名字，我突然惊醒，听到哥哥迷迷糊糊地在喊："霍尔！"（我在家里的名字）好像在说轮到我第一个冒着清晨的冷风——你猜去干吗？——打剃须水了。

最近，我们晚上的娱乐活动开展得非常顺利。我们连续5天举办了手风琴乐队和音乐会晚会，真的是又好又干净；一次英国皇家空军音乐会，制造了一些垃圾，听到了很多讥讽；还有一次ENSA[①]秀，

① 全国娱乐服务协会（Entertainments National Service Association）：军队很快将其更名为"每夜惊魂"（Every Night Something Awful）。

播放流行经典音乐的“音乐制作人们”，我们度过了一个非常美好的夜晚，不过，因为没有“大腿”秀，观众越来越少。我们每周六会看一次户外电影，无论天气如何。观众们（前排）坐在汽油桶上，过道上的则坐在车顶上，为了这每周仅有的一次放映，许多人都是从几公里外赶来的。我曾经为此裹着防潮布坐在倾盆大雨中。我也曾经坐在狂风中，真真切切地被大风吹倒，而芭芭拉·斯坦威克[《女伟人》（*The Great Man's Lady*）里的角色——皮肤是浅黑色]也在某种意义上击中了我。我们很严肃地对待娱乐，每次看电影的时候，虽然我总是想起里根公园的露天剧场，但当我们坐在灯光明亮的草坪上看《仲夏夜之梦》时，战前探照灯的灯光就在我们头顶的天空中飞舞。

我没有去过开罗的商业电影院——想到坐在15皮阿斯特的座位上有人过来乞讨，我就有点害怕（虽然他们告诉我这种情况不常发生）。

乔治·福姆自从来到这儿之后说了很多话，但对游览车后面丢了10瓶啤酒的事只字未提（在公开场合）。因为那酒被当时跟我在一起的几个家伙顺来喝掉了，所以我知道！

我刚刚第一次“被指控”（犯罪）了，因为来复枪太脏，跟包括我哥哥在内的其他8个人一起被抓住了。这通常是严重违规行为，而且非常容易被陷害。幸运的是我们只受到“训诫”，跟邮局的“轻微违规”差不多，3个月之后就会从记录里抹掉。被“审问”跟上法庭差不多，只是没有人戴假发。我在军队的违规行为方面一直非常走运，都是些投机行为，没有被抓到很多次。

就这一点来说，我们的指挥官还不错，就是太“浮夸”；他有一根比赛棍，几天前，他坐在上面看足球赛，结果——断了。我们队都想停下比赛先笑一会儿。

考虑一下我之前说的关于“回来”的事，不过我还是想让你过得充实，坦率，快乐。千万不要对我进行病理解剖。告诉我你的想法。如果你要求，我可以变回那个狂呼乱叫的巴克。

最美好的祝福，你的朋友克里斯

## 1944年2月27日

亲爱的贝茜：

信走得实在是太慢了，我非常急切地想要与你保持良好关系，所以我决定要更频繁地给你写信，不管是否收到回信，直到我发觉你失去兴趣，或是我们目前愉快的关系似乎不再愉快。

说到我们的猪——昨天是男的（公猪）被送去屠宰场的日子。我们五六个人详细规划好了分别应该抓住那个脏脏的、不幸的庞然大物的哪个部位，同时一个对猪了如指掌的家伙拿了一个水桶牢牢地套住那头可怜的猪的头和鼻子。一开始，我被派去抓猪的右耳朵，但在混战中，我发现自己抓住的是右腿。我死死地抓着那条腿把猪拖出猪栏，在剧烈的挣扎和最悲惨的尖叫中把它高高举起，和其他人一起把它扔到卡车上，那辆车将成为它的灵车。那天下午，它便接受了自己的宿命。今天早上离开餐厅的时候，我看到它的舌头、心、肝和腿都挂在厨房屋顶上。它死的时候重量只有原来的一半，我曾经动摇过到底要不要吃它。不过现在已经不会了。我当然还是忍不住要吃掉那个可怜的家伙。母猪还活着，它的肚子看起来又大又圆，再有3周它就要当妈妈了。我想我们肯定会在适当的时候吃掉它的后代。

最近我申请了“非洲之星”，这里的大多数人都戴着这个。我刚听说我也能有一个。要知道我是 4 月 16 日抵达的，战争 5 月 12 日就结束了，你看得个奖章多容易！所谓的表彰英勇的奖也发得很频繁。

我的父亲——一位彻底的帝国主义者——会很高兴地吹嘘他两个得奖章的儿子，这两枚奖章会跟他的一起——一共 8 枚——光彩熠熠地挂在他心头，不过说实话，他最危险的经历也就是莱迪史密斯战役了。自从开战以来，父亲就把奖章绶带挂在了大多数外套和腰带上，出门买东西都要全挂起来到处炫耀！母亲因为没有板油而恸哭。父亲带了珍贵的半磅回来，是从一个有奖章情结的店主那儿弄的。我可以告诉你许多关于我父亲的事，他犯过很多错，但他最珍贵的美德就是一切为了家庭，无论对错。

我刚看了一本企鹅的书，《生活在城市》（*Living in Cities*），里面非常有趣地提出了一些战后建筑的原则。我总是在想，与生活在罗斯伯里大道或贝思纳尔绿地路并在那里死去的人相比，城郊居民的生活是多么富足，但那些人也很快乐，因为他们从来都不知道自己错过了什么。

我看到有一条给新家的建议是要有一个嵌入式书架，或者专门放书架的地方，我觉得这确实是个好主意。在离家的这段不算长的日子里，我总是为一些破旧的书卷叹息。我随身携带了一本地图集、一本词典、一本梭罗的《瓦尔登湖》（瞥过几眼——这是一部哲学书）、《R.L. 史蒂文森选集》以及豪斯曼的《什罗普郡少年》。

还记得我们一起参加竞选活动的时候吗？是在帕特尼吗？要是我最近在阿克顿，我会很喜欢那里的生活，因为我在当地的报纸上看到，一名候选人（后来退出了）戴着一顶钢盔到处走，上面贴满了标语，还有一张大通告建议选举者们去买土豆藏在床底下。1935年你投票了吗（我投了）？结果如何？或许我们可以一起搞点战后游说？

加油，朋友。

克里斯

## 1944年3月6日

亲爱的贝茜：

如果我上封信刚到一周又开始写另一封信，希望我不会为自己的仓皇狼狈而感到羞愧。我不敢说发生了什么特别的事情（谢天谢地，实际上，什么也没发生），不过，我有好多事情想告诉你，我的红颜知己，我需要很长时间才能将我的想法、故事，彻底向你倾诉（我希望这对我们俩来说都是件愉快的事）。

我刚看完电影回来，就在流动车上，斜坡底下是屏幕，上面是放映机，观众坐在下面。今晚过得还不赖。两卷6个月前的新闻，还有《少女的烦恼》（*Girl Trouble*），唐·阿米契和琼·贝内特主演的，电影非常有趣，我很喜欢里面有些睿智的小对话。

今天下午我快睡着的时候，军士长把我叫醒（虽然我抗议说晚上还要值夜班），告诉我必须在下午3点钟去写一篇关于ABCA（陆军时事局）拼字比赛的报道。我去后建议放弃比赛，改为讨论“战时罢工”，于是我们就真的开始讨论罢工，而且讨论得热火朝天。很多时候非常奇怪的一点是，很少有人能在公开场合说什么有影响力的话。但我所谓的“能说会道”总是得到称赞，并且备受我的同伴们仰望。

我本来打算看完电影后直接去看另一场闹剧——《埃及邮报》，这是我们每天都看的报纸，还有《埃及公报》，就是《邮报》的晚报版（这个我们没有）和周日版。我附上了几份复印件，好让你明白这是些什么旧新闻和垃圾英国新闻的大杂烩。上面错字连篇，而且非常不可信。新闻文不对题，与其说提供信息，不如说搞笑的成分更多。上面一会儿说阿迦汗[①]在赛马比赛中获得了第四名，一会儿又说萨默塞特在板球比赛中打成了 1301：7。

用每周免费发的 50 根烟去换鸡蛋对于我们来说是很正常的事，10 根烟可以换 1 个鸡蛋。我们还会发 2 盒火柴；1 盒火柴也可以换 1 个鸡蛋。我们周围住的阿拉伯人并不多，但在其他地方，40 根烟可以换 1 只活鸡。那些鸡可能看着瘦骨嶙峋的，但他们告诉我真的很好吃。当然，与阿拉伯人的一切交易都是被严令禁止的，但这并不影响交易进行。

现在我得走了。这几天我都得好好思索一番，因为今晚有个任务是反对“那个女人的地方就是家”的行为，这是我在这里促成的几场辩论的第一场。我非常期待。感觉就像回到了从前！

一如既往的美好祝福。

克里斯

## 1944 年 3 月 13 日

亲爱的贝茜：

最近空邮好像特别特别快，你 1944 年 3 月 5 日的明信片几个小

---

① 译注：伊斯兰教伊斯玛仪派尼扎尔支派王朝的世袭称号。

时前就已经到达迫不及待的我的手中了。你一定要多寄明信片，别管花多少钱，因为要是你的海邮有一丁点跟明信片一样的话，我应该不出几个星期就要给你写诗了。

我的直率对你似乎并不是毫无影响。你在那里（我本来想写“你在这里”，但残酷的地理位置刺痛了我）已经准备好，甚至迫不及待地想要回到七八年前的阿比伍德。距离如何产生美，失望如何粉饰景象，只有事实能够证明。但我警告你，不要指望我做任何“荣耀之事”，并且祈求你注意，在我过去的“风流韵事”中，我并没有做任何龌龊之事。如果你满怀希望、心甘情愿、充满期待，那恐怕要事与愿违了，因为我承认，我自己在未来不太可能拥有比扮演流氓、无赖或浪子（虽然要乐观得多）娱乐大众更大的能力。所以，对于这一点就不要再胡乱揣测了。——邀请我给你换英镑的时候，你肯定是本着“犯错之后无法纠正”的态度，而我很高兴给你 19 镑 6 先令，还有一个假工人头[①]，你肯定非常乐意接受。我希望你明白我的用意。委婉语实在是令人既紧张又兴奋。

继续说说你自己吧。我保证一定会对你温柔点的。

无论男人对于其本身与事物而非与人（稍后我会写信详谈）的真实关系如何，让我们考虑下我们自己：我的《军事簿》上写着我出生于 1914 年 1 月 12 日，在入伍时我信奉英国国教；身高 180 厘米，体重 130 斤，最大胸围 92 厘米；肤色：健康；眼睛：蓝色；头发：棕色！（上面没说我快秃顶了，但这个可怕的事实是真的！）

我很高兴寄给你的上一封信令你的精神像乘着火箭一样急速飙升。但千万不要忘记 11 月 5 日，当那些火箭结束在天上的荣光

---

① 6 先令。

时发生了什么。它们坠落到地球上，平坦如饼，所以不要试图当另一场“被刺破的浪漫”中主角的替补；虽然我是个老（30岁的）伪君子，但你说你发现我“非常令人满意”的时候，我还是忍不住想象你真的说出这句话时的样子。但这一切都很顽皮，很有我克里斯的风格。

现在你可以狂喜了，我会再读一遍你的信；再给你写更多的信；并且考虑有“你”的未来。

克里斯

## 1944年3月14日

亲爱的贝茜：

没想到我的空邮这么快，很高兴你应该已经收到了，而且很可能已经花了一些时间看。此时此刻，毫无疑问我们俩都处于相同的互相赞许的情绪中，而且如果我们能看到彼此的笑容，我们肯定会做得更多。当然，或许我们之间相隔的安全距离允许我们沉浸在这些愉快的进展中。如果知道此时播下的种子早就可以收割了，或许我们反而会仓皇退回壳里去。如果能听你亲口说你写下的那些美好的事，我极有可能会跑到另一个星球上去。可是我真的好喜欢你，知道你真的理解我在写什么这一点令我非常开心，就在刚才我还说，如果全世界都聋了，我想知道马可尼在他发明电报的第二天会做什么。

如果有机会，我可能会为你做许多事情，也可能什么也不做。实际上，我会保持十分礼貌且尽可能地友好，而不会承担我没有意愿去完成的职责。我已经很长时间没有言行失检了，但与此同时，我希望你能严肃地明白，虽然以后我们可能会很愉快（当然，此刻我可能开怀大笑！），但最终你可能不会觉得那么好笑。我控制不住要当你的英雄——在你清楚、赤裸裸的允许下深深地、得意地呼吸；但请不要让我在 1946 年或 1947 年数着“1、2、3 或更多”的时候伤你的心。如果我够聪明，就不会写信给你，也不会令你心烦意乱。当我一遍遍阅读你写下的字时，会进入一种闪闪发光的、危险的兴奋状态。你令我着迷又令我清醒，让我觉得自己更有力量。可能你早些时候也写过相同的话（我之前的一封信里说过，我连信都弄不清楚），我是不是太容易相信别人的奉承了？或者这一变化是因为我已经离家 14 个月，过去 6 个月都没见过女人（除了舞台上的 4 个）？

如果可以让你快乐的话，请不要做一个崇拜男人的人，或者崇拜任何东西的人。据说从感情上来说，男人和女人最主要的区别在于，女人总是忠诚于一个男人，而男人的注意力却总是四处游荡。这个关于性别的话题是除生存本能外最重要的话题，因为没有人能不为之所动，我们总是被它控制。

你在明信片里说“很遗憾地承认我是个女人”，后来又说“原谅我如此女性化”——但是，你当时是因为女性的事情生气，丝毫不感到遗憾也丝毫不期望得到原谅。你知道我是男人，而且一旦关注我，你除了女人什么也不想做。你想让旧日英雄做你的新恋人。

真遗憾他们给我的是明年夏天用的蚊帐，而不是一张回家的机票。我在 1944 年 3 月 13 日午夜写下这些特殊的文字——要是有那么一两个人愿意配合的话，我可以在 14 日早上与你共进早餐。可能有点晚了，不过没关系。我在这里回想我上次见你是什么时候，还有你的样子。我有个主意，我希望可以确认一下我的个人调查。你还抽烟吗？——这习惯可不好。

你这样充满期待、心甘情愿、温顺体贴，让我似乎发现了全新的你。我发现你非常温暖诱人。此刻，我为我们之间的亲密而感到欣喜。我简单地沉迷于你友好的情感，那种热忱让我觉得几个大洋和大陆根本无法将我们分隔。你已经粉碎了我周围的屏障，我难以平复，在我写信的时候，我的脸颊发红且烫得厉害。当我给你写完一封信的时候，我立刻就想再写一封，就像今天这样。我希望经常有一些东西可以评论，而不是自己发起讨论。我知道这种表达和理解的奇怪统一难以持久，因为我觉得自己真的好像成了你的信徒一般，这种感觉迟早会逐渐消失。你说“这是美好友谊的开始”。

你真的是一个特别会用信谈恋爱的人。我能明白但又很好奇，你那柔软、温暖的身体里究竟住了一个怎样的你。我必须防止在写完一封完整的信之前流口水，不管这封信对你我来说多么诱人，我必须假装要告诉你我们军营里的所有事。比如说，“珍妮”有了7只小狗崽，为了让它活得更好，其中2只已经被淹死了。它是周五生的，周一就到处跑着追赶它的“眼中钉”——老鼠点心。另一位妈妈，就是那头母猪，连动一动的力气都没有了。很快它将迎来至少8个小猪仔。周六的电影跟我之前描述的前两周的电影一样幼稚（还好我值班）——《星星照耀德州》。《关山飞渡》式的抢劫，还有手枪决斗。我们真是觉得越来越烦了。

说完这句话，我就可以回到我们令人兴奋的新关系了，持续时令人满心欢喜，结束时令人扼腕叹息。我“一切为了你，亲爱的”，在这里想着围绕在你身边，奢侈地享受一小会儿，想着能拥抱你的日子就那么令人沉迷地、自然地在未来等着我们。

克里斯

## 1944年3月15日

亲爱的贝茜：

我猜这里的春对于年轻人的浪漫幻想有着跟故乡一样的作用，因为我13号给你寄了张明信片，14号寄了封空邮，现在，连续第三天，我的笔再次在纸上宣泄我奔涌的思绪，这些思绪里都是你和关于你的一切。不幸的是，我们每周只有一个绿信封和一张明信片，而且明信片还要在部队接受审查，所以不适合我用。我们每个月只有一张这种明信片，而现在我3天就用了2个月的量。你父亲对你的那几封信有什么看法？请你一定要告诉我现在给我写信的还是你，而不是爱丽丝、克里夫或者其他什么人？

看在上帝的分儿上，请忽略所有我说过的不太讨人喜欢的话。我这是发烧了，每次一想到你，我就会浑身发热，失去理智，这个病发作得越来越频繁了。这是不理智的、不合理的、荒谬愚蠢的。我绝望地陷入对你的思念——我上次见你是什么时候来着？不过我已经收到了你的信——这令人拍手叫好、心悦诚服、神清气爽。我感觉自己像个国王。几年前我对你可能有些误会，所以我迫不及待地想要弥补——不过，纵然我的喜爱之情和冲动难以抑制地流露，但我并不能真正地冲向你。

今晚我要在“那个女人的地方就是家”的辩论会上发言15分钟。此刻我本来应该在想要说什么、怎么说，但现在我却在这里不管不顾地向你袒露我澎湃的心潮。就目前来说，我的思绪已经完全“飘”到了同在这个世界上的你那里。你在明信片里说，男人没有女人那么感性。但至少我跟你是一样感性的。我沉迷于你的情感，并且百分百地回馈。管它是什么原因，管它是什么时候，此刻，你拥有我。理性一点，这些我都不应该说出来，以避免你后期失望。但我就是做不到。

在收到你的第一封信之前，我过得还不赖。我很理智、客观。但现在你控制了我的耳朵——所以我也必须献上我的心！袒露这一切毫无疑问是错的，而且当然是不谨慎的，未来你一定会笑我，说我这样不过是形势所迫。但我不是。我一直在查我的日记，看你多久能收到我的信，心里想着我多久能收到你的信。我感觉你肯定也在这样做，并且分担我的忧愁。我多想把手伸向你、触碰你。我知道你会鼓励我的。我发现你特别美好，让我开心，让我激动，令我着迷。不过就像我之前说的，请忽略春天这种单纯的冲动。我今天可能说得非常认真，但对于这种事情，明天才是重要的，在漫长的明天，我肯定十几次地想撤回这些话。现在是一个真正理智的结尾，我坐在这里，脸颊发烫、心怀希望地等待着你，就像你在等待我一样。

我只是个可怜的罪人！

克里斯

## 1944年3月19日

亲爱的贝茜：

再次向你问好，这4天写了4封信——而且真的想每天写4封。虽然愚蠢可笑，但因为我满脑子都是你，一直都很激动，所以我要听从奥斯卡·王尔德的建议：“抵抗诱惑的唯一方式就是屈服于诱惑。”真的，你应该回复我说我是个混蛋，你已经够善良了，在我想把我的信吃掉之前烧了它们。但我非常确定你不会，而且你几乎一定是得了同样的病，像我想你这样想着我。

对于阿比伍德和错过的那次机会，我想说很遗憾。我希望你说我离你那么远，你很难过，你非常欢迎我，并且以我现在这种受影响的状态为傲。我警告你，我的感情可能是一时的。我没法说我爱你，因为明天我可能会为此后悔。

不要告诉我任何你没有感觉到的事。而对于你感觉到的，请把一切都告诉我。抛开尊严和谨慎，睿智地活。在不会被审查的信里（比如这一封），告诉我你在想什么。你令我开心、令我激动、令我兴奋。我想要触摸你、感受你、拥有你。

现在要开始没有人情味的部分了：辩论会开得还行。大家都到齐了，一共 40 个人。正方是个很好看的家伙，一个苏格兰信号员。正方二辩是个陆军少校，我们这边是个中尉，非常不错的家伙，也是苏格兰人。我已经听说过对手是个很能说的人，而且也想过自己会不会输。其实我根本不用怀疑。他把演讲稿逐字逐句地写下来，然后拿着直接照着念。我记性不好，而且现在不知道怎么回事，我更关心你那边的可能性。在对手可以说是非常糟糕的演说过后，我直接站起来侃侃而谈。我想让他们笑的时候他们就大笑。一切尽在我的掌控之中。15 分钟到了的时候我被迫停下了，否则我能说 50 分钟。想象一下我多风光吧——我无疑是这里最好的辩手。之后——我们在辩论中占据了绝对优势——投票结果是 35（赞成）：5（反对）。换言之，人内心深处的成见并不会因为辩论而动摇。

今天下午我去了我们的医院，医院离这儿大约 20 公里。几百公里外的一个交易站里有一个声音非常尖的家伙，就像个长舌妇一样。我好几天没听到他的消息了，一打听，说是被手榴弹炸伤了。所以我觉得应该去看看他，给他打打气。他很幸运，只是被弹片的火星烧得有点厉害。手指啊，手啊都还在。据说他有 17 岁，但看上去也就 15 岁。我搭了个便车（这边的路上有一种非常好的“出租车”

精神），乘坐一辆送天花病人去医院的卡车到了那里。我希望自己千万不要得天花！

回到军营，我发现了一只乌龟，身长不超过 8 厘米。我把它放在草绿色罐子里，准备拿给我哥哥看。它困在里面，徒劳地挣扎了 3 个小时想要爬出来。我哥哥看完后我就把它放走了。有一阵，我们俩互相差遣对方用擦不掉的笔在它背上写“巴克”！有一个可怕的想法是，这附近的许多甲虫都跟这只乌龟一样大。

我相信你会温柔地、宽容地接待我，不会让我受到第三者的嘲笑，在我内心的风暴平息后，让我安静地离开。

克里斯

## 1944 年 3 月 20 日

亲爱的贝茜：

如果想想其他地方发生的事，这里的生活也不算太糟。我应该会很喜欢观察圣詹姆斯公园的鸭子，不过我猜它们倒是有可能会被每天晚上展出的人类的创造力——1944 年的模特吓到。

我猜我们（或许应该说“我”）在这里可能比在家乡对“人”更感兴趣。母猪快要产仔了——这意味着每天都得去猪圈。它终于生了。那天早饭之前，我第一次见到了刚出生 4 个小时的小猪仔。营地的狗“珍妮”生了 7 只非常可爱的小狗。看着它们依偎在它身旁真的是一种享受，而猜测它们的父亲也是一件很欢乐的事。我们这里曾经有只猫生了 6 只小猫咪。它们出生那天，可能是它们父亲的那只猫突然逃之夭夭，之后再也没有出现过。当然，它也可能是不小心跟仍然埋在附近的数千枚地雷来了个亲密接触，然后一命呜呼了。

希望你一切都好，幸福快乐。如果你有机会出国——千万不要去。

祝一切顺利。

最真诚的克里斯

## 1944年3月21日

亲爱的贝茜：

今天，我很意外而又开心地收到你12号的明信片。其他人对别人的“风流韵事”如此感兴趣，真是令人讨厌。让他们消停的唯一方式就是什么也别跟他们说。我的母亲曾经跟我说：“哦，当我们第一次骗人的时候，编了一个多么复杂的谎言。”从第一次听到这句话开始，我就没有骗过人。所以，随信再附上一封信，这封信你扔在公交车上我也不会心疼。如果你觉得我的朋友艾薇（后面详谈）会感兴趣，那还有什么比你拿给她看更自然的呢？拜托，拜托，就让我承认你走进了我心里这件事成为我们俩之间最美好的秘密，在它持续期间一直享受，然后在终止时让它成为我们美好的回忆吧。

你现在正在回复的信我已经记不清了。真遗憾，因为我真的很想知道你的反应。我想知道你是否正处于跟我一样的兴奋状态，不管怎样，我希望你“允许我有”。我越来越紧张你对我某些语句的接受程度。我只能告诉你把它们当成诗歌来读，不要把我当成一个彻头彻尾的疯子。你不再认为我是个“强壮、少言寡语”的人，这可能让我有点难过。不过如果我现在总是胡言乱语，那也是因为你以你的方式发现了我的软肋。我必须告诉你你激起了我怎样的感受，因为我要做一次原始人，剥掉那些体面的面具。在信件可能受到审查的时期，要什么都写出来真的不容易，我希望你能体谅。现在，我觉得你应该已经归纳出我就像是湍急的激流，如你所知，这方面没有任何争议。我对一切都没有耐心、无法容忍，除了你，虽然我肯定会讨论虚无和平庸，但通过这一切，我还是强烈地想你。

需要我说我正在等你的下一封信、下一封信和下一封信吗？还有，知道你在真的很好。

克里斯

另：如果有人问你——“最近收到克里斯的信了吗？”另一封信就可以适当地拿出来。“对，还是一样。”这就是回答！

## 1944年3月26日

亲爱的贝茜：

这场战争将使许多婚礼延期，就像其他事情一样。我要么会很快结婚（并且承担后果），要么谈十来年恋爱，到那时我就会像了解自己的母亲一样了解自己未来的妻子。

我有没有提过我这周看了《辣手摧花》？导演是阿尔弗雷德·希区柯克，推测应该很好看，冲着摄像和导演，结果也确实不错。（你喜欢奥逊·威尔斯吗——《公民凯恩》把我绕晕了上百次，不过我还是相信我已经看懂了，然后我喜欢它的与众不同。）

我哥哥出去跑步了。我在迅速暗淡的灯光下往前走，突然发现地上有张熟悉的纸片，捡起来一看——一张埃及的1英镑！我希望这是哪位军官掉的，但又怕是风把它从其他同级军官那里吹来的。我很高兴能发现它（“凡有的，还要加给他，叫他有余”），因为我哥哥总是能找到一些硬币、纸币、值钱的东西。我们分享好运，刚才我把他的 10 先令递给他时，好好地自我吹嘘了一番。我上一次捡到大额的钱还是 9 岁时被我哥哥带去斯坦福桥球场的“AA 运动”的时候（我在地铁里跟他走散了——那些新的自动屏蔽门直接关上了——还记得老格子门旁边的那个保安吗？），我发现了一个钱包，里面有 11 镑 19 先令，还有一张名片。妈妈带着一种“你应该庆幸被一个诚实的人捡到了”的气势把它还了回去，那个可怜的女孩几乎是刚拿回钱包就给了我 5 先令作为酬劳。我总觉得这次小幸运有点不一样了。

你在空军辅助队怎么样？我希望你能继续拥有好运气。如果我们俩在一起，我保证会无视它们，因为我现在只想无视一切，这样才能触摸你。我真的很想这样做。

你父亲还在邮局吗？我父亲在宣战后一个月就退休了。退休金是每周 15 先令。然后每周在面包店工作两天，报酬是 2 英镑。他进邮局之前的工作就是烘焙，1940 年他申请工作的时候，他们问他干这个多久了。他说：“27 年。”然后他们说：“很好——今晚来上班吧。”有一件好事是店里会给他一些面包和蛋糕，他也可以带嵌有葡萄干的小面包回家给孙子！

今晚丘吉尔在伦敦演讲，我希望自己也能坐在那些聚集在无线电周围的人中，听听他估计战争还要持续多久。

希望你一切都好。想你。

克里斯

另：我的脑子里有时会出现一些到晚年就去卖书的想法。我想，我很可能会开一家二手书店。并不是为了赚多少钱，只是因为书是好东西，它的流通必然有助于推动合理性和进步。你觉得怎么样？

## 1944年4月13日

亲爱的贝茜：

我觉得我们俩非常像，我们对类似事件的反应如果说不是完全相同，那么也是非常相似的。所以你应该知道当我看到哥哥递给我你手写的明信片时是多么兴奋。另外还有一封来自黛布的信和一封来自我母亲的信；当然，我必须得先看完这两封。而且你的信我只能看一遍，然后就得放到口袋里，与此同时，我可怜的脑袋一直在试图处理我能记住的那些内容。你带着如此强烈的热情走向我，而我亦是如此需要你。

哦，我洗了床单，铺了床（我收到你的信时已经晚上6点多了），然后开始坐立不安起来。后来我想："睡觉之前我必须再看一遍那封信"——于是，我起身去了厕所（在那里，即使是最卑微的人也能确保不被侵犯隐私），又把你的信拿出来读了一遍。"它使我震撼"这一喜剧表达在严肃意义上来说是真实的，它反映了你所造成或创造的这种令人深感兴奋的幸福状态。

当我满心都是你、满脑子都在想你的时候，叫我如何安眠！当我翻来覆去、辗转反侧的时候，想到你很有可能也在做着同样的事。是不是精力旺盛得有些可怕？我知道如果我想着你就肯定睡不着；可是我一直在想你，越来越想。呀！我真应该在周围放几个冰块。最后，我终于睡着了。早上醒来，我第一个念头就是你离我好近，然后又想到你离我好远。

不幸的是，我似乎没有可能早日回去。我必须得再等一年，也可能还要三四年。别紧张，我的女孩，否则你的身体会很快垮掉。你愿意怎么看我都行，但不要完全忘记现在的情况、距离和环境。

吃完午餐后，我去打了垒球；一个专门为了让我们轻松一下而来的小伙子给我理了个发；下了五盘棋；然后吃晚餐，打无板篮球——虽然我们队以3:5（这个比分真吉利）输了，但我进了一个球，然后看电影（《活宝三人组》和安德鲁斯姐妹主演的《怎么样？》）。

就像我一直说的，别紧张，慢慢来。今晚的电影里有句话说的特别对：恋爱是最幸福的一种痛苦。所以幸福地痛苦着吧，不要杞人忧天，尽可能地享受当下。我自己生来就是个喜欢忧心的人，但我觉得，我能变成你想要我变成的任何样子。或许更重要的，我知道你就是我想要的样子，不是任何限制意义上的，而是完完全全的。我想对你吐露心声。我想悄悄走进你心里。我想保护你。

你说你自己"因垂涎而愧疚"——这不是什么错，我为之骄傲！如果你的语无伦次与我的意思相同，那真是好极了。我将其视为一种承诺而非威胁，在可能的地方找出我的漏洞——这样我看起来就不会那么高高在上了！请记住我们是一起的，这一切是未经设计、未经预演地发生的，因为这是我们与生俱来的本能。白天我可以简单地放纵想你，但晚上就会比较麻烦。我的状态也可以用"吞噬"这个词来形容，一种努力挣扎的不确定状态。抱歉我无法减轻你的痛苦。

我总在想你长什么样子（我身上没有带具体的照片）。我知道你可没有一张公交屁股脸，不过我从来没有像原本可以的那样看过你。我都不知道我见过你几次，我们单独相处过几次。此刻，只是想到你的轮廓，我那愚蠢的脉搏竟然会止不住地狂跳。我真的很想在现实中触摸你、感受你、见到你、倾听你。我想要与你同眠，与你一同醒来。

如果你觉得我疯了，一定要告诉我。等我的签名干了，我会亲吻它。如果你也这样做，那就是一个完整的（不卫生的）圆了！

祝好，克里斯

# 02

# 我们一起，满心欢喜

## 1944年4月15日

亲爱的贝茜：

今天收到你3月1日的来信。这封信隔了这么久才来，过去两周里，这封信一次次地未能到达令我既沮丧又不安，所以这也可以解释当我读完这封信时为何会觉得不满意。你说的一些事情令我十分不解。或许我应该将不满意改为“不满足”。我希望你能理解这种感受。

我会试着回复你写的内容，并且边写边告诉你我无法理解的那些事。

你问：“我们的结局会怎样，克里斯？”哦，我不知道，不过我知道肯定不会太可怕。这可能是我们俩的一场大冒险。我有个主意，不过我没穿“规划裤”。

我想强调的是，大多数人都希望爱与被爱，这一点我赞同。请你告诉我，如果一方对另一方没有倾注百分之百的热情，对于这样的婚姻你是什么反应？但婚姻可能就是为了有人陪伴、不孤独。你认为他是在游戏吗？

如果我哥哥问我为什么你会给我写信，我会告诉他我们正在进行关于人生的有趣通信。如果他问（不过他没问——但你的问卷里可能会问）我是不是正在追求你，我会大笑着否认，就像（我希望）你会做的那样。

所以，我想写什么就写什么——但愿我能写！这些话会把纸烧煳，把你烤焦。（如果有一天你打开信封收到的是烟灰，你就会知道发生了什么！）当我发脾气时，你会发现的。但问题是，你会在我犯傻之前、之后或犯傻的时候原谅我。你最好开始培养（或获得）一种批评我的能力，否则我将成为你最无法挽回的失望。

我不能每天都给你写信，但我每个小时都在想你。你让我所有的感官跃跃欲试，让我汗流浃背。我想要感受你。我想要与你一起去一个安静的地方，用我的身体告诉你语言不能表达的另一半感受。

祝好，克里斯

## 1944 年 4 月 16 日

亲爱的贝茜：

你信里提到的几点我没有回复，现在就回复一下。词典——虽然我是人们嘴里所说的那种“拼读很好的人”，但我发现当我离开所有的参考书时，对一些事情并没有那么确定。所以我在开罗的时候买了一本小词典。我尽可能地扩充词语，否则我很快就会退化到只能跟小孩子似的讲话了。我一直在查不熟悉的词并做笔记，而且我很喜欢学习所有词语词义的准确演变。由我来给你讲“quidnunc”这个词一点也不好，你可以哪天自己去查查词典，这样会记得更好。或许在我兴奋地研究新发现的单词时，应该用星星标记一下？

今天下午我收到了你 4 月 8 日的信，速度真是快。我多想成为你所认为的那样，实现你所有的期望。你说得已经够多了，但我还是需要你一直告诉我，我是你的必需品，正如你，亲爱的，对我来说不可或缺一样。我为你激动。你提到我的“自我表达能力”——如果没有你，我根本不会自我表达。

你会注意到我前两封信中的所有进步。对我来说，越来越清楚的一点是，你是我一生的事业，我必须确保紧紧地抓住你，而且求求你，求求你一定也要牢牢抓住我。18 岁到 30 岁是不同的年龄段，但我更开心的是你在更接近 18 岁时首先爱上了我。我知道我并非绝望、盲目、无爱的紧握的受害者。我会一直告诉你，我想要感受你，而且我想让你知道，我现在的期望一点儿也不比你少，以后也不会。我的头靠在你乳房前，我的手臂环绕着你。

我爱你。

克里斯

## 1944 年 4 月 18 日

### 我会一直爱你

亲爱的贝茜：

我刚刚写完一张明信片，现在必须继续写信给你，说说你 4 月 8 日的信中提到的一些话题。

我们未来的关系取决于你对我和我的缺点的忍受能力，而非我对你的。而且，如果我们真的要在大半辈子的时光里与对方同床共枕，那这会是一件非常自然的事情，因为我们可能很快就会进入那种状态了。我希望这并不能说明我们很好色，但即使是，也不能阻止我想要告诉你，当我读着你的信，想象你写信的样子时，身体就会有反应。我立刻变成了你的仆人，而你是主人。

我会命令你，也会听命于你。你的乳房是属于我的。

想到战后修建房屋的实际困难，我并不很乐观。商界的每一个大鳄都会蠢蠢欲动。

不幸的是，我过去把自己大部分的钱都捐给了各种“慈善事业”，而且一直到西班牙的战争结束我才开始攒钱。我想在我们自己国家的战争开始时，我大概有 75 英镑；在加入军队之前，这个数目一直没有增加。去年年末，我也不过才收到了（给我的）227 英镑（我母亲告诉我的）。我想我每周可以增加 2 英镑 10 先令。我不知道会需要什么。我不认为到时候我们年龄肯定够了这一点有什么疑问。我偶尔也会觉得订婚戒指就是珠宝商的一个噱头，结婚这种事更适合在办公室里进行而不是在教堂里进行那些繁文缛节。很抱歉你还不知道我的这些看法。某个时候你必须得知道。

看出来没？对我来说越来越明显的一点是：你是个好姑娘，我不能错过你。发现了没？我正拒绝屈服于自己的可变性。你会不会告诉我，我们有一天可能真的会在一起？如果我开始想要离开，你会揍我吗？

我一直都在期盼你的来信，但一个小时前，我的喜悦突然被冲淡，因为我收到你 1 号写的信，但邮戳却是 3 号。前三封信是我哥哥转给我的，这让我一直很恼火。他肯定有什么“想法”了，我能感觉出来。我只能吃完午餐，直到去工作时才开始看你的信。但是到目前为止，我已经看了 4 遍了。哦，我真的好想你！哦，如果不能活在你心里，充斥你的整个身心，我就不算是真正活着。

当然，我们来聊聊结婚的事。如果你喜欢我，愿意碰碰运气，就把我当成那个从今天开始将一直伴你左右的人。你说这“太美好”了，你说的对——可是，天啊，地啊，你离我那么遥远！贝茜、贝茜、贝茜，我想跟你在一起。

爱你。

克里斯

## 1944年4月18日（第二封）

亲爱的贝茜：

我觉得我现在应该说说我自己和我的家庭从很久很久以前到现在的历史。我觉得这很有必要，因为我想（这很难写——我只想告诉你：我爱你！）一回到英国就与你结婚，而且我希望我们两人能通过书信这个媒介把大部分话都说了。我还有许多话想要告诉你，也希望能有机会这样做。黛布知道我个人的许多历史情况，我希望你与其他人知道的一样多，只有这样，你才不会在参与聊天时茫然不知所措。人不可能每件事情都记得，我也不确定应该怎么说。不过我觉得还是值得的。你的时间比我的宝贵得多，但我还是希望你也能告诉我一些删节版的“事情”，这样，等到我们终于能够（美好地）相见的那一天，我们对彼此的了解就比从同伴或目前的通信中所了解得更多了。

之前我们只见过寥寥几次——而且我估计我顶多也就是聊了聊天气！我告诉你的事情有些已经不是什么新闻，有些需要稍微花点时间（至少）想一下，我希望你对所有这些事情都真的感兴趣，因为它们都是关于我的。我对你的无知从我不知道B.I.M.是表示艾薇、艾琳还是厄玛，不知道你的生日，不知道你的出生地这些方面就可见一斑。我想知道你不喜欢吃什么（如果有的话）？喝不喝酒？喝什么酒？还抽不抽烟？你是如何料理家务的？还是有其他人帮忙？拜托、拜托、拜托，告诉我关于你的事情，这样我才能好好地想起你，回味你的那些消息。因为到现在为止，你一定在认真考虑自己是否有能力逃脱嫁给我的命运，不知道自己到底做了什么被我这个魔鬼缠上。请将我视为一个严肃的挑战、你的知己、你的配偶（就像你说的）、你的“已结婚的合法丈夫”（如果你愿意的话）。

我想我现在可以开始讲讲我的人生历程了，我要告诉你的是：我出生的时候，我的父亲34岁，是一名邮递员，工资是每周约25先令。后来，家里的人口增加到了6个（我有两个哥哥和一个姐姐），只好从伦敦北七区霍洛韦某处的房子搬到了另一处的一套四居室。13岁的时候，因为《贫民窟清理方案》，我们又搬到了托特纳姆伦敦郡议会地产的一套五居室，一直到我26岁。后来，我们就搬到了现在位于布罗姆利的房子，这套房子归我哥哥所有。我是家里最小的孩子。我的姐姐33岁，二哥阿奇36岁，最大的哥哥赫伯特·雷德佛斯（伯特，名字源于布尔战争的一个将军！）38岁。现在我父亲64岁，母亲62岁。我对童年没有多少记忆。只记得在我们家后院里挖大坑，还有排队等着照相。我不知道你对上一次战争还记得多少？我记得我们回家后特别开心地做可可，看R33（好像是齐柏林硬式飞艇）；期待自己长大后能成为一名“特别警察”；我的父亲，一个奇怪、笨拙的红脸男人从印度回来。

这里的事情（以后在《我的人生故事II》里再聊）都差不多，只是今天我们穿上了卡其布，比战斗装好看多了，而且可以随时清洗。晚上有可能的话，我还是像往常一样下下棋、打打桥牌。我想悄悄溜到别处，偷偷地好好想一想你，但我必须去做一些举止正常的运动，就像你一样。不管做什么，我脑子里一直在想：你就在这同一个世界上。随时带着这个想法非常棒，只是有时它会将我吞没。我希望我们彼此无法相见的日子不会长得让人痛苦，在1999年的世界末日到来之前，我们应该能够告诉彼此现在只能想想的那些事。

爱你。

克里斯

## 1944年4月25日

亲爱的贝茜：

这封信是用铅笔写的，因为这是我目前能找到的唯一的书写材料，我太蠢了，竟然忘了把钢笔带在身上。

今天下午，我们十几个人坐着卡车去海边，走的是跟平常步行时不同的路线。这次旅程很糟糕（也很享受），不过还是值得的，虽然我发现在水里玩太久太冷了。来的路上，我们穿过平时常见的炮弹、烧毁的车辆、零星的枪支和撤退的军队留下的残余物。不用说，当海滩上出现一个漂白的头骨时，大家都不太高兴，只能停下来猜猜这是敌方的还是我方的。

遗憾的是，我在午餐前收到了你12号和14号的信。读完信后，我想的都是美味佳肴，而不是脱水土豆和咸牛肉。结果，我基本上没吃什么东西。我听说要是一个人的胃口受影响，那是件很严重的事。这是我第一经历这种事，绝不会让它占了上风。

你的字写得越小，我就越喜欢。

你说我令你神魂颠倒，你之前从没想过“这么奇妙的爱情”真的会发生在自己身上。亲爱的女孩，并没有。我现在是作为你未来的丈夫与你讲话。

我觉得你的乳房对我来说岂止是好。对于我有胸毛这件事，我确定你并非完全不感兴趣。那么，我们要开始好奇其他事情了。我们要住在哪儿？要不要孩子？你的年龄呢？你说你在POSB（邮政储蓄银行）有85英镑10先令，但是并不知道我刚刚写信告诉你我有227英镑。

谢天谢地，还好你没有送我一个十字架。真的，我对这种事情是嗤之以鼻的。我没有耐心探讨它的宗教内涵，而且我非常清楚家乡那些挂满金十字架的女人们不过是将它们当成护身符。她们可能早就忘了耶稣是被钉死在十字架上的。我希望你千万不要认真地考虑送我任何这种东西。我必须冒着伤害你的风险，亲爱的——我希望你不是罗马天主教徒。我暂时不能多说了。

你能理解我对你的思念以及想要伸开双臂拥抱你的念头如何煎熬着我吗?

爱你。

克里斯

## 1944年4月28日

亲爱的贝茜：

跟我说说你的衣服，跟我说说你的房间、家具。这样我才能更好地想象你，在你一个人的时候更容易地走近你。

这些年来，我一直记得我们俩坐在树下，阿比伍德的阳光穿过树叶洒落下来。这是我对你的一个真正的、实际的记忆——我知道你不是一个没牙的丑老太太。我在周围晃荡的时候，想到你的身体就会令我兴奋、令我激动。但我希望你能理解，我们必须保持在一起的是我们的思想。如果我们俩之中有人骗人，那可不好。

你说你想“此刻马上”勾引我。我真希望你能这么做。虽然我猜我很快就会告诉你，生活是一件很严肃的事，我们必须“言行得当”。我希望你能意识到，如果嫁给我，你将成为一个坚持要“穿裤子”的人的妻子。我不希望你为了“服从”非常、非常、非常可怕的担忧。我相信你和我会相处得很愉快，并且会获得除生理之外的、思想上的巨大乐趣。

我个人经历的细节似乎被忽略了。我顶着压力，突然想放弃告诉你你很可爱这个想法。

不过，我现在得稍微再闲扯一会儿。我从来没有接受过洗礼。当时我母亲有许多事情要做，所以这件事竟然被略过了！现在，她十分热衷于让我去“完成”洗礼，但我很满意自己目前的状态。我相信如果一个孩子没有接受洗礼就死了，他肯定会被埋在不神圣的土里。这令我非常强烈地想要反抗这种垃圾宣言。

我上过德雷顿公园（海布里）的 LCC 学校。我可能是个非常普通的学生，但我英语很好。虽然我的父母野心勃勃，但我从来没有获得过奖学金。有一次，我的算术做得很差，不得不在全班同学面前站起来。班主任说，像我这样前庭饱满的人本应该做得更好。我被推举为新创的《校园杂志》的编辑，但不知道为什么这个杂志一期也没出。我离开学校太早了。我记得在我很小的时候，有一次停战“款待”，我把一根香蕉装到口袋里“带回家给妈妈”。可是等我到家的时候，香蕉已经变成香蕉泥了。我像往常一样，在玩的时候、上学前、放学后打了架。我支持剑桥、阿森纳和萨里郡。（这都是从我大哥那儿学的，他对我的整个人生一直都有很大影响。）我只记得大概 11 岁的时候“完美地躲过”了爸爸。我做了一个秋千，一头系在轧布机上，后来它承受不住我的重量塌了，我就把它拆了个稀巴烂。

1928 年 3 月 8 日，我作为汇款单部的小邮差进入邮局。我很喜欢那段经历。挣钱的感觉很好，我口袋里的钱大多都花在了买二手书上。我被推举为《邮差杂志》的编辑，但当时已经太迟了，一期都没来得及出版，因为 1930 年 11 月我就离开了，开始在 CTO（柜台和电报局）任职。跟我约会的第一个女孩是一个实习生，我带她去看了《阳光丽人》，那是最早的“有声电影”之一。我还带其他女实习生出去过，但想不起来跟她们任何人有过争吵。我是板球俱乐部的秘书，但我的最高纪录是16分，而且这个分数应该有什么不同寻常之处，否则我不会记得。我几乎不踢足球。我肯定是踢得很差。我曾经做过9个月的“晚辈男孩”，被前辈们拖进厨房，猛按进水里，而且常常被拉着腿爬，那段时间真的像噩梦一样。我当时的一个工作就是给主管（O.J.利德伯里，他从那之后就开始平步青云了）洗茶盘。到现在我还记得自己开心地偷喝他剩下的乳脂牛奶。

本集到此结束。如果你能忍受的话，我们可以以后接着聊。请在你自己的描述中也尝试写一些类似的事情，因为我迫切地想要了解你，迫不及待地想要一窥你的过去。你会法语吗？速记？如果你能理解我有多想知道关于你过去的一切，我就能更好地收集你的信息。此时此刻，我想要在你的全身探索，用我的手抚摸你、你的头发、你的乳房、你的胳膊、你的腰、你的腿。

爱你。

克里斯

## 1944年5月2日

*亲爱的贝茜：*

还有什么比在这页纸上列出我从来到这儿看过的书更让人兴奋、更有用的想法。我应该非常想让你告诉我这个表中有哪本书恰好也是你读过的。

《日常科学》——霍尔丹

《隔岸观火》——伍尔科特

《俄国的准备》——爱德曼·达豪

《那几分钟》——埃里克·吉尔

《继续，吉维斯》——P.G. 沃德豪斯

《吉姆老爷》——康拉德

《德瓦莱拉》——企鹅

《维多利亚女王》——伊迪丝·西特韦尔

《文学上的失误》——斯蒂芬·里柯克

《莎士比亚传》——赫斯基·皮尔森

《黑色恶作剧》——E. 沃

《莫托先生很抱歉》——J.P. 马昆德

《舍斯顿的进步》——西格夫里·萨松

《资本家的自白》——E. 本森爵士

我还读了许多其他东西，不过都没有什么过人之处，不值一提。如果你没读过这些书，我应该希望你去图书馆借来（而不是买来）读一下，因为知道你已经读过这些书我应该会很欢喜。

我希望我是以一种有效方式充分利用了这封信的公开部分。我本不想写完上封信这么快就再用掉一张明信片，但这可能是我能快点告诉你你是个多么可爱的傻姑娘的唯一方式。

现在我必须结束这封信了，否则会赶不上邮寄（当然是每天一次），不过我希望你能逐渐意识到并理解，我和你就是“我们”。或许我们只是刚刚开始感觉到这种重要的兴趣认同，这种对未来将会启发我们、使我们充满活力的另一个人的重要依附。但一切都有开始。千万不要担心任何结束。为我叹息、想我、渴望我、需要我，就像我需要你一样，亲爱的。

我的爱，克里斯

## 1944年5月9日

亲爱的贝茜：

我在没有邮件的情况下给你寄了一张明信片，作为你近乎悲痛的回复。如果你一定要有一些“碎碎念的担忧”（就像你说的那样），那就让这些担忧围绕我不久之后圣诞节的归来（哦，哦，哦，真是个好机会！）、得到房子的机会、得到未来该有的哪些东西展开。请不要隐藏你的“碎碎念”，请一定要毫无保留地告诉我关于你的一切（哦，贝茜，我爱你！），请继续信任我。

我从来没有洗过土耳其蒸汽浴，但我觉得这里的太阳应该有相同的累积效应。我会很乐意听你描述一下那个过程。你还会再去吗？

黛布告诉我你会再去看她，还要去看看美国共产党。（最近我很少提黛布，而且自从她上次拒绝回复我关于我的恋母情结的争论之后，我总是强迫性地避开她。）我的第一反应是——谢天谢地，你没有爱上他！想到你要前往亚拉巴马州和田纳西州，我就觉得很害怕。亲爱的，求你千万不要爱上别人。请你让我成为未来接受你恩惠的人，或许，也是你未来擀面杖的目标。

有一个晚上，我们12个人一队进行“拼字比赛”，信号队对英国皇家空军队，后者以64∶38赢了，因为英国皇家空军队有一个与众不同的（不是通常意义上的更棒的）家伙。问到我的时候，我都答得很流利，“我不想炫耀”（在初级组的时候，这句话因为我而成了名言），不过我为我们队赢了7分，全场最佳。我特别混蛋地拼出了“菊花（CHRYSANTHEMUM）”这个词。我当时肯定是在想我名字的第二个词。我们每人要回答5个词，其他分数我是靠正确拼出英国皇家空军队拼不出的单词赢得的。我哥哥很差劲（他从来都拼不对），但其他人比他还差劲。

你有没有隐约感受到我因你而生出的喜悦，我对你的需要，我对你的爱？我想知道。

克里斯

## 1944年5月17日

亲爱的贝茜：

最近，我身上发生了许多好事情。今天，在度过了一段似乎好长好长的时间后，我一下子收到了你的两张明信片，从而终结了我关于你被炸死了，或者跟哪个美国佬跑了的疑虑，这似乎是现代版的“生不如死”的云雀。

第二件好事是，我收到消息，我应该22号就可以启程离开了，并且应该在亚历山大停留整整7天，沐浴（这不是什么新鲜事，不过还是挺开心的）、享用美味的食物和冰块、喝我想喝的所有牛奶和矿泉水，然后再看一次房子和街道、小孩和树。

第三件好事是，本周我的工作很轻松，没有电话操作，这让我能够安静地写点东西（我今天写了5封信，还有另外10封要写，最近这已经成为我的惯性了），然后晚上好好睡觉（自11月以来，到今晚为止是我第一次连续5天晚上睡在床上）。

现在说说你的信还有我们之间的爱情：你要去哪里休假？跟谁一起？（我猜是爱丽思。）请你在闲暇时跟我聊聊。在我离开的这段时间，请准备好度过两周没有信收的时光。如果方便的话，我会试着写信，不过要记得我是有人护送的。

你知道吗？照片上跟我坐在一起的那个“叫巴克的家伙”是我的哥哥。他是个好人，真遗憾你把他剪成碎片了。

恭喜你，在我不加思索地忘记之前，你已经在小写作方面做出了非常好的努力，我希望你能保持这个标准。

所以你爸爸知道……这是不可避免的。这是必然的，或许还是期望的。不过一定要让他真的保持沉默。如果你哥哥威尔弗雷德告诉他的哪个兄弟，那这个秘密（不论真假）一个月之内就会人尽皆知。你最好告诉他，但同时要告诫他把这个当作你们之间的悄悄话。我认为现在最好隐瞒我们的状况，不过毫无疑问，我们后面肯定要说。但是，我想首先告诉你一些事情，而且我只能在自己方便的时候这样做。如果你觉得我应该写信给你爸爸，请告诉我，我会照你说的去做。我一直记得“上帝给了我们关系，却让我们自己选择朋友”。

你不是罗马天主教徒，这令我深感欣慰，而且十字架没有任何实际意义，至少我们不会因为宗教起冲突，宗教真的引起了太多冲突。我是一个不可知论者，但我的身份牌上写着“英国国教”（一般情况下我都不戴身份牌，但如果我下周偷懒的话就得戴了）。

总有一天，我会真的见到你。总有一天，我们会真的在一起。到那时，我们会真正地开始生活，我们的教育也将开始。我希望你真的胃口很好（我们帐篷里的另一个家伙从来不吃正餐，只吃甜点），不过不管怎样，我都会让你有个好胃口。如果你活到100岁，绝对找不到比我更不挑食的人。

我不记得叫你“摩登女郎”，不过我猜我应该是觉得这个词很恰当。我的词典告诉我，这个词的意思是“未出阁的年轻女子”。

听起来好像我说的没错，你说呢？不管怎样，我们现在都疯狂地朝对方拍打翅膀，努力说服对方这就是“它”。总有一天，我会去找你。我会带上你，而你会很高兴。我们一起，满心欢喜。

爱你。

克里斯

1944 年寄给贝茜的照片

## 1944 年 5 月 20 日

我亲爱的、可爱的贝茜：

今天收到你5月10日的明信片，你说爱丽思（哦，不，不是李尔·黑尔！）现在已经觉察到我们之间关系的变化。我一点儿也不担心这个，而且我完全明白隐瞒是件多么困难的事。或许我应该早点跟你说告诉爱丽思，因为毫无疑问，她肯定会发现一些蛛丝马迹。不过，我不认为我会很快收到其他人对这段新结合品头论足的信。你可以认为现在的位置是“安全的”，没有什么比分享秘密传播得更快。但如果可以的话，请你不要加速这个秘密的公开。如果你无能为力，没关系，我不会生你的气。我只是更喜欢你保守这个秘密。

有一件事我真的希望你能注意，那就是不要把我“分享”给任何人，不管是谁。看在上帝的分儿上，不要在我的信中引用任何我能想到的“有趣的事情”。请不要直接引用我说过的话，要认识到我的这种情绪是因你而起，而不是其他人。所以不要引用我的话。如果你认为我说的某件事值得重复，就把它当作本来就是你想的那样去说。我一点儿也不想读得不愉快，我想表达的是：我想直接且完整地来到你身边，和你在一起，永不分离。还有一些时候你会发现我是一个爱嫉妒、自私的爱人，会要求那些不可求的东西。我将以适当的间隔咆哮，适当地令你印象深刻。我不害怕你对我的任何行为或想法的理解，但我确实不希望出现两个人之外的听众，也不需要其他人的帮助。不要期望别人赞同你对我的美德的看法，请不要尝试。

你说如果失去了我，你就失去了一切。真是胡说。首先，我不是“一切”。其次，你永远不会因为我的任何行为而失去我。我会用尽全力紧紧抓住你——抓得死死的那种！

不，我应该不希望你出去工作，不过我应该会反对你变成一个成天围着家转、操心家务事的苦力。我对孩子的事情不了解。很高兴你下水的时候没有沉到底。我不太会游泳，你知道的，不过我可以让身体浮在水面上，而且我有信心。将来有一天，我们一定要一起去游泳。我会“发现你很懒”，这是你说的。如果真是这样的话，那你得改改了，不过我可不认为你很懒。如果你真的很懒，我会摇醒你。（我是不是很可怕？）

你肯定理解我有多想你，多想用我淡褐色的双臂拥抱你，用我的双手四处探寻，用我的身体向你传递讯息，用我的整个人主导你，同时又臣服于你。我想让你接纳我。我想穿透你，成为你的一部分。我想告诉你，我爱你。

克里斯

## 1944 年 5 月 25 日

亲爱的贝茜：

我在亚历山大写下这封信。这是十六个月以来我第一次休假。你能够理解，我有点为能够成为自己的主人而高兴——虽然只是一小会儿。我们要执行的军事任务只有一个，即向路上见到的每一位军官行礼。我带着极高的热情向他们行礼，坚信我的行动将成为“希特勒的棺材”上的又一颗钉子！

我现在是在干净的、没有虫子的新兵舍里，而且很享受从沙漠换到这里。我们在这儿享用了很多好吃的冰和冰饮料，还有草草做熟但很好吃的饭菜。能捧着陶瓷杯喝茶，刮胡子的时候能看到自己的整张脸，真是太美好了。

这里的人穿的衣服（“欧洲人”）会让你嫉妒得脸色发青。那些衣服特别好看，做工也非常好。我还没见过售价低于 5 英镑的裤子，这里衣服的价格普遍很高。这里还有许多俱乐部，有些真的很不错，在一片枝繁叶茂、绿树成荫的宁静环境中。游了几次泳，不过这里的设施没有我想象的那么好，因为海堤的原因，没法在太靠近城镇中心的地方沐浴。今天早上跟 YMCA（基督教青年会）一起参加了一次观光旅行，不过不是特别好，一些所谓的罗马涂鸦在我看来很像 1944 年的涂鸦。

拍了很多照片，我觉得有些还挺像我的。我们必须得多拍一些，因为我母亲哭着说我大哥看起来太老了，我们必须一直拍照片，直到拍出相反效果的。照片稍后会发给你。这附近有许多甜美“诱人”型的美女。我以后一定要把整个过程告诉你。我买了一支“天鹅”笔，但你可以从我写得这么难看的字看出来，笔尖并不合适。

这里的草莓 2 先令 1 磅，土豆 6 便士 1 磅。我期待回去的时候可以收到你的信。对我来说，这是这次度假唯一的“问题”。我希望你能完全明白我的感受。我为我不够努力而道歉。因为我哥哥就跟我隔着30厘米！

我的爱。

克里斯

## 1944年6月11日

我亲爱的、可爱的贝茜：

当我回到这里的时候，我该如何起笔回复等待着我的7封信，还有第二天收到的两封，还有昨天收到的一封？我应该按照时间顺序回复，还是按照重要性回复？

你的这些信就像流过绿草地的英国河，干净清新、明亮自信。你在我的心中荡起涟漪，用你的美和你的内涵包围我，而且就像我所想的那样——“真是太奇妙了”，你再次来到我身边，告诉我你还在。

所以，你能否接受我谦卑的感谢（你令我感到谦卑），感谢你留下这么多证明你的感受的证据，并且允许我赞美你所写的所有美好的小文字。不要试图把字写得更小了，否则你的眼睛会坏掉的。

我从亚历山大回来的故事是个悲伤的故事。其他度假的细节我会等回复完你其他的信之后再说，不过这一点我必须先让你知道。我们并没有坚持到第三周，因为周三我们必须进行训练。我头痛欲裂地在军营里醒来（一般情况下我从来不头疼），这种头疼在火车旅行中持续了24个小时。我哥哥只能来来回回地帮我搬运装备，而我只背着一把来复枪。一到这里我就去了医疗营，然后上床、吃药、稍微睡了会儿觉。第二天又去MO（医疗官）那里看了下，他给我好好地做了一次全身检查，然后说我的身体没有任何问题。他免除了我的出勤。我又吃了很多药，继续躺在床上。第二天，我只有眼睛四周还是疼得厉害，然后还是没有出勤。今天，我眼睛周围的区域有些乌青，不过应该会随时被叫去当总机接线员。

顺便说一句，我有一台打字机，安德伍德牌的（1938 年买的，花了我 14 镑 14 先令）。你想要吗？如果想要的话我会试着想出一个方案。我觉得我现在可以随时把它以 25 英镑的价格卖出，不过它比钱更有用，只是现在放在家里没什么用。

我很高兴你喜欢二手书店这个想法。

对于你牙龈溃疡的事我很同情。你应该丢下你的（贪婪的）私人牙医，至少去一次莱斯特广场的口腔医院，那里会保护你的牙齿，而不是通过拔牙和补牙赚钱。除非必要而且去口腔医院看过，否则不要拔牙。那里的人都很好。我会在后面的信中略作说明。从附上的照片上可以看出，我的一些牙齿非常好。我右上方的两颗牙齿就是在看私人牙医的时候没的。你想让我在这里告诉你，即使你的臼齿没了，我依然爱你吗？是的！

我对你为消除烟害所做的努力深表同情。你是个好女孩，贝茜。我们这里现在每周可以拿到 50 支玩者（Players）/ 黄锡包烟。很遗憾我不能把我的烟寄给你。

我必须再重申一次，我不希望你将我视为比你优秀的人。当然，我常开玩笑说我比其他大多数人对一些事情（或许是不重要的事情）的观察都更敏锐。但你的法语、代数、算术都比我好，而且我对摩斯和电还有磁性都不太理解（现在也是）。

爱你。

克里斯

## 1944年6月12日

我的挚爱：

你说我是“这样的爱人”，而我唯一能做的就是在纸上写几句话传达我的意思，却不能肯定地赋予这些句子我想要的力量，这让我不禁有点替你感到伤心。在收集我的意图方面你一直做得很棒，你会令人惊喜地满足我的需求。请你千万不要忘记，我是有需求的，你就是我最大的需求。

试着告诉你我不会跟其他人调情其实不太好。事实自会证明。

不过看在上帝的分儿上，在近乎神秘的事上保持稳定。不要相信自己的普通大脑可以处理超级普通的事情。几年前我曾对招魂术感兴趣，但后来我看了一本书（我觉得应该是柯南·道尔的《雾谷》），搞得我脑子里一直胡思乱想，想一些可能发生的事情，不假装谦虚地说，我决定最好还是不要碰这个主题。我认为我的大脑还是太普通了。

你问我是否希望你成为一个出类拔萃的摩登女郎，而且你“更希望我一点儿也不要保守”。好吧，我足够保守到希望你结婚后不要工作。我希望你的主要工作就是照顾我。但是，正如我之前所说的，我真的不希望你因为家务事而抓狂。我希望你对其他事情感兴趣，而且如果有必要的话，与同你志趣相投的人多聚聚。我已经见过（理论上！）因结婚而变得对这个世界毫无用处的女人。我希望你发展一些，比如，你的工作环境不允许你发展的一些方面。这样，我就不是那个砰的一声将“后宫”大门关上的人，而是（非常意外地）给你机会让你去做一些事情的人；显然我想娶你是因为我是个自私的家伙，而不是我认为一点点乐趣可以将你变成另一个凡·高。

别着急去见摄影师，我的好姑娘。我会很乐意拥有“20岁的作者”的快照——因为，亲爱的，有一天我会非常幸福地拥有你。

你取笑我说，你不认为理财是我的强项。（除了你说的那些，我还真没什么强项。）我估计你会发现我是个可怕的老吝啬鬼，但我希望你同意留点零花钱，因为我会留着，而这会使你至少在一些小事情上保持独立。无论如何，你要料理家务，我只应你的邀请来帮忙。

如果劳工部的人问你战时的工作是什么，你可以给他们看我皱着黑眉的照片，告诉他们我给你找的麻烦才刚刚开始。

我从来没有真正地问过你，是吧——贝茜，你愿意嫁给我吗（无论更好还是更坏）？我没有什么好的理由，但我唯一的借口就是我可以保证会一直爱你，我的摩登女郎。你还是会用普通明信片回复我，对吗？

谢谢你，贝茜，谢谢你告诉我你愿意任我摆布。让我们期待有一天你真的会如此，而那时我们会真的相见。当你说你会听从我的命令时，我有点陶醉。我如此渴望爱抚你，渴望与你躺在一起，与你交流。我想用双手勾勒出你的腰，一遍遍地亲吻你。我想让你接受我的敬意、我的爱，然后让自己也变成可爱的你。

克里斯

## 1944年6月14日

亲爱的贝茜：

是的，那些灯芯绒裤子我是开战后几个月得到的，比所有人穿的都早。我把它们拿回家的时候，母亲说：“你这个蠢货，只有艺术家才穿这玩意儿！”她说的基本正确。不过，那些裤子真的不错，而且材料也很好。我觉得我已经熟悉了你的卧室，我希望你心里能越来越明白我在这里想念你。我并不完全相信对弹簧床下陷的解释，但我们会尽量使它下陷得更厉害，不是吗？

不要因为强调身体而认为我低估了你的精神和智力。所以准备好，把我当成一个普通人，而不是阿迦汗。

是的，对未来儿媳来说，我的母亲会有点烦人。不是因为她是我母亲，而是因为姻亲关系都很烦人。不过，我会在必要的时候、合适的时机帮助你。对于这件事我的态度也差不多，那就是“绝大多数人都不用理”。我自己也不太喜欢亲戚。

你说“我已经被你牢牢掌控了”。希望真的如此，亲爱的。我害怕失去你，我会努力抓住你。我发现自己竟然会因为想到团聚和陪伴而哭泣。你奇妙地赐予我的这些礼物是我所能要求的最好的礼物。

现在，我可以跟你说说放假的事儿了。要是你在会好得多：事实上，我哥哥总是频繁地进来，真的太烦人了。有时候我真想哭。我本来很希望在亚历山大买点东西，但最后不得不承认自己失败了。这里的衣服贵得要命，而在伯特锐利的目光下，想速战速决根本不可能。所以，恐怕几个月后你能拿到的只有某种带拉链的皮购物袋了。不过这个可能不是购物袋。等你收到了，一定要告诉我它到底是个什么东西！不管怎样，这玩意儿是皮的，用来垫鞋底应该还不错。下次请告诉我你想要什么，然后（如果我能摆脱伯特一小会儿的话）我会努力变得机灵点。麻烦告诉我你穿多大码的鞋子？

请记得想我。

我的爱。

克里斯

## 1944年6月16日

亲爱的贝茜：

现在我要开始讲述我在亚历山大的旅程了。

在亚历山大，只要你愿意付钱，想要什么都能找到。我们队里的两个家伙晚上出去了几次，每个人每次要花3英镑。他们向我保证，这钱花得绝对值。基本上不管去到哪里，小男孩、老人或者女人自己都会说“想找女人吗？”“想找——？”“你好呀，亲爱的。”我必须说，想到这些我不由得一震。在一条街上，一个6岁左右的男孩极力邀请你买安全套，喊得像牛津广场上的报童一样大声而热情，但也一样地缺乏辨别能力。《查泰莱夫人的情人》《孤寂深渊》和其他一些物品到处都在出售，虽然这些物品的广告上号称是未删节版，但从火车上一个买了这些物品的小伙子失望的表情来看，它们更像是小册子。

街头艺人比我们的人更多、更原始，从来没有歌手或者只有乐队。猴子和狗在主人的命令下跳过铁环。有个人拿了两根末端燃烧的长棍。他假装要把棍子吞下去，但其实只是放进嘴里就拿出来了。有个“不错”的地方是，他吞下石蜡（我的意思是把石蜡放进嘴里），然后喷到空中，用火柴点着。他动作很快，感觉像是在喷火……然后，他躺到布满铁钉的板子上，而他的同伴就在他身上跳舞，这个舞跳完之后是一个小孩子光脚走过一袋玻璃。所有这些都伴着鼓点声和其他噪声。

我度过的最美好的一个下午是在一片绿茵茵的草地上看板球比赛。我们一边看比赛一边喝茶。我还吃了块蛋白杏仁饼。

最后一天晚上，我终于能够离开军营，和“穆罕默德·哈桑·阿里”在一个俱乐部里待了一个小时。他表演了一个“魔法1小时”的魔法，选了我做他的助手。我站在台上做他的助手，起初足足有半个小时还挺尴尬的。我扔骰子、烧1英镑的纸币、撕纸牌、给绳子打结、试着逃出铁圈、从口袋里拿鸡蛋。所有这一切里最诡异的事情是，当他对我说“看，出来吧，麦克塔维什”并告诉我把手伸到衬衫下面的时候。我汗涔涔的胸前竟然跑出来一只可爱的小鸡。他又跟我说了3个名字，我又拿出来3只。这对那些小鸡来说可能有点不太走运，但埃及人对动物特别残忍，对他们的伙伴也同样恶毒。

要是有你陪着我，一切都会很美好。这些也会很美好。

爱你。

克里斯

克里斯于亚历山大，1944 年

# 03

# 你是我想回家最重要的原因

## 1944年6月17日

可爱的贝茜：

你觉得开始给我们的信编号这个想法怎么样？这样可以方便检查，要是哪个编号少了会很容易发现。我是不会先开始这样做的，除非你愿意。我不想让你认为这是故弄玄虚，不过我觉得我们应该会发现这样很有用。如果你觉得我这个想法很愚蠢，请不要说“好”。我们以后在家里给信编号。今年到目前为止已经是第56封信了。

我很抱歉，第二战场的真正开始应该是对你的一次真正伤害，但是我必须再说一遍：我不是。我想让你知道，可怕的事情正在发生，可是我想保护你，让你免受其害，或者防止你卷入其中。瞧瞧我母亲那边乱七八糟的常态吧：“……正常情况下应该已经收到你两封信了，但这周一封也没收到。我猜是入侵导致了延迟，前天以及整个晚上似乎到处都是飞机，把你爸爸吵醒了，今天也飞过去了数百架。我希望你能拍一些好看的节目和照片，我这周不去了，不知道可怜的老查理会躺在什么地方等死，我心里总感觉不太对劲，真是让人太担心了……”随后，她再次提到查理（我的姐夫，一个裁缝），并且感谢上帝我们没有涉身其中。

这场近距离的战争非常糟糕，但历史学家只会把它记作又一场战争罢了。观点是非常宝贵的。寻找它，感谢你没有牺牲一切，同时尽可能地帮助那些牺牲一切的人。

爱你。

克里斯

## 1944年6月29日

亲爱的贝茜：

谢谢你不停地说着“好、好、好”欣然接受，谢谢你赐予我的荣耀和信心。我答应你一定会竭尽所能，不论何时，一直努力推进我们的团聚，为你的幸福而努力，并且关心你的兴趣。我要努力做到不任性、不多心、不草率，我要努力做到体贴、善良、乐于助人，如果做不到，我会请求并期待你的原谅。我想我们会非常幸福，而且我希望我们可以一直努力。

我希望轰炸彻底远离你。我的母亲通常都很好，但目前她的信记述的都不是特别开心的内容。我觉得是那些“不可思议”的事情令她担忧，虽然那实际上正是其弱点所在。我们唯一可以期望的就是战争范围非常有限，法国的行动可以截断他们的发射基地。

绝对不要认为我们之间的感情很普通。要一直把它视为宏大的、真实的、活生生的。

爱你。

克里斯

## 1944年7月2日

亲爱的贝茜：

我正盼着明天能收到你的至少一张明信片，不过现在我有些话要说。实际上，我有许多许多话想对你说。首先，我要大概讲一下汽车旅行记的故事，然后，我想告诉你自我离开英国之后发生的一些事情的细节。

我的父亲在没有任何家庭生活概念的环境中长大。在遇到我母亲之前，从未有人对他表示过任何同情或善意。他自己的父亲是一个酒鬼，母亲在他出生后便去世了，（据说）此前生过 19 个孩子。他在济贫院里待过一段时间，逃跑过几次，过过“使他成为一个男子汉”的真正艰苦的生活，但这些生活也妨碍他养成一些“家”里才能养成的较为温和的习惯。

当我想到“我们”时，脑海里就出现我们的“家”，这个家不依赖于任何物质的东西，或者浴室里是否有冷热水。这个家以我们的爱为基础，在我们俩之间开花结果，把我们聚合在一起。

1944 年 7 月 3 日。我的眼挨了一下，没有收到你的信。我正在想那些无人机。我希望你已经进了避难所，不要试图“勇敢地”上床睡觉。

1944 年 7 月 4 日。今天没有信。我真心希望你一切都好。我知道你肯定非常不安。我能不能收到信并不重要，但你的安全绝对是最重要的。我相信你一定会安全。

之前你的信从来没有断过 7 天以上，不过，我开始了解这些新轰炸的可怕，以及你为了找到能够写信的场所所经历的艰辛了。

我真的非常为你感到难过，同时也非常为你骄傲。如果你如今的生活充斥着轰炸，那就把炸弹放在你的明信片里，就像你和爱丽思·佩奇的对话中那样。然后，不要担心我的“士气”，不要因为你觉得我必须收到信而继续写信。把我的名字什么的写在明信片外面，把你爱我写在里面，这会令我感到十分满足。随便给我寄张纸片给我报个平安，不要再自找麻烦地琢磨怎么弄成 H 形[①]。

---

① “明信片”以特殊的方式折叠，以同时包括所有人都可以看到的公开区域和内部隐私区域。克里斯和贝茜的亲密交流必须藏在后者中。

我不认为你很懒，这就够了。如果你很懒，我会尽我所能地改造你。我嫂子在宣战前一周离开了伦敦。我和伯特一起去他二层的公寓帮他收拾东西，然后关门。她留下了一个普通尺寸的浴缸，里面装了半缸他们所有（用过）的陶器——好几周没洗的东西。我拿了（我记不太清楚了）20多个牛奶瓶到门口。我不能容忍在家务上偷懒，而且我认为你肯定不会用永远不做家务来吓唬我。

爱你。

克里斯

## 1944年7月9日

亲爱的贝茜：

这里的跳蚤比之前多多了，可能是因为天更热了，但绝不会像去年这个时候那样糟。我们有种粉色的粉末，气味真的很难闻，跳蚤什么的都不喜欢。这些烦人的小虫子已经让我很长时间睡不好了，一晚上要把我咬醒三四回，所以我决定必须好好教训教训它们。我把粉末捂在三床被子里熏，还在床单上撒了好多。我在床上躺了大概10分钟，身体的脆弱部分便火急火燎地烧起来。呀！我只能下了床，使劲用肥皂水擦。最后终于不烧得慌了，我在那地方系了条干净的手帕。

我觉得我不会过多地回应你的评论；我最好说现在我的身体会在睡着的时候活跃起来，我并不打算有意识地进行辅助。我很感激你的安慰和冷静的判断。我不知道你是否完全明白这种特别的无视有多重要，但你似乎确实明白。有时候我觉得我必须爆发一下。我真的很想很想在你体内爆发。或许很遗憾我的感情不够温和，因为我觉得我想要冲向你，把自己压入你的身体，直到我们都无法呼吸。“无法呼吸”——想到你的美，想到你在等我，想到你告诉我你是我的，难道我不是早就无法呼吸了吗？你的美好、我们之间这种奇迹般的理解，确实是件令人窒息的事儿。

很高兴你喜欢亚历山大的故事。我不希望你认为度假或驻扎在那儿的大多数人都以这样不甚愉快的方式找乐子。绝大多数人还是不错的。要理解我是个骗子，不过我会尽量不骗你，我会在你面前真实地表现自己，因为我不需要假装自己有爱因斯坦的大脑或弗雷德·阿斯泰尔的身体来诱惑你。我就在这里，戴个眼镜、秃头、常常发呆——然后，瞧！你在那里，无论怎样都一心为我。这种感觉真棒！我觉得你会明白，我对你身体的想法并没有非常克制，这些想法是非常暴力、非常可怕的。我愿意认为你并不介意。

爱你。

克里斯

## 1944年7月12日

亲爱的贝茜：

我听说了昨晚炮弹没有在伦敦落下的消息。希望你充分利用了这一夜，睡了一个很长时间都没有的好觉。你晚上去避难所了吗？你去的避难所长什么样？白天有没有发生什么事？你还在继续工作吗？这场战争给太多人带来了灾难和不幸。我们部门有个家伙刚刚知道他的一个哥哥在法国牺牲了。他还有一个哥哥也在那里。

你一定会喜欢这里“干燥的风”，真的太棒了。我也盼着你给我熨衬衫的那一天。我不知道我对衣服的需求有多大。补过的袜子、与鞋子摩擦的裤脚、磨损的袖口，这些就是我能马上想到的可以修补的地方。你真应该看看现在我身上的补丁！大团大团的羊毛，不过它们好像从来没有弄疼过我，所以应该没事。

我很高兴对你的裙子有了一些概念，不过我还需要一些时间将其具体化。有些时候，你能不能告诉我你在给我写信的时候穿的是什么衣服？一想到你说的那件珊瑚粉衬衫（运动服），我就思绪纷飞。我的双手想要慢慢抚摸那件女式衬衫，这样才能紧紧抓住你的身体，告诉你所有你想知道的一切。现在，你能不能教教我，"运动"衬衫和普通衬衫到底有什么区别？！

爱你。

克里斯

## 1944年7月14日

我亲爱的小怪物：

谢谢你让我今天更开心。能收到一封新的信，觉察、感受、沐浴在你的优雅之中，真是太棒了。

你说你被我迷住了。我信。我一点儿都不怀疑，而且我爱的就是你这一点。我希望可以在你身边，紧紧抱着你，冲向你，直到你大叫。我希望可以热烈地吻你，然后温柔地吻你：温柔地，然后热烈地。

贝茜，我的爱人，你能不能在方便的时候送我个小东西，一个你私人的东西，对你来说很亲密，对我来说可以抚摸、亲吻的东西？比如一小块接触过你的布。你可以在下封信的信封里稍微放一点。如果你觉得我是个混蛋，一定要告诉我，不过，我真的真的很需要你。我是如此想你。

写完前几页之后，我去睡了一会儿，然后被那些最后一分钟没有上场的家伙逼着参加我们队对南非 11 人的板球比赛。我其实不知道该怎么打，不过我喜欢把这个作为锻炼。我们队曾得过 13 分（非常糟糕的分数，包括 6 个 0 分，其中一个是我的）。他们宣布比分时，我们再次受到打击。这一次我们得了 44 分，让我高兴的是，我也得了——1 分！我们吃了蛋糕、喝了茶，乘车一路颠簸到达那里又回来，我感觉所有人都很开心，因为全面开花不太现实，但我们还是“捍卫了己方荣誉”。

我希望可以在你身边，沐浴在你的神奇、魔力和光辉之中。“神奇、魔力和光辉”，如果你恰好刚刚度过一个“轰炸”不断的夜晚，在糟糕的早晨读到这封信，你可能会对这些词产生怀疑。不过，我希望你接受它们作为你在我心目中的形象描述、美好之源。

爱你。

克里斯

## 1944 年 7 月 17 日

亲爱的贝茜：

今天收到了你的 5 号信，看完之后我的感觉是你很不开心，而这种不开心是我导致的，我真的从来没想过让你不开心。求求你，亲爱的，不要因为我可能说的任何事情失落或沮丧、难过或悲伤。我并不想质疑你或你的行为。

我向你保证，无论这世界如何令我沮丧，我都不会觉得我们俩很惨，你以任何方式说的任何事情都不会令我对你的欣赏和爱减少一分一毫；你不是也打了个比方说，有“自杀的感觉”是很愚蠢的，与事实恰好相反的吗？

你说当我“厌倦”你的时候，你会感觉自己心灰意冷、一无是处。我哪封信里说我厌倦你了？我所有的努力都是为了让你深刻地了解我有多么渴望拥有你，而且我相信我已经成功了。我确实感觉你在认真地考虑我对你并不是特别满意。无论过去我对任何其他人抱有什么样的情感，这些情感与此刻我对你的情感相比，都是小巫见大巫。不要再说我会离开你，我最大的愿望就是来到你身边，作为你的爱人、你的伴侣来到你身边，拥有你的一切。

我很高兴你提到避开人群。我们当然要单独互诉衷肠。我们两个有血有肉的人真正站在一起，彼此凝望的那一天该有多美好啊！我抱着你，与你缠绵的日子该多美好啊！当然，你认为我可能会离开你，这个想法真是太傻了。我不相信你会这样认为。

你知道你会永远拥有我。今天早上我看了一些你的“旧”信（它们与我而言一直都是如此刻般新的、鲜活的），看到你说“你知道有了我就有了家”，我当时觉得这话说得真是太对了。你就是我的家。我的生命存在于你，贯穿于你。

你说你渴望取悦我。哦，那你正好可以从不要一直担心我和我的需求开始。比起让你给我寄点什么之类的事情（即使我真的需要！），我更关心你头上的炸弹。你可以注意一下企鹅的书，《英语散文集》和《战争诗集》。千万不要因为找这两本书而累着自己。如果不行就放弃，因为这两本书很有可能已经不出版了。记住，你的一封信对我而言胜过整个牛津。

爱你。

克里斯

## 1944年7月25日

亲爱的贝茜：

我今天给你寄了一个挂号包裹。我估计需要一些时间才能到你手上，9月底你应该就可以成为自豪的《巴特利特经典语录》的所有者了。你之前可能听说过这套书，不过我更倾向于认为你手里并没有。这套书非常经典。我的第一本《巴特利特》（1884年出版）是用4便士买来的二手书。书非常好。最新的版本包括了所有“现代”语录。我在英国买那些书时遇到了很多麻烦。出版商给了我他们那儿的最后一本。那本书我是以1基尼购入的，现在已经涨到了1英镑10先令。在亚历山大休假的时候，我看到一本标价2英镑的正在出售，当时我就想：“我必须把它买下来送给贝茜。”（多花的10先令是在埃及卖英语书的议定价。）我本来想把书多留一个月，以确保在你过生日前后送到你手里。但这是不可能的，我希望你将它视为我送给你的第一份生日礼物，带着我所有的情意和爱恋、关心和敬意。希望我们可以一起幸福地阅读这本书，度过许多美好时光。

我真的不记得我7月6日的信中说了什么让你伤心的事了，也不知道晚上到达的我的1号信又消除了什么烦恼。我唯一的感觉就是，你的想象在可能让你伤心、多疑的事情上用力过度，而在可能让你快乐的事情上消极怠工。如果真的出现什么我强烈认为你做得很不明智的事情，我一定会清楚无误地告诉你。

我有不同程度的你提到的那种“爆发”的感觉，而那就是我迫切地渴望你、渴望你的身体、渴望你的乳房的时候。我总是渴望感受你，但我最大的愿望是祝福你。

很高兴你喜欢这个编号系统。

很遗憾爆炸给你带来的麻烦。请把你身边发生的一切都告诉我。我不会做任何评论，因为我不想重复你的恐惧。我觉得你“睡不好”是肯定的。我希望能走入你的梦中，把那些讨厌的阴影驱走。

我们永远都不会知道，我们是不是真的“相见恨晚”。或许我们走到一起是偶然的。我盼着我们能充分利用这次偶然。我们以后要一起度过的日子还有很多年，很多很多年。或许我们应该把现在的通信都收集起来，仅仅作为我们幸福的一小部分见证。

虽然我可能以某种方式保留，但很可能很快就得毁掉你的一些信，实际上，可能是绝大部分，因为我必须考虑空间问题。对于这件事我很遗憾。请你原谅我，但不管怎样，我都应该抽空开始着手做了。你告诉我的每一件事我都不会忘记。每一个拥抱、每一次亲昵、每一次爱抚我都会牢记。

爱你。

克里斯

## 1944年7月28日

亲爱的贝茜：

我衷心希望你在谢菲尔德过得愉快，因为那里周边的乡村景色很美，你只需要有个好天气就能好好放松。不管怎样，能躺在床上美美地睡一觉总是很美好的。希望你会梦到我……

若如期收到照片，我会很高兴，不过如果听说你为了搞定照片颇费周折，我也不会惊讶。

我很高兴你认为2号信是漂亮的回复——哦！愿幸运的凡人能保留你的信！很遗憾我必须把你的信处理掉。我想我可以要求你给我寄封信，里面只包含最美好的感情和最真实的表达，这样我就可以一直留着，永远也不必丢弃，而且总是可以拿出来看看你的想法。哦，亲爱的，或许等我安定下来，我也会为你写一封这样的信。我很高兴你没有觉得我太温和。很多时候我就像一头咆哮的狮子。我想要咆哮，想要钻入你的身体。我想要感受你的全身，在私密之处充满爱意地抚摸你。对我来说，你美丽、活泼、光芒四射。亲爱的，请你接受我意义深刻的声明，这是关于我对你的深切渴望，以所有方式与你在一起的真正的、永恒的意图，无论将来会发生什么。

爱你。

克里斯

## 1944年8月3日

亲爱的贝茜：

除非我非常小心，否则我的口水会在这封信里从头流到尾。

说实话，你对我的看法令我无法保持淡定。你一直搅乱我，直到我喘不过气来。虽然我勇敢而又悲伤地烧掉了你几乎所有的其他信，但我觉得我必须把最后这些信保留下来。所以，因为我无法把你托付给我的行囊或者藏在放着寥寥几封其他信的防毒面具的隐蔽小角落里，我必须找一个可以挂在胸前的大口袋装你寄过来的东西。

关于我们的战后计划，我不知道。等我们知道那些麻烦可能长什么样的时候,应该就能更好地解决它们！这可能需要一周、一个月，但我知道一定不会太久了。幸运的是，我们的家具确实给了我一些启发，我们会有很多钱。我希望你爸爸能让你带走你自己的床（不过我猜这只是你其他财产中的一部分），而毫无疑问，我母亲肯定会让我带走我自己的。

我完完全全臣服于你，而且我知道你完完全全臣服于我！那块布（或许是块小手帕）得很长时间才能寄到，不过到了的时候我应该会知道，而且我会把它当宝贝一样。

我能明白你和你爸爸的争吵。自从你把我迷住之后，我跟我哥哥的相处也不太好。他似乎总是碍事、突然闯入。

谢谢你告诉我你身上穿的衣服。我愿意不惜一切代价看你穿那套衣服，不过我猜你应该不会穿太久了。只要时机一到，我必须把你带到某个地方，远离所有人，去只属于我们的地方。

爱你。

克里斯

## 1944 年 8 月 4 日

我亲爱的、可爱的贝茜：

你可以想象我今天收到你的照片时是什么心情！就放在我刚收到的那些明信片上面！你真是太可爱了！真的好漂亮啊！好惹人喜欢啊！我最最挚爱的伊丽莎白，你在对我做什么？我们在对彼此做什么？我以前怎么看不见你呢？我是瞎了吗？我该怎么办？我不想用普通的词语、正常的语言告诉你我有多么喜欢你，我为你而痛，为你而等待。你值得我所期望给予的一切，而且远胜于此，但你的爱鼓舞了我，让我觉得可以成功地与你在一起。稍后我会退回在大雅茅斯和兰诺克沼地的照片。这两张对你来说可能有点珍贵，其他 4 张（有这么多真是太好了！）已经足够我细细品味了。

我已经偷偷看了十几回了。我盼着能有时间好好地看一看，等只有我一个人的时候，等我能更好地想象你与我在一起的时候。此刻，当你看着我的照片时，你也可以想象我是否也正看着你的。这种情况会发生很多次，因为我会经常看你的照片。看你拎着裙子，看你光着脚，看你靠在船边，因你套头衫上凸起的胸部曲线而窃喜。看你跟其他女孩在一起，看你的小天鹅绒裤子，看你裸露的膝盖。哇！现在你确实是做了些什么！

我爱你！

克里斯

## 1944年8月12日

【意大利】

我亲爱的、可爱的贝茜：

这是一封简短仓促的信，主要是为了告诉你我最近进行了一次安全的短途航海旅行，现在正在度过人生最有趣的时光，并且期盼着即将到来的日子。你可以想象当我发现自己摆脱了印度时有多轻松，以及再次与你共处一片大洲时的那种喜悦。昨天晚上我铺床时落在石头地面上的沙子可能是我最后一次睡的沙子。我对利比亚并没有太多抱怨，但离开无休无止的骆驼、沙子、喀新风[①]，再次看到树木、房子、街道、文明及其他与英国相似的景象还是挺不错的。因为我才到这里一天，所以你不要指望我带来多少关于这里的消息。除了各种各样的军装，这里几乎看不到什么正在发生战争的迹象，

① 喀新风是一种非常热且干燥的沙风。

也没有缺乏食物的迹象。这里很多小孩的样子跟埃及的小孩差不多，但成人衣着考究，看起来很有范儿。这里的女人都很漂亮、神情倦怠，身上穿的衣服各式各样，各种面料都有。（我把我的预防问题交给了一个胃口比我更大的同伴。）这里有个不错的 NAAFI 和基督教青年会。我在基督教青年会买了两个蛋糕（1 便士 1 个）、一杯茶——6 便士（10 里拉）。这里还有一些很漂亮但特别贵的绸缎在卖。奇怪的是，这里的冰淇淋店并不是很多，不过我今天花 6 便士买了一瓶特别好喝的柠檬汽水。

这里有很多好吃的番茄、杏、梨子等等。遗憾的是哥哥未能与我同行，不过我很快就会再次与他会合，一起重新开始我们的旅程，彼此交流最近的经历。海上旅行最棒的一点在于很短。甲板下面为普通士兵准备的空间，比我 18 个月前忍受了 7 个星期的环境的条件还要差一点。你无法想象那是什么样的条件，我在这里也不会试图去描述。稍后我会给你写信。

我得交上去审查。我非常确定船上的每一位普通士兵在这次旅程中至少瘦了一些。大家的行为举止比之前好多了，饮食也得到了极大改善。我躺在甲板上，既是为了舒服，也是作为一项安全措施。但是，对任何战时海上旅行来说，最重要的都是安全抵达，所以作为个人，我要感谢海军的小伙伴们。

现在，我希望你能明白，从现在开始，我在几个月前所说的不要想象我没有写信是因为我对你缺乏基本兴趣的警告仍然有效。在沙漠站，我有很多机会写信。现在，我正站在新生活的边缘、冒险的边缘、我之前从未经历过的东西的边缘。我不知道我要去哪儿，要待多久。我无法对自己说：“啊，我明天要给贝茜写信。”——因为我也不知道我明天将身处何方。我希望你能够一直记得我所处的新环境，永远不要以为我没有在想你，没有在心里给你写信。

审查肯定会越来越频繁，而且我发现自己很不愿意描述对你的强烈渴望。我非常遗憾只能这样，希望你一定要理解这种新状况。只要环境允许，我一定会尽可能地多给你写信。我会想你，你会成为我的一部分，现在和未来，就像最近过去的这段奇妙时光一样。我会梦到你不顾一切地等我，因为我曾梦到你站在沙漠中，最近又梦到你出现在海上。不要担心我的安全，不要质疑我对你的爱，或者你对我的荣耀意义。你，你，你，只有你。

爱你。

克里斯

## 1944年8月23日

亲爱的贝茜：

我特别能理解在当前的环境下，《我的夫人尼古丁》为什么那么有吸引力，而且一直在等美好的你主动进行这点小“坦白”。如果你愿意，你可以成为人体烟囱。我知道当条件使得人性再次在我们所有人中复苏时，你将能够减少吸烟的次数。我真希望能把我的免费份额给你，这边部队里是一周60根烟（上周是公园大道，这周是黑猫）、2盒火柴——还有一块巧克力。我不会太担心攒钱的问题。我们应该会比大多数人富有。我忘了我每周存多少钱了。不过我知道，要么是2英镑10先令，要么是2英镑15先令。

现在我没有把你的信带在身边。我只有在船上的时候才带着。我不能冒险让你“分散在大范围内”。如果有任何变动，你——你的信——都会伴我左右。很遗憾我必须烧掉你那么多信——以后我会告诉你我留下了哪些。

所以你爸爸现在退休了。对于你说的理由，找点儿事干应该会有用。你们肯定会令彼此心烦意乱。如果你真的发火了，不要以为我会把你当成一只可怕的猫。我肯定会把你控制好的！很高兴你还在看《政治家》这本书，我还以为你早就放弃了。

我想拥抱你，此刻、永远。

爱你。

克里斯

## 1944年8月27日

我的挚爱：

我现在已经搬离了尘土飞扬的军营，在坐着牲口车经过另一段旅途之后，到达了另一个基地，这次旅途的细节由于军事原因无法详细描述，但这个基地可能是我这辈子住过的最好的地方了，无论是在部队里还是外面。就像我臣服于你而无法很好地向你表达一样，这个地方充满了自然美，使得任何普通人都无法准确地描绘它。我们身处一个名叫“快乐谷”的山谷中。这里三面环山，森林广袤，美景处处——而另一面是——大海。从军营走出去10分钟随处都可以看到大海。（此刻，我正坐在小海湾的沙滩上写这封信，刚刚还在温暖的大海里。）这里的高山密林可以是英国的任何地方，而这片静谧的海湾可以是沿海岸线的任何地方。如果你在英国发现这样一个地方，肯定希望别人都不要“发现”它。在这里不用担心任何人突然闯入，因为目光所及之处，只有五六个农舍坐落在山谷的坡地上。

我们爬上一棵梨树，从树上摘梨吃。大吃特吃灌木丛上密密的黑莓。这里有长在树上的柠檬、橙子、石榴、酸橙、核桃（还没熟）、杏、无花果，刺梨（长在仙人掌上），接骨木丛——刺槐。战争中的种种事件令我对早日回家充满了希望。我要回到你身边，回到你的臂弯、你的唇、你的胸。

我们遇到一位老人，他把我们带到几棵无花果树和梨树前使劲摇了摇，然后告诉我们请自便。

爱你。

克里斯

## 1944年9月3日

亲爱的贝茜：

昨天没有收到任何邮件，但我还是像往常一样非常期待今天会收到点什么。有消息说法国盟军非常棒，我希望这能让轰炸快点结束。我认为他们很有可能在其他地方建立自己的基地，但不可能再次造成如此大的威胁。

我烧掉你信的决定是那种变动时必须做的决定。你应该看看当人们在考虑是否应该丢弃书籍、纸张、信件、桌子、床、椅子、灯、锡罐、水桶、私人工具和多余的工具时，他们内心的反省。慢慢地，然后迅速地，当这样做的必要性逐渐深入时，地上零碎的东西越堆越多。东西被丢掉之后，如果后面还有人，他们就会走过来拿走自己想要的。昨天的小调动让我收获了一个德国铝“饮用水”容器。这个容器能装大约2.5加仑水，而且非常轻。从我第一眼看到这个东西起，我就希望自己能有一个。我手上这一个曾用来装石蜡，不过不时地洗一洗，应该很快就可以用来喝水了。就像和平时期一条新裙子或一件新西装会让你更开心些一样，我昨晚上床睡觉的时候也有点开心。

今天是星期天，开战五周年纪念日，这一天在这里显得有些奇怪。电闪雷鸣加下雨。下雨还是不错的，但如果下得时间太长，我们可就有麻烦了。雨后帐篷内的生活在任何地方都不是开玩笑的。在我这样的部队里会有很多非常快乐的时光（大多数情况下几乎都是非战斗状态），等战后大家重新走在街上，坐上有轨电车，住在房子里，每天而不只是周日都能“远足”时，我们大多数人都会注意到那些差异的。你每周都有一天“休息日”吗？还是休息的频率更低？你是每七天只有周日可以休息吗？你对周日工作是什么看法？即使是在军队里，周日也总有点不一样：“起床号”和早餐通常会晚半个小时，而且大家可能只需要早上工作。

在这次调动、变化和这场战争的整个过程中，我一直在想你、需要你。我会为你叹息。我会为你哭泣，并且知道你能听到我的哭泣。

爱你。

克里斯

## 1944年9月5日

亲爱的贝茜：

我现在每天都要做臀部按摩。昨天没做，因为前一天我拉肚子了（因为吃了一些美味的黑葡萄），所以只能告假。我暗示按摩师，那天早上给我按摩将是不明智的。我休息了一天没有值班，今天和明天都只用干一些“轻活”，虽然现在我已经生龙活虎了。昨天去那儿的时候我见到一个正要去医院看疟疾的家伙。昨天他的体温到了华氏106度！太可怕了，是吧！

希望前线的消息能让你高兴。希望你自己心里头悄悄地明白，最值得获得荣耀和赞美的人是那些牺牲和受伤的人，是他们的努力使得成功成为可能。对我们这里所有来自伦敦的人来说，轰炸好几天没有出现算是个好消息。我希望以后也不会出现。

9月6日。真不走运，写完上封信后，我刚刚听说你又遇到了一些轰炸，不过我希望以后德军不会有那么多机会发射炮弹了。

昨晚我去山谷散了散步，而且很高兴在我之前列给你的清单上再加上三样：苹果、洋李子、梅子。我对每样都留了样本，梅子超级好吃，但我们只看到一棵树上长了梅子。真的太好吃了。这让我想起家乡的梅子树，我的父母会仔细地数清每一朵花，好知道我们当年能不能收获十三四个梅子，看着眼前的这棵树，我真希望英国也能有一点意大利这边的气候。虽然我不想让你买，但如果你能在方便的时候去书店转转，看一看某些地质学方面的畅销书，我会很高兴。

爱你。

克里斯

## 1944年9月13日

我的挚爱：

今天晚上我收到了你的22、23、24、26和27号明信片。在等了这么长时间以后一下子收到所有这些信，真的让我非常、非常、非常高兴。

我有点遗憾地发现，你对我们的未来仍然不是很确定，对于我陷入其中的深度仍然有所怀疑。但是，我希望你（我已经提醒过你）记住我这边时刻变化的写作条件，并且一直理所当然地认为“我爱你”，相信我知道这意味着什么，知道自己在说什么，并且下定决心要一直说下去，只要你允许。［请再读一遍最后几行（从“一直理所当然地认为……”开始），慢慢地读。］最近我一直把公开页留白，因为有时候我觉得用了公开页有点反高潮，而且我脑子里总是想着如果有人真的想看的话，总有些“八卦”的人会看到我在说什么（比如把卡片放在同一个桌子上的人）。

你相貌如何、会不会做饭、有没有看过《所罗门王的宝藏》都不重要。我就是爱你爱到骨子里。

如果我的信中断了，你还会再次怀疑我的决心吗？如果某张明信片上只有寥寥数语，或者只收到一张现场服务卡片，你还会“怀疑和担心”吗？——请你千万不要。我希望我的唇与你的唇在理解中相遇，我想要拥抱你，想要亲吻你，想用我炙热的双手完全捧住你。我想要把头埋进你的胸前，双手放在你的腰上，然后亲吻你，然后向你致意，在那里与你相遇。

爱你。

克里斯

## 1944年9月22日

我的挚爱：

我们这里所有人都在讨论今天早上发布的遣散复员白皮书。我想情况可能会更糟。我已经写信给我的国会议员 E.T. 坎贝尔爵士，敦促他表达两点：（1）任何计划都不应减损迅速将所有曾在海外长时间生活的人带回家的需求；（2）对于此类服役，在海外每待两个月应记为一年。我对坎贝尔并不抱太大期望，不过我认为让他了解这里大多数人的想法是件好事。他是个保守党、自封诗人，下面是他写的诗：

我们反抗的，是希特勒，那个德国佬，
因为他所做的一切皆险恶，
了结他的最好方法，
就是帮助丘吉尔，我们伟大的首相。

看在上帝的分儿上，在地质学上花费几先令已经够多了，千万不要太破费。如果你花太多我会不高兴的，因为等我回家之后，我就可以去图书馆了。

你说我们男人（好像我很在乎似的）以前对女人来说就是小人。在我的印象中，男人对男人来说是“小人”，对女人来说也是“小人”，而女人对男人来说是“小人”，对女人来说也是“小人”。不过我认为（不幸的是）大多数女人会因被视作一件漂亮的家具而怡然自得。说实话，此刻这个观点适用于你吗？虽然我有一些不切实际的关于平等的借口，但你是不是已经准备好了在某些时候被我视为一件家具？如果不是，那你可能会感到震惊。希望你的梅子可以令你愉快——明年。还有，关于轰炸的事情，我深表同情。希望它们能快点结束，这样我心里也能多些平静。

爱你。

克里斯

## 1944年9月23日

我的挚爱：

我现在已经大体浏览了一遍黛布寄给我的一大摞印刷物。《新政治家》上有一篇评论是关于最近出版的3本地质学作品。

上一封明信片里我问过你，是否期待某个时候我会将你视为一件家具。真的，我觉得我肯定会这么做，不过我很有可能会努力克制，不去做任何你不想让我做的事情。不过你可以确定的是，我会偶尔忘记，这种时候希望你能原谅我，这只是为了增加点调味剂，是很自然的。瞧，我是如此完全地掌控你、拥有你。如果我对你不那么确定，我就不会这么放纵自己的思绪，但我知道你在等我，并且已经等了很久，我想要扑向你、吞没你。

我去镇上的那天还去了ENSA看电影。《边疆狂徒》——这里面我记得的唯一一个人就是狄安娜·巴里摩尔。里面讲的都是卖牲口的事，还有多多少少的沙沙声。影片的背景设定是1869年，持枪歹徒似乎人手一把一直射击的自动手枪。我们跟几个美国人共享一个包厢（顺便说一句，是免费的），我本来想跟他们争论一下美国电影的优越性，但我们之间有种莫名的障碍，所以什么也没发生。我们好像是他们的穷亲戚似的。

因为这里没有真正的洗衣设备，我找了当地的一个妇女帮我洗脏衣服。有一天，她把我请到了她家的起居室里（那里没有走廊，一只脚跨过前门就到了大双人床上）。我极其尴尬地走进去，四处打量了一番——神龛、意料之中的石头地面、锅碗瓢盆，但屋里不脏。墙上挂着一个小男孩的照片，我猜有2岁，是没穿衣服的正面照。对我们来说这是个继续话题的有趣方式，不过我认为每件事都应该用不同的标准来评判。我发现这里的人都不吃番茄皮。他们把番茄皮都扔了。主食好像是大块的棕面包，上面放上番茄粒和果汁。

希望你一切都好。

爱你。

克里斯

《普通人地质学》——已故的 A. 苏厄德爵士（剑桥）

《自学地质学》——A. 雷斯特里克（英国大学出版社，3 先令）

《为人类服务的地质学》——W.G. 弗恩赛德和 O.M.B. 布尔曼（佩利肯，9 便士）

## 1944 年 9 月 26 日

我的挚爱：

很高兴《巴特利特经典语录》已经寄到。撞得很厉害吗？你似乎并没有我之前想的那么开心。如果你看过后面的索引，就可以在它的帮助下把手指放在任何东西上。里面有许多关于萧伯纳的故事，所以你应该能够想起很多。你查过吉卜林了吗？读一读 A.P. 赫伯特的《当爱死了》。如果你愿意的话，应该可以摘抄好几个小时。在那遥远的我们将共同度过的幸福时光里，我可不期望跟你说语录。只要可以，我会创造语录。

我刚买了一把长柄稻草扫帚（60 里拉），用来打扫这些地方。我得弄一张收据，而且要带翻译一起去。卖扫帚的那位女士不会写字，但她 13 岁的女儿会，并且签上了自己的名字：马西娅・玛丽亚・布鲁诺。原谅我有时候写信开不好头。哦，要是有个地方可以让我专心致志地、不受打扰地给你写信就好了。

你问我那些去过海外的人是否像某篇新闻报道里说的那样失落。要是我把自己的看法全写出来的话，就必须得过审查了。我不想把“繁荣的旧报纸”说成是仁慈的大叔。除了雷诺兹和其他地方一些极少数的例外之外，所有报纸的主人都会永远束缚我的身体，令我的思想蒙上阴影。规定不允许公开谴责，所以我该怎么说呢？“我想回家”是这里所有人的心声，只是原因各不相同罢了。而你正是我最重要的原因。

爱你。

克里斯

# 04

# 以我之姓冠你之名

## 1944年9月28日

我的挚爱：

过去的6个月（我们开心、放松地投向彼此寻求安慰和安全感也是差不多的时间），我们已经见证了各自的脑中在想什么。我对你了解得更清楚了。我爱你爱得更深了。我从只有一个朦胧的想法，渐渐有了一个清晰的轮廓。我已经学会尊重你，但我觉得我应该更尊重你，因为，虽然还有许多事情待理清，但太多证据表明我们心意相通，无论是不是我的大脑作祟，有一点越来越清楚，那就是我们比自己之前想得更靠近彼此。我不想把你当作傻瓜，在这段时间里，我没有任何理由这样做。每瞥一眼你的信都让我看到你的智慧。我希望你相信这一点。我希望你知道我就是这样认为的。我想告诉你，我为你自豪。

你知道，在我离开沙漠之前，我必须毁掉你的大多数信。我留下了极少的几封信，我觉得必须这样做，因为你在这些信中对我说了太多太多。我留下了你1月1日的平信——“我砰的一声关上灯，身体微微一斜，帽子掉在了耳朵上”——“我沉迷于……过去，乐不思蜀”。你问我有什么“别的家伙没有”的东西。我知道我什么也没有，但我知道你一直认为我有。我不明白为什么我的回信竟然写了12天，但事实就是如此。还有，我真的认为2月7日，我收到你信的那一天，就是我开始想你的日子，从那时起，我每一天都越来越想你。

我凝视着你的照片：我不知道如果没有这些照片我会怎样。但那一天总会到来，一年一年总会过去，我会在你身旁，如你所愿。

爱你。

克里斯

## 1944年10月1日

我挚爱的伊丽莎白：

大雨已经持续下了近24个小时，周围的一切都变得很潮湿。目前来说这对我影响还不是太大（我最担心的是马桶座太潮！），因为我们在一个大房子里，雨下不进来，不过当然，我们大多数人对天气的反应都非常敏锐，曾经湛蓝的天空乌云密布，看到大家伙儿身上都湿湿的，全身沾满泥，一副可怜相，真是太惨了。昨天我没有收到你的任何邮件（不过倒是收到了家里的3封信，说的是我哥哥谈恋爱的旧闻、无线电崩溃等等），今天所有人都没有收到任何邮件，所以能鼓舞我熬过一片阴霾的希望没有了。我最近真的很闲，所以四处打扫了一下，写了点东西。今天下午——天啊，是周日下午，但与其他时候并没有什么区别——我一直在读一本名叫《狄更斯笔下的年轻人》的书中狄更斯作品的选段，它让我想起奥利弗·退斯特、斯奎尔斯一家和斯奎尔斯太太、老教唆犯等等，还是很美好的。跟我一起留在办公室里的家伙问我在看什么。我跟他说了之后，他说："真无聊——我还是喜欢精彩的牛仔故事。"无须多说，他对其他事情的观点也都是那种每天看《每日邮报》的乖宝宝的观点，不知不觉中，他已经按照别人的想法去做了。他历史不好，地理更差。

我希望你能越来越喜欢《巴特利特经典语录》，因为说实话，我觉得这是一部非常伟大的文集。在我自己的小书里，我写了一些值得注意的东西，我把它叫作“巴克的陌生语录”。我把歌德的一句话（他的名字怎么读来着？）写了进去，“你所有的理想”——这还是你告诉我的。

我们不可能等我一回去就过上轻松的日子,因为克制是必要的。我希望你能够在我回去之前找找房子，虽然我知道这很难。我还希望等战争彻底结束后，你会愿意在家里找找能用的小东西。你需要土豆削皮器、打蛋器以及各种东西，如果你能提前准备好，会给我们省去不少麻烦并节约时间。我们第一次见面的时候，我可能会有点糙，不过在你的帮助下，我一定会有长进的。我要成为你想让我成为的样子。我想让你为我梳洗打扮——我想你，我想你，我想你。

爱你。

克里斯

## 1944年10月2日

亲爱的贝茜：

我们俩有这么多共同点，如此需要对方，有那么多话要说，那么多事要做，但这些事情除了我们俩没人会在乎，所以，我们必须在等待幸福降临的人类长队中耐心等待轮到我们。最近的一项命令表明，战争办公室对于这件事并非完全不近人情。与妻子分离3年、妻子超过35岁且没有孩子并且想要孩子的人可以申请抚恤假。这很适合我。唯一的障碍在于：（1）我们没结婚；（2）我们没有分开3年；（3）你没有超过35岁。

我在这个村子里听到了越来越多关于这里人的风俗习惯，这一带大概都是一样的。结婚之前不需要“追求”。年轻人给未来妻子的父母写信，他们同意就请他去喝茶。俩人从来不会单独在一起，男孩第一次拉女孩的手是在他们结为夫妻的时候。有些婚姻可能是天作之合，但这些地方一桩都没有！所有的女孩都不敢让人看到她们跟男人说话（更不用说士兵了），更不用说成为闲聊的话题。我的伙伴们对这里能找到的女人不甚满意，不过有些人还是有过一些快乐时光，只是代价有点高。

我在这儿遇到一个比我小18个月、跟我上过同一所学校的家伙。我们在一起畅聊老师和记忆中的同学。我还跟一个住在利兹的家伙聊了聊。他是在战争爆发前几年结的婚，有一个孩子，离开英国两年了。他老婆6月份又生了一个孩子（孩子的父亲是一个有两个孩子的已婚男人）。她请求他原谅，但毫无意外的是，他拒绝了。我听过许多类似的例子，或者主题相同的差不多的故事。想象我们生活在一个坚定不移、山盟海誓的世界是一件美好的事，但事实当然并非如此。我宁愿不提订婚的人之间的争吵等等，因为他们还没有像已婚者那样承担起道德和法律上的责任。我们这里有些人在家里的时候会抱怨美国佬，但有大量证据表明，许多英国人的行为并不体面。

我真的想向上帝祈祷，欧洲这边结束后不要让我去东南亚兵团[①]。所有从这里去了那儿的人都非常不开心，虽然印度现在只有4年了，但这意味着我还有2年4个月就够资格去了。你觉得2年4个月特别长吗，亲爱的？不知何故，有些时候觉得似乎还好，而有

① 克里斯这段时期的几封信都在思考，一旦在欧洲取得胜利（现在看来这是有可能的），他将来可能被安置在哪里。他显然不抱任何幻想，未曾想过德国人的失败将意味着立即回家。

些时候又觉得太长了，想都不敢想。850天！有时候好像我第一次给你写信就在昨天。有时候我好像这辈子一直在给你写信，一直在想你。

爱你。

克里斯

## 1944年10月3日

我的挚爱：

当我在明信片背面写下“私人和家庭话题”把信寄给你时，总是会露出一丝微笑。我所说的每一句话都非常隐私！而且，我真的希望我们能成为一家人，以我之姓，冠你之名。

在今天收到的34号信中，你要求我为你自愿放弃做我的“尼古丁夫人”而“热烈鼓掌”，我已经照做了。当然，你的立场令我印象深刻，当然，你断然拒绝烟叶带来的刺激和满足令我钦佩，而且当然，我知道你很直接地感觉这样做是为了我，而我，你的奴仆，对你非常满意，为你自豪、为你高兴。如果你戒烟以后胃口已经有所好转，那我会更高兴。我认为长远来看，食物对你的益处更大。

看你说的那些事，我几乎能听到你的呼吸，感受到你在我身边的那种温度和亲密。我认为你摸到我（实际上是“抓住”我的胳膊）是在1937年9月举办的周末学校。（那是我们的第一届周末学校，而且是我的主意，像往常一样，我做了绝大多数的幕后工作，不过很多时候我也是舞台的拥有者。）我们是周六下午去的，我记得是一次演讲，然后大家傍晚一起去散步，还有一些人去了附近的酒吧。不知为何，我们脱离了十几个人的散步队伍。那个傍晚很美（我在之前的信里提到过金色的阳光如何穿过树丛洒射下来）。然后你说："我可以挽着你的胳膊吗？"你挽了一小会儿就被我甩开了。我记得我加快脚步，追上了其他人。我记得很清楚，有点过于清楚了，如果你能理解我的话。我想知道你还记得吗？我并不是因为现在想你才突然记起这件事的，这些年，在我短暂的人生中，我一直记得这件事。很可能是因为我犯了一个错误，因为我本应该让你挽着我的胳膊，因为我本应该与你一起从那里走来。我们本来可能已经做了许多事，甚至可能在那个阳光熠熠的傍晚就做了一些。但我们没有，那天傍晚也没有，现在，我们只剩下希望和期待（这些都很好），却无法真正实现。

爱你。

克里斯

## 1944年10月6日

我的挚爱：

我今晚觉得有点累，所以如果这封信整页毫无逻辑，而且容易暴躁，请你一定要原谅我。我帮我哥哥打包好了最后4个包裹——而且——你猜怎么着，又缝进去一个锡罐，这一次包括给你的一罐青橙（大约有十几个）。对于寄给你的在途的东西，我现在有点晕，不过下面是我的记录清单：

9月18日——坚果

26日——坚果

27日——坚果

10月5日——坚果（和两个柠檬）

6 日——橙子（一个柠檬）。

希望它们都能平安到达，都完好无损。我觉得必须得让你尝尝，如果你尝不到，我会对某些人非常生气。那些橙子和柠檬都是我亲手从树上摘下来的！

自从收到令人惊喜的 33、34、35 号信后，我脑子里一直想着有两件事情要说。一件是告诉你我也不喜欢“奶头”这个词。用这个词之前我真的很犹豫，不过为了表达清楚我的意思，还是决定用了这个词。现在你应该已经看到，我在后来的一封信里说的是“尖尖”。我很抱歉；希望你能接受这种替代说法。另一件是你赋予“生机勃勃的活力点”的力量。我的挚爱，我愿意接受一切，所有你想让我接受的一切。我与你非常亲密、非常靠近。

你列出的最喜欢的诗人我很感兴趣，不过我之前的选择错了。如果有机会，我愿意再尝试一次。

你的烟戒得怎样了？希望你能坚持住，我英勇无畏的姑娘。

我不知道什么时候能收到你的手帕，什么时候能闻闻它、感受它、把它放在我怀里。我真的很想要，这是来自你的东西，也是属于我的东西。天哪，贝茜，我可以忍受你，靠近我，在我身边，与我一起。总有一天我会走近你，告诉你你在我心中的地位，你对于我的意义。对于你所做的一切我都将心怀感激。我会求你冒个大险，嫁给我。我会求你与我一起生活。我会请求你的悲悯。

爱你。

克里斯

## 1944年10月9日

我的挚爱：

正如我所预料的，我今天如愿来到了附近的镇上，现在正在镇上两个非常棒的NAAFI中的一个里写信。我可以不被打断地写完这封信，因为在一段非常珍贵而又短暂的时间内，我就是自己的老板，想做什么就做什么。

我第一次走进一条小巷的时候，几个小男孩问我想不想找女人：我认为最好还是不要试图向他们解释，你是我唯一想要的女人。货摊上并没有什么新鲜宝贝。如果你让我知道你的尺码，并且告诉我你做个衬衫、连衣裙、短裙需要多少尺布，我想这会是个好主意。

我想到的另一件事是，你那边冬天快到了，所以你可能会想着要给我织双袜子。（如果你没有这个想法的话，请原谅我的假设。）哦，请你别织，也请你不要因为无法以我的名义把你的活动扩展到我脚上而不开心。我离开英国的时候带了13双袜子。一年前，我们认为要迁移到别处去的时候无奈扔掉了10双，军队的限额是3双。这个数足够了，为了减轻负重，当我们的工具包被拿走时，多余的会很尴尬。当然，我想让你到这里来帮我补袜子（虽然我幻想着如果你在这里的话，那些袜子肯定都不用补！），但这是不可能的。

很多家伙已经“从无线电里听到了”丘吉尔的一份声明，据说在被派遣至远东之前，这里的人可以得到一次探亲假，但我还没有看到报纸，你应该可以确认这个消息是否属实。这个消息似乎美好得不太真实，不过我想知道到底是不是真的。如果是真的，我按照这个方案回家，如果你那时候的感觉还跟我一样，我们可以结婚，可以生活在一起、睡在一起，干什么都在一起。我曾经觉得举办婚礼“很幼稚”是个错误，但或许我们已经不是孩子了，无论如何，如果我离你很近，我就不能躲着你，我想我不应该这样做。

每天都见面是件多么开心的事啊！那样我想什么时候见你都能见到你！那样我们就能一起出去散步、一起洗碗、一起看电影——然后一起回家。

爱你。

克里斯

## 1944年10月10日

我最最挚爱的贝茜：

我必须迅速写完这封信以确保及时送出。

昨天，我无比凄惨、无比沮丧地从镇上回到村里，期待着能收到信。晚上10点的时候，信到了。是你的37号信、你的笔，还有你的手帕。我跟你说，你的惊喜令我大为感动。那支笔（我现在用的就是它，这是我第一次用。挺好用的。）是你的标志，手帕——哦，我挚爱的，它几乎就是最隐秘的你。我又热又累。我打开手帕，摘下眼镜，把脸埋在你的甜蜜中。它清凉芬芳，予人希望。我无法告诉你当我把脸埋在手帕里时的那种幸福感和家的感觉，仿佛我闻的就是你一样。这真是很棒的体验，令我如释重负，倍感轻松。当我最后终于把脸抬起来时，我感觉与你在一起时又有了一个小秘密。

爱你。

克里斯

## 1944年10月12日

我的挚爱：

收到你的39号信时（没见到38号信），我刚封好65号信。就是你说正在洗澡的时候突然被警报打扰的那封，对此我很难理解，虽然我在家的时候也曾在洗澡的时候听到过“警报”。稍微多穿一点衣服我们就会感觉安全得多。当然，我头顶上没有流弹的威胁。真不知道你过的是什么样的日子，我真的希望你能在阴暗的日子里安然无恙。我很高兴你没有洗澡癖。普通工人没有时间每天洗澡。我一直认为把自己弄干是件麻烦事。如果水很热，浴室里就会很潮，用毛巾并不能真正地擦干，只是让你不再那么湿罢了。我能想象你正坐在浴缸里看我的信，不过当然，看着照片洗澡本身不就是件很危险的事吗？

我认为我最好趁此机会祝你生日快乐，这将是你作为摩尔小姐过的最后一个生日，巴克夫人。很遗憾不能亲自到场向你表示祝贺，而且我觉得那天你可能也不会收到我的信。不过一定要记住，我一定会在想：“今天是26号，是她的生日。”

我喜欢里士满。我以前经常去那儿，所以对那里了如指掌，不过冬天除外，对于那里的冬天，“地势低洼，靠近河流”的评论真的是再合适不过了。从塞文欧克斯坐火车到查令十字街大约要45分钟，对我们来说可能有点远了，但是我喜欢东南区。请你千万不要去任何特别的地方，只要睁着眼，想着你在哪里最开心就行了。虽然我们一直在安慰对方说我们一定会“贫穷但快乐”，但我认为我们的财务状况应该会很乐观（奥平顿之后，正如我听伦敦桥上的搬运工人经常喊的那样，站点是切姆斯福德、诺克霍尔特、道顿格林和塞文欧克斯）。

我不认为你会成为我的拖累。你会成为我顺势而下的栏杆上的油。你从来没有让我震惊过，以后也绝对不会。你总是令我兴奋，让我高兴，让我因拥有你而自豪。伊丽莎白，我爱你。此生不悔。

克里斯

## 1944年10月26日

亲爱的贝茜：

我想我现在可以跟你说说我在这艘船上能做什么了。在我写这封信的时候，它正穿过海洋，而我正眺望着远方。这是我坐过的3艘船中最棒的一艘。我们有床铺，我的在3层的中间一层，床垫也有，还有两床被子，整个甲板下面都要比其他船上凉快一些，虽然这在很大程度上要归功于天气，因为这里不像6月的英国那样热。我们用餐是在船上的其他部分（不像我之前坐的两艘船那样在铺位底下），而且食物很美味，只是很少。这里的饭菜直接从厨房以自助餐厅的形式供应，而不是由两个汗流浃背的食堂员工给你打；你只需要拿上自己的杯子和刀叉、勺子就行了，盘子是一个金属模托盘，有6个不同尺寸的槽：一个放面包、一个放甜点、一个放泡菜、一个放芝士。托盘是不锈钢的，闪闪发光，很好看。或许你知道它的特点，或许你那边的英国餐厅也用这种盘子（就像你曾经说的："咣——咣——哗啦。"）。

可惜比起在意大利的时候，我又离你远了一些，不过只要我们还在同一个大陆上，我就很高兴。我曾经想抽时间去一下那些没有被盟军糟蹋得太过分的地方。我更喜欢帮着开辟道路（在这个队！），而不是步几百万人的后尘。这个新国家我应该会写得很有趣，不过你不要指望有什么“令人惊讶的”东西，因为这方面的事情是被禁止的。

有一点，请不要想着我认为你不聪明或者很蠢。我认为你很聪明，一点儿也不笨。这并不是说我认为你对社交生活的观点是正确的，就你所知，劳动人民正在被“剥削”，但你确实看不到这样做有任何好处。我认为随着时间的推移，你会看到行动的作用，但与此同时，请不要写得好像我认为你很傻一样。我认为你至少符合我个人的标准，如果你知道这个标准有多低，你很可能也会赞同。

我刚刚去甲板上待了几个小时，就像诗人说的，“在星光熠熠的天空下”，望着波光粼粼的水面。当船快速切开漆黑的水面时，那景色实在是美极了。我愿意与你一起站在甲板上吗？当然愿意！剩下的部分我会留到上岸再写，让你知道我的最新状况。抱歉字写得太小，不过希望你在眼睛看疼的同时也能很开心！伊丽莎白，我爱你。

克里斯

## 1944年10月26日（第二封）

我的挚爱：

今天是你的生日，我在想你。我6点钟起床，第一个念头就是你。我的一天是从7点30分开始的，早上的阳光特别明媚，如同春天一般。我坐在书桌前从面积有限的窗户望出去，近处是一些树，大部分是松树，远处是山。我很高兴我们跨越了距离互诉衷肠。

以上是我今天早上9点之前写的。现在是下午，发生了两件高兴的事。（1）我收到了42、43、44和45号信。（2）我们现在允许说我们到希腊了，而且还有，我们去过帕特农神庙了，还游览了雅典。审查员真是太好了！

我刚从附近的镇上回来，写这封信的时候刚开始值夜班。我走了很多路，感觉有点累，可能没法完全告诉你自从我们来到希腊之后发生的所有事情。明天我应该能先写封信好好跟你说说我们曾经受到的欢迎，以及作为一名“解放者”是什么感觉。

袜子。——我谨代表我个人对你的辛勤工作表示无比的高兴和震惊。说实话，军队里发的3双已经足够了，自从我把五六双袜子扔进的黎波里一座花园的井里之后，我一年多就穿了这3双。但是（我是不是很棒？）我绝对不会把你的扔掉。我会欢迎它们、穿着它们，想着你。但是，求你了，停，我的姑娘，停。求你不要再想着要给我寄什么东西。要是我需要什么东西的话，我一定会告诉你的，真的。请你不要再给我寄你最喜欢的书——但是可以告诉我是什么书，这样我就可以稍微多了解你一点。谢谢你告诉我你的尺寸——你的胸围、臀围、腰围——带我去找它们吧！这就是我脑子里想的，而且我知道你一定会带我去的。

爱你。

克里斯

## 1944年10月27日

亲爱的贝茜：

雅典是一座旅游城市，到处都洋溢着笑声、幸福、快乐和欢呼。如果让疲惫不堪的伦敦人好好看看我紧跟德国人的脚步所看到的这一切，对他们来说会很有好处。让他们看看雅典人是如何欢迎我们的会很有好处。

想象与五六个人一起在一辆卡车上，穿过挂满旗帜和横幅、用鲜艳的色彩欢迎和赞美英国的街道，在快速驶过的时候接受或是几个人，或是一群人经久不息、震耳欲聋的欢呼和掌声。想象坐在咖啡馆外的每个人都站起来鼓掌。想象这样的事情发生在上百个咖啡馆。把一个城市变成舞台，让英国军人成为参与者，听到我们热烈的掌声，感受到我们由衷的喜悦和自豪。想象每个房屋上都飘扬着旗帜，有时候只有希腊国旗，但更多的是我们的英国国旗、美国国旗和红旗。想象每一面墙上都写着寓意美好的标语和问候，很多都是用英语写的（有些是掺杂着英语！），还有很多是用希腊语写的："欢迎解放者"——"问候盟军"——"欢迎可爱的盟军"——"祝伟大的联盟好运"——"英国军队万岁"——"欢迎英勇的英国人"——"向英勇的解放者致敬"。想象无数鲜花被扔上卡车。

想象走在街上，每个路人都笑容灿烂，充满真诚的敬意。当我们走在美丽的大街和广场上时，这就是我们的好运，这是自 1941 年以来第一次不用走鹅步。无论商业主义明天会如何，作为不列颠岛上那些没有被德国人的诡计打败的众多人的代表，今天的士兵已收到回报。我们可能会对英国的某些政策和政客的价值观有所保留，但这些人却天真地相信我们，认为我们都是一群很棒的人。这种感觉真的太棒了！

我们曾到过雅典卫城，也见过帕特农神庙被泛光灯照亮。这里的货币已经被德国人毁了。在和平时期，500 德拉克马约等于 1 英镑。但现在，6 根烟就要 2,000,000,000（20 亿）德拉克马。我有好几十亿没用的纸币，稍后会寄给你。以上。希望你一切都好，幸福快乐。

爱你。

克里斯

## 1944年10月29日

我的挚爱：

你发现我的信值得一读，这让我很开心。对于我们的爱，没有什么是“美好得不真实”的。我知道你信任我。我想让你一直坚信，我爱你且渴望你。

与“结婚”或“一起生活”相比，找个地方似乎是件更难的事情。恐怕在找到安身之所之前，我们得努力忍受了。你有没有想过我们可能得一直分开，直到找到地方？这让我觉得很甜蜜！不要过多地想象我“在房子里走来走去”，这对你没好处。我已经告诉过你，我在军饷簿里记下了你的尺寸。在意大利，正如你所说的，物资匮乏，但在这里似乎并非如此，不过目前的价格还是有点不可理喻，我们必须重组希腊的货币。在那之前，买东西是愚蠢的，而且实际上是被禁止的。不过等货币稳定了，有很多种衣服和许多其他东西我确实会考虑买。在雅典，一个小姑娘告诉我，她花10,000,000,000（100亿）德拉马克买了一张电影票。

对于个人卫生方面我无法给你什么建议，而我也不会冒昧地讨论解剖学上的问题或婚姻上的困难。首先，我能力不足，其次，我发现想在信上说明白这些事会很困难。如果你认为医生会有帮助却不去看医生的话，那你就太傻了。如果我自己身处类似的情况，我应该会去看医生的。

对于我们以后住哪里，我也有些迷茫。希望老天保佑，让我们逃离克勒肯韦尔，或者类似的地方，这是有可能的。你将成为伙伴、助手、追随者，而反过来，如果需要，我也非常乐意为你扮演这些角色。我已经从你身上学到了很多，而我也非常乐意用整个余生来学习更多。记住，任何事情都是相互的，我们所付出的，对方也会给予，以某种神奇的、令人满意的方式。

当一切都说完之后，我能说的就只剩下我爱你。

克里斯

## 1944 年 11 月 3 日

我的挚爱：

昨天，我收到了 47 号明信片和《地质学入门》。谢谢你。恐怕短时间内我都没法打开《地质学入门》这本书，但只是瞥到这本书就让我更加确信你的选择是明智的。等喧嚣渐寂，我希望能花几个小时好好地学习一下。这个“青葱的郊外”景色实在是太美了。松树是这里最主要的树，但同时还有许多其他树。土地是金褐色的，但山峦看起来是灰色、黑色、红色、白色的。最令人兴奋的是，它们仿佛在邀请我们去做客。我没有告诉你我搬到了现在的兵舍，在和平时期这将是一家非常高档的酒店。目前我（和我哥哥）住在 4 层的 95 号房间。我们有床、床垫、衣柜、洗脸盆、桌子、两把椅子、镜子、走廊对面的浴室（只有冷水），以及几扇门之外的厕所。爬上去有点烦人，但我觉得就算是天堂也需要你走进去。地上铺了地板，很容易打扫和清洗。这无疑是我住过的最好的兵舍。大家一律平等，全都住的两人间。在和平时期，住在这儿得花很多钱，而对于在我入住的前几天,我的床垫让一个德国人每天晚上都睡得很香这件事,我一点儿也不介意。

我当然会穿那些袜子的——非常开心、非常感激地穿。但是不要再做更多了,否则你的眼睛会给你捣乱的。

爱你。

克里斯

## 1944 年 11 月 7 日

亲爱的贝茜:

希望你不会对我现在的来信感到太失望和沮丧。希望你能明白事物的新奇和不同,希望你能意识到,过不了多久,我就会安定下来,变得更加一心一意。可是,今天晚上,我却感觉浑身不舒服,因为我昨天感冒了,嗓子疼、流鼻涕等等,这几乎是我离开英国以来第一次感冒。你知道在英国,人会有一种嘴唇发热、流鼻涕、说话含糊不清的感觉。我今天晚上就是,而且,上帝啊,我多想让你做我的护士!

我相信咖啡和可可在英国仍然没有定量供应。你觉得,你能给我都寄点吗?我们定期拜访 3 个家庭,不定期拜访另外两家。我想我需要你给我寄大约 2 磅咖啡、1 磅可可送给他们,我可以把它们分成几份。如果你能找家公司(纪念碑附近有一家)寄过来就更好了。如果可以的话,记下来。你可能会认为这个请求很可笑,但你知道吗?这里的人已经差不多有 4 年没见过可可、茶或咖啡了。我们曾经带了几勺给几个人——他们觉得"好喝极了"。

爱你。

克里斯

## 1944年11月12日

我的挚爱：

现在英国政府已经宣布稳定这里的货币，与英镑的汇率是600∶1。德国人发行的所有旧德拉克马都可以兑换，价格很公道，39,000,000,000（390亿）德拉克马兑换1英镑。很快我们就能相对容易地买到东西，并且知道大家明白钱的价值了。

我现在唯一想做的就是去你身边安慰你，告诉你子弹和V2火箭都没什么好怕的，我们在一起会永远安全。我想告诉你，什么都无法阻止我们团聚、结合，什么都无法阻止我们的爱、阻止我们生活在一起。对于你愿意成为一件家具这件事，我想我现在更乐意了。你知道我永远都不会那样对你，我才是那个需要你完全信任的人。

我希望能让你对希腊有一个连贯的印象，但是此刻我仍然处于一种受宠若惊的状态。这里的景色很美，所有的一切都郁郁葱葱、生机勃勃，甚至连偷偷看你走过来，拿着小花束冲向你，然后迅速跑开，看着你拿着花束走开的小女孩也是。

没有，关于我和你的关系，我还没告诉我哥哥，也没告诉任何人。对于我们俩之间的通信数量，他肯定了如指掌，而且很可能也很好奇。但我不会告诉任何人。我猜你肯定已经告诉了李尔·黑尔。

只有小女孩才想吻我，上了年纪的女性都不搭理我。附近的镇上有很多妓女。我描述的希腊远远比不上它真实的样子，而且我不保证我的发音总是完美的。

爱你。

克里斯

## 1944年11月16日

我的挚爱：

我会耐心等待你的第二条手帕到来。这是我开始说一些平淡无奇的琐事之前必须先告诉你的。我想闻闻它；我想把它放在手里揉捏；我想用我的嘴唇贴住它。我想让你知道我正在这样做，自豪地、感激地、幸福地、带着对你的爱地这样做。我今天寄了一些小葡萄干，诸如此类。但是现在，以及永远，除了对你的这种美好的感觉，我还有什么好说的呢。

爱你。

克里斯

## 1944年11月30日

亲爱的贝茜：

你的烤饼真是太成功了！真希望我也能分享，就在那时，就在那刻。你有没有配柠檬？还是早就吃完了？

谢谢你那么周到地寄来可可和咖啡。我相信那些希腊人一定会喜欢的，你知道我也喜欢，还喜欢你。

很遗憾地说，我不是个足球迷。虽然我比你更清楚什么是“越位”，但我认为在你爸爸和威尔弗雷德面前，我不可能成为一个专家。我知道的唯一的球队就是阿森纳——我小时候当地的球队，约克·卢瑟福的秃头我倒是可以聊很长时间。你可以告诉我关于足球的一切，但我不会告诉你太多的！

希望你身体健康，不要太不开心。那些火箭弹肯定在震撼着每个人，但我希望你能像往常一样勇敢，不要让它们过多地干扰你的睡眠。

记住你是我的，我想要的，我爱你。

克里斯

## 1944年12月5日

我的挚爱：

我不喜欢你说你觉得我要教训你。我确实希望你把我看作一个完全有权讨论你所做的一切的人，就像我很高兴与你讨论我的想法和行为一样。如果你对我们的交流有任何限制或保留，那你就是在说我们是两个人，没有融为一体。想到我们合二为一，我就很高兴。我们无法用火箭弹或感冒来解释你的行为。我想你最好把我所有的信都拿出来再读一遍！不管怎样，我昨天给你寄了一个绿色信封，把手帕还给你。我希望你接受它，把它作为我的需求、意图和渴望的象征。

很遗憾橡皮筋对你来说没有用，或许对你办公室里某个有小侄子的人会很实用，就像我们家那样。我姐姐说很好用，所以我们刚刚又给她寄了大约10码。

关于你的烹饪计划，我相信你一定能行。我想，在经过了军队的独立性训练之后，我自己应该也能行。如果你觉得有必要的话，买本烹饪书是个不错的主意，我应该更喜欢买一本二手的。但你现在肯定已经在做一些东西了。我知道，如果我回到家，我应该想“尝试一下”，尽管可能只是在觉得新奇的时候。

告诉我你相信我。不要为现在发生的事担心。我是绝对安全的，和你一样安全，以现在的状况来说，担心完全是多余的。

爱你。

克里斯

编者注：由社会主义者领导的反纳粹抵抗运动 EAM 及其军事派希腊人民解放军（ELAS）已经控制了希腊除大城市外的大部分地区。这导致了 EAM 和右翼保皇派 EDES 党之间的内战。丘吉尔对共产主义统治的前景感到震惊，随着乔治·帕潘德里欧和英国军队的回归，与 EAM 的对抗似乎不可避免。在 15 名共产主义抗议者被枪杀后，ELAS 和英国军队在 12 月 3 日爆发了战斗。克里斯·巴克很快便会卷入其中。

# 05

# 直到我们相爱，我们才算活着

## 1944年12月6日

伍拉科姆路27号，伦敦东南3区

我的挚爱：

我非常担心希腊正在发生的事情。今晚的新闻谈到了形势的发展，似乎已经变成了一场战争，我对英国军队为何去希腊的最坏的怀疑得到了证实。我不知道这对你有什么影响，普通民众是否也卷了进来。当然，你也没法告诉我太多，我只能希望你平安无事。你的安全——哦，亲爱的！麻烦似乎集中在雅典，你说过要去雅典，所以我假装你的兵营不在那里。我们应该让他们自己解决自己的麻烦。在这场战争结束之前，我们将重新获得背信弃义的阿尔比恩[①]的名声。

亲爱的，我对你的信没有任何抱怨，你想要我的身体，你满脑子想的都是这个，这令我非常开心。如果你没有写下来告诉我这些事情，我倒应该怀疑你对别人的身体感兴趣了。你一直想着我的身体、我的胸、我生机勃勃的隐秘之地、我的手，还有我的渴望。你是我的、我的、我的，请你牢记这一点，永远不要忘记。我不明白希腊人的婚约有什么更重要的意义，但我们的婚约对我来说是最重要的，没有什么比这更重要的了，你是我的、我的、我的——直到死亡将我们分开。你是我未来的丈夫、我的荣耀、我的天堂、我的地狱，我

① 译注：阿尔比恩是现在所知的大不列颠诸岛的最古老的名字，主要指现在的英国。

们将一起携手共度此生，如果你现在站在这里，我会扯断你的背带，你这个诱人的小情人，希腊婚约！更大的意义！呸！！！

好吧，我很高兴你有四床被子保暖，如果我是你的话，一床也用不着，因为你自己就够热的了。我就在这里，一座正在绽放的少女的冰山，等待被唤醒、等待燃烧，不只是融化，而是要变成火；你却在那里，千万里之外，还需要多加一床被子。

过去一个月里，我已经跌至谷底，现在，我感觉自己像是处于恢复期——我不再需要护士了，克里斯托弗，我需要的是你。什么时候、什么时候、什么时候你才能让我变成一个完整的女人？什么时候我才能不再这么沮丧？到底要到什么时候？发育不良，这就是我的病！我的身体发育不良，我的爱发育不良，甚至连我蓬勃发展的心灵也受到这种不完整性的折磨。我想做你的情人，习惯到极点，我想宠着你、照顾你，我想做你臂弯里的伴侣——远离沮丧、厌倦、等待。天使啊，我想感受人性，我厌倦了做一个冷漠傲慢的处女。哎呀，说说未开发的资源。为什么我一定要在一片盛开的沙漠中找到我生命中的男人？哦，克里斯托弗，我真诚希望你一切安好。

《在人间》——书、书、书，这些书也让我厌烦。我想要生活，跟你一起生活，哦！为什么你没有回家而是去了希腊？为什么我不能去希腊？那样我就可以为你挡住任何子弹。

克里斯，给我写诗好不好？你曾经给我写过诗，还有音乐，我想知道你能不能超越自己，用文字表达这些事情并不是一件容易的事，但你曾经做到过，你打动了我，深深地、深深地打动了我，你完成了我曾经以为不可能完成的事，为我开启了一个新世界、一段新体验，我难以自拔，只能深深地感激你。面对这些，我可以克服自己的阴暗情绪重新振作起来，并且知道，人间值得。哦，克里斯托弗，我真的好喜欢你。

烤饼，对，我们放了你寄来的柠檬，这正是我做那些烤饼的原因。我倒觉得是你的柠檬治好了我的感冒，也许还有你的信。所有这些都有帮助，你知道，柠檬在实用性方面，信在精神方面。

谢谢你送来的还在路上的葡萄干，我体贴的爱人啊，我真的觉得你很贴心，这种感觉真好。你不知道穿双拖鞋有多舒服，我在家一直穿鞋。你知道，当你晚上下床时、洗完澡后，发现自己的双脚无处安放，那是多么不幸啊！

足球——呃，我应该也没法告诉你一切，我其实也不是特别喜欢体育运动，头脑活动对我更有吸引力，谢天谢地，我不用看你在操场上表演了，没有这些，你似乎还有很多发泄精力的渠道。

说起我在伦敦轰炸时的“勇敢”，我就忍不住咯咯笑。我在这里生活、在这里工作，而且除了在这里生活和在这里工作也没什么其他事情可做，就像大多数事情一样，到达一定程度你就习惯了。资源不足才是大家真的需要勇敢面对的，所有普通的疼痛都会轻易将你打倒，任何额外劳作都会令你筋疲力尽，但我们都在一条船上，所以听起来没有那么糟糕。你知道，重要的是大家都一样，只是前线的情况听起来那么糟，每当我感到悲伤的时候，我就会关注这个。我会关注希腊，却又无能为力，情况听起来太糟糕了，今晚的新闻说爆发了内战。

亲爱的，我爱你，爱你，非常、非常爱你。

贝茜

1944 年贝茜给身在利比亚的克里斯寄的个人照

## 1944 年 12 月 8 日

亲爱的：

今晚晚报的最新消息说雅典今天平静多了，ELAS 今天已经与政府联系，希望这是真的。我们想要了解真相真的太难了，丘吉尔称他们是试图实施共产主义独裁的叛军，但《新政治家》却声称他们代表人民。不管发生了什么，都已经给这个国家带来了冲击，但还不足以带来任何好处，希腊仍将由丘吉尔及其同僚统治。丘吉尔什么时候是真诚的，什么时候是一个骗子？——我们有必要强制执行秩序吗？我很不高兴，和希腊人打仗听起来太可怕了，太邪恶了。我希望你和我们的希腊朋友们一切安好。你说过要给我你拜访过的家庭的家谱。

那里的天气听起来很好，而这里，哎——！今天好像快要下雪了，冷得厉害。我不知道我是否告诉过你我买了一双有衬里的靴子（做好了最坏的打算）。我昨天穿上了，但其实没必要，今天有必要了，我却没穿。一个女孩子在这种天气里该怎么办？一天到晚脚都是冷冰冰的。微风吹拂着这些豪华公寓——我们有如此富丽堂皇的门厅和铺着地毯的楼梯，但公寓内部却是光秃秃的木板，卫生间总是出问题，池子里的水总是流不掉——豪华吗？

我很担心你收到或即将收到的那些令人沮丧的明信片，我的良心在谴责我，我不应该这么做，真的不应该。我想知道你收到信时是怎样的心情，无论目前有多少麻烦，我都希望你神清气爽。

我们的圣诞节蛋糕已经不归我管了。爱丽思的姐姐桃瑞丝会来做，她可是这方面的专家。我觉得我上次做得挺不错的，我给了爱丽思一块，她也这么说，她可是个不错的评论家，因为她喜欢吃蛋糕。除此之外，我们对圣诞节的兴趣是零。圣诞节我还要工作。圣诞节是属于一家人的时间，属于孩子的时间，我希望你能在希腊与朋友的家人一起愉快地度过，不管怎样，我都希望你能做到。

我正在听 9 点整的新闻，大部分新闻都令人十分沮丧，新闻里说战争正在扩散而非减弱。哦，亲爱的克里斯托弗！我真的没法思考别的东西，亲爱的，我真的想振作起来，但真的、真的太难了。圣诞节！可你在那里。我爱你，我爱你，我爱你，我的心好痛，没有你，它好孤独、好凄凉。我的脑子里一直在幻想着怎样才能找到你，从躲在船上，到申请去战争办公室，真是傻透了，但有时真的会变得很糟糕。

我去看了《圆圈》，约翰 · 吉尔古德的作品，萨默塞特 · 毛姆的戏剧，但并没有觉得很好看，所以很高兴你来不了。李尔·黑尔也不怎么喜欢，她对吉尔古德的表演更感兴趣。在我看来，他太平淡无奇了，整个人没有爆发力、没有生气，只是声音很好听，太文绉绉了。我想我对戏剧有点太挑剔了。在战争期间我看过一些非常好的戏剧，所以我的标准变得有点高了。

我在这张明信片里一直喋喋不休，是因为我很担心。我以一种不同的方式让你进入我的脑海，虽然我努力保持镇定，但希腊的局势让我心烦意乱。保持镇定是我的座右铭，但你知道，这很累。可是，我真的希望能知道你那边情况如何。愿你健康、平安。

爱你。

贝茜

## 1944年12月9日

我挚爱的天使：

估计希腊的消息现在已经令你非常震惊，你不是不关心我的。我希望你能以此作为我仍然安全和安定的象征。我没有忍受任何困苦，也没有遭受任何不便。稍后我一定能告诉你目前正在发生的一些事情，但目前你必须把2和2加在一起——如果你够聪明的话——不要太肯定答案一定是4。我饶有兴趣地听着伦敦的无线电新闻，在这整个过程中，我发现了许多值得思考的东西。在我现在写字的时候，一盏闪烁的油灯照亮了这一页，因为现在是晚上，但我之前写字的时候，整座城市都笼罩在烟雾之中，我能听到枪炮的“噗、噗、噗”声。我很想把我的想法和所知道的一切告诉你，但这对我——一个军人——来说，是不可能的。或许你会感到委屈、被误导，因为我没有告诉你可能会发生这些事。我不可能在不违反规定的情况下这么做，而且无论如何，我也没想到会这么快。

如果一个人带着学习的想法接近某些事情，我不能说我后悔来到这里。但在这种情况下，你在其他地方要好得多。但是，你不要以为我没有想你。这种事情永远都不可能发生。今天下午，我决定最好还是烧掉手上你所有的信（我收到的最后一封是57号信），而我也确实这么做了。我不喜欢烧你的信，但它们都是我的，我一直觉得这样做是最好的。

很遗憾听到无线电（这一直是我们与外界的宝贵联系）里说伦敦昨晚经历了一轮非常迅速的火箭弹。希望你一切安好，永远安好。我现在并不是很期待希特勒和他的“杰作”（主要是他的“杰作”）会很快完蛋，但能逃脱缅甸等地的机会确实让我有点高兴，因为如果他们真的要在去其他战场之前把ME和CMF（中东和地中海中部部队）的人送回家，那等我回到英国就有点谈资了。到那个时候，我的头顶应该会秃得一根头发都不剩！对于被送回家然后再派出来这件事，我不是很感兴趣。我真正感兴趣的是回家，离开军队，跟你结婚，安定下来过幸福的家庭生活。我想跟你在一起，一直与你形影不离。我想要你的温暖、你的力量、你的美，我想用我的全部让你幸福，一直幸福。请不要因为信很少而担心。

爱你。

克里斯

## 1944年12月10日

我本来没打算这么快又给你写信，但你的信（58号）今天到了，我迫不及待地吞下信里的安慰，而且必须对你那么明显的需要迅速做出回应。

我“取笑”你没有任何好处，因为我非常清楚面对飞快的火箭弹威胁，伦敦人是什么感受。你知道我确实在1940年经历过闪击战，但那不过是小场面，与现在的恐慌相比真的是小巫见大巫。我相信左拉为了体会小说《萌芽》中的那种氛围，在煤矿里待了6个月。我至少要听到一声火箭弹的声音，才会真正意识到有这样的事情。类似的，你需要生活在沙漠里，才能明白绵延不绝的沙子是什么样子。换句话说，想象并不一定总能奏效……不管你怎样努力，也无法想象我现在的处境。你只是很自然地做了最坏的打算。

我真的希望你不要对现在的生活方式太、太、太灰心丧气。你必须永远记住，错的是这个世界，而不是你。所以，当你对炸弹、天气、感冒和其他疾病感到极度疲倦和不开心时，不要把它们视为个人缺陷，记住，这些都不是因为你。既然我在军队里，那就照我之前说的去做吧，就像我一样。事情想得越少越好，记住，再多的担心也改变不了任何东西。如果我是伦敦的平民，这里发生的不幸也许会使我更担心。

但对我们来说——我们，比任何人都清楚——如果我们愿意，如果我们相信，在未来的日子里，生活将是美好的。我会回到英国，那个我所了解的、以自己的方式爱着的英国。（你是否曾在10月在桑宁代尔摘栗子或9月在卡特汉姆摘黑莓？）我希望我能照亮你的生活，让你用一种新的、更美好的眼光来看待事物，这样我们都会意识到，直到我们相遇，直到我们相爱，我们才算活着。

我想，你对于我可能离你而去的事情有点过分担心了。沙漠里没有任何诱惑，大家都表现很好。在这里，已婚男人和单身男人都在比谁对新生活更有激情。我可以向你保证，我对于那些违背誓言的人只有鄙视，无论是对妻子的誓言还是对爱人的誓言。你是我的爱人，我对你发誓。我爱你。你不必再担心了。也许是我花了太多时间在想你，但我总是在想你。

明天会很好，因为我会与你在一起。

我想你。我爱你。

克里斯

## 1944 年 12 月 11 日

我挚爱的天使：

烧掉那些信的悔恨感在我心中百般折磨，在希腊出事期间，我一直处于这种状态，因为太过担心这个反而没有细想。但你的那些话突然喷涌而出："我会爱你，就算你从来都不相信我爱你""我会爱你，无论你怎样打击我"。哦，我的天哪！这比任何责备都令我难受，非常非常难受。我真是个可怜的家伙，我能不能试着解释一下是什么原因让我如此无情无义地伤害了你，我不是故意的，克里斯，不，不是故意的，我只是像怀揣小鹿一样，像闯进瓷器店的公牛一样，笨拙而不知所措。

我挚爱的克里斯托弗，在我这个年纪，一个比 20 岁更容易坠入爱河的年纪，要像现在这样完全放弃自己是很不容易的。亲爱的，我对你的感觉是爱，不是安定下来，不是结婚生子，而是比这多得多、重要得多的事情。你在我的内心引起了一场剧变，一场包含了如此多甜蜜、狂喜和痛苦的剧变，一种我认为我不会知道的东西，一种我因为不知道而认为不存在的东西。这对我来说是全新的，你对我来说也是全新的，我小心翼翼地将自己托付给你，有点害怕，但我怕的不是你克里斯托弗，而是无法预见的未来。所以我很防备，我迅速释放一切，然后又竖起一道屏障把自己保护起来——天知道为什么。我猜可能是伦敦不安定的生活强化了这种感觉，我想要与你一起安然入眠，但你却那么遥远。

我只是以前不认识像你这样的人，或者也许是以前没有人曾让我如此想要给予，我如此想要给予以至于这种给予让我感到害怕。亲爱的，这一切都是那么无可救药的女人气，我真的不知道你是否能理解这种矛盾。我真的明白你的需求，因为那也是我的需求，但你难道看不出这让我感到多么胆怯、多么不自信吗？因为当两个相对的感受合二为一时，我们离开彼此就无法生存了。这就像是触摸星星和岩石底。亲爱的，你知道吗？我到底还是不了解自己。

火箭弹？是的，可能是因为这个，但远不止如此。我内心的痛苦是因为你不在，我内心的痛苦是因为我看到这个世界在5年里被如此毁灭。我猜这跟火箭弹有关，但只要火箭弹没有落下，大家就不会想太多，火箭弹不会引起大家太多的思考和想象，不像这个世界的痛。你和希腊在我的脑子里无可救药地一直混在一起，纠缠在一起。因为你，我想让这场战争停止，而且我希望他们能赢。

我收到带照片的绿信封了，你的信和照片背后的消息都令我非常感动。你这个可爱的亲爱的秃头男人。你现在秃得还不算厉害，宝贝儿，再给它些时间，它可能好多年都这样，然后你可以留一绺头发横跨头顶。我会看着它、鼓励它，而且你永远都不会太秃。

要是能给我一张更近的近照我会非常高兴，我一直都需要看到你！要是能看到你看过的那些地方的照片，我也会很高兴。

我会把寄回来的手帕作为未来希望的象征，我们的团聚，我们的团聚，克里斯托弗，真是个可怕的想法，不是吗？

晚安，亲爱的。

爱你。

贝茜

## 1944年12月12日

我的挚爱：

刚刚收到你的来信，我特别高兴，而且我希望它们能以加倍的速度到来。你提到说你对这里的情况“神经过敏”。我希望我能像你一样自由，想说什么就说什么。但我不能，你会明白的。你完全不必担心我，我一点儿事也没有，虽然看起来很惨，但我还是觉得挺有趣的。

我可能错得离谱，但我真的相信未来在大多数人的战后想象中会出现明亮的灯光和巧克力等等。我们应该有比闪电泡芙更多的东西，但我们也应该有闪电泡芙。我们应该也会很喜欢灯光。你会比我更喜欢，因为我已经看了两年的灯光了（来自德班、开罗、亚历山大、那不勒斯、雅典等等）。我无法想象当我回去见到你时的情景，也无法想象不能立刻与你一起生活。

这里所有的一切都很安全，请不要认为我有任何危险。

我希望火箭弹不会令你太担心。希望你能在圣诞节之前收到这封信，我想说我相信天气会如你所愿，你会过得很开心。很快我们就会一起共度圣诞节了——在以后我们所有在一起的日子里。这是一个很美好的想法。而且更美好的是，这是我们共同的想法。

爱你。

克里斯

## 1944年12月14日

亲爱的：

哦，克里斯托弗！我亲爱的、可爱的男人，这样伤害你令我感觉很懊恼，我能感受到你所有未写下的痛苦。虽然你没有写出来，克里斯，但我能感受得到。我自己也一直在想“我为什么要那样做”，并且切切实实地在脑海里搜罗了一番我之所以会那样冲动的原因。我真的非常信任你，以一种不太容易的方式在纸上做出了近乎愤怒的承诺，但你从内心深处唤醒了我，我必须回答，我必须以唯一可能的方式将我所有的一切交给你，而且我这样做是因为我所有回应你的一切都拥有一种我不曾意识到的力量。所以我一直在跟你说神奇，我们的这次相遇多么神奇，我们要在一起。你对我来说就像生命一样宝贵，因为会一直一直延续下去。你现在就像一开始一样感动着我，在某种程度上甚至更甚，因为不知为何，这种感动似乎在某种程度上发展了，在某种程度上更坚实了，我不太清楚是什么，但我感觉到了。

我写这封信花了很长时间，但不知何故却没有说出本应该说的话。我渴望诗人的诗句，因为它们不会不断地重复。我感觉到这一切的压力，我应该像诗人一样富有创造力，用一种全新的方式来表达，让你相信，你再也没有必要为我的怀疑而感到不快，再也不必了，克里斯托弗，我如此珍贵的主人。手头的直接证据，我确实想起了你归还的手帕，就像它对于你的象征意义一样，我的天使，不是吗？我会拿起它、留着它、揉搓它，希望你也能离我这么近，希望我能感受到爱，能够伸出手够到你，你可以用你的爱抚包围我的身体作为回应，希望你可以用你的温暖淹没我。哦，到时候我可能会半夜醒来，听到你在我身旁呼吸，感受来自你身体的温度，然后因为纯粹的幸福而安然躺下，因为知道你在而放心。哦，明日的幸福啊，何时才能降临？

橡皮筋的嘈杂声啊，你是什么意思？她羞怯地问。如果你回家，我会非常欢迎。是的，我非常怀疑这一点，因为在天赐良缘之前和之后，在我看来多少会有所消耗。（我希望。）橡皮筋很漂亮也很结实，应该会很经用，也许我们应该储备一些。

由于环境的原因，我的烹饪活动只能很偶尔地进行。爸爸中午在贝克太太家吃，这消耗了我们的口粮。我们很少做蛋糕，因为糖是定量的，甚至也不经常做点心，因为爸爸很不会买东西，而我又不能经常购物，去买一些偶尔会用的零碎东西。我的食谱是最无趣的重复，所以我已经不感兴趣了。我想过买一本烹饪书，但没去找这个麻烦，因为里面全是战时食谱。我没想过买本二手的，不过我怀疑在书短缺的情况下，二手书买卖应该很热闹，但也许二手烹饪书可能都没人碰过。只要有机会，我一定会去查令十字街上转转。哦，亲爱的，我想把我们放在地图上，开始建造我们自己的家。我想要时间、灯光，不要火箭弹。或许我想可以从春天开始？

我和你真是惊人地相似，我可以心满意足地展望未来。哦，不只是心满意足，而是冲向这一切，克里斯，你现在真的认为我会幸福吗？你是我的地平线，那美丽的远方的地平线——在这个时候，我不能满足，不能放松。我用力拉着缰绳走向未来，我们的未来，我想要你、我想要你、我想要你，现在、此刻、马上。你可以告诉我要快乐，要知足，不要起伏不定，但我无法控制，我的想象里全是你，我希望你在这里，在我的怀里，有血有肉。你是对的，彼此分开真的太糟糕、太糟糕、太糟糕了。我不想有所不同，我想和你一致行动，用你的方式看事情，因为我的方式是如此不确定。这让我想到了奥逊·威尔斯，《公民凯恩》只是昙花一现吗？时间会告诉我们，他接下来的努力并没有让他的《恐惧之旅》变得疯狂，只是纯粹的愚蠢，特别幼稚的东西，它让我笑了，但它的本意并非如此。不管怎样，或许我们可以一起看他的下一部作品，而且我可以改变自己的心意或者求同存异。一起看东西！！！

请不要买长筒袜，克里斯，你可能会买一些难看的颜色、错误的尺寸，也可能被骗。如果你着急要给我买东西的话，试试发卡吧，如果可以的话请买卡比发卡，你知道，就是现在女孩子们用的那种短金属发卡，不是长发卡。梳子也很有用，因为现在很难买到。这里的价格太贵、太吓人了。价格会一直保持这么离谱吗？我认为不会，因为价格上涨一直都是短缺造成的。等东西再次生产制造后，价格也会跳水，现在傻子才会去买。关于长筒袜，如果我真的遇到什么尴尬处境的话，我会问你的，不用担心，我一定会问的。我目前还是处于可以修复的状态，我想这种状态会一直持续到夏天，不管怎样，我们在2月份会有更多配给券，现在我们比之前更期待这些配给券。说完这些之后，我发现你想让我列个清单，嗯，其实根本不值当的，除非很便宜。

希望那些火箭弹可以打包。希望你报平安的消息是真的。如果可以达成协议的话，我会更开心的。

爱你。

贝茜

## 1944年12月16日

我的挚爱：

是的，希腊的新闻着实令我大吃一惊，而且我很担心，新闻上已经说得非常非常温和了。我对军人的妻子并不是特别了解。我在尝试，但我觉得我应该可以做得更好，天知道我在不耐烦地耐心等待一周后会变成什么暴脾气。我一直在办公室里为希腊问题跟别人争吵不休，而且对一位老板非常粗鲁，最后还称他为法西斯主义者。第二天，他过来问我有没有感觉好点了。他是那种（只会让你感到痛苦）"为什么要关心政治"的人，我猜他代表了大众舆论的主流，而我想我没有任何进步，因为我什么都没做。

除了《每日电讯》和《每日快报》，几乎所有的媒体都在支持希腊人民，所有进步派都在公然谴责丘吉尔的政策，但我相信，普通大众总体上仍在支持他，他也知道这一点。也许把战争无限延长的想法可能会影响公众舆论，但我怀疑，只有食物才能说明问题。哦，亲爱的，人最好的能力不是行动，而是想象。我猜丘吉尔真的相信他的做法是正确的，他必须这么做，否则他就不会这么做。看完整封信感觉有点乱，但这就是我的感觉。人们很想知道这场战争是否毫无意义。奥尔德斯·赫胥黎坚持认为，暴力滋生暴力，我们一事无成，实际上是一种倒退。或许他说得对。

我完全理解你作为一名军人的立场，你过去不能什么都说，现在也不能。我唯一能做的就是希望你一切都好，并且尽我所能在担忧中熬过这段时间。我在想你，为你祈祷，全心全意，我也想到了我们“安定下来”的那个时候，虽然我想的是不同的词。对我来说，那是“开始生活”的时候。你现在想要平静，很正常，但当你有了平静，有了自己的家，当你有我在你身边爱你、安慰你和你一起享受和平，永远在那里，永远在你身边时，你会想要用更大的力量去战斗。不管你想做什么，我都会配合你，并试着回应你的需求，不管是什么。亲爱的，只要你在那里，在我们的家里，我就是幸福的。

注意安全，亲爱的。

爱你。

贝茜

贝茜（左二）和朋友在海滩上，20 世纪 30 年代

## 1944年12月18日

我的挚爱：

我很激动地发现，无论是在明信片上还是照片上，我都没有向你致以本季的问候。希腊已经让我把脑子里的一切都抛诸脑后，包括圣诞节。不管怎样，不要太在意圣诞节。我曾希望能达成某种协议，但今天这些希望都破灭了，报纸的大标题说英国军队已经严阵以待。仍然有很多人鼓动政府改变态度，但我想这些鼓动还远远不够。我真的觉得这是因为人们受够了战争，不知道战争对希腊意味着什么，普通人都觉得希腊是不必要的麻烦。现在，我认为你不可能在圣诞节之前收到我的小包裹了。真希望我寄的是拍照航空信，我很久以前就买了，想把它留到一个合适的日期再寄来着，唉。希望你不要觉得所有人，尤其是我，忽略了你。我不知道你那里发生了什么，你在做什么，对这一切做何感想。我收到了带着一绺头发的手帕，一绺头发！！！我亲吻它，还差点失去它，不过只是令人不安的一秒钟，现在，它安全地待在我的书包里被我背来背去，偶尔抚摸，因为我一天会摸很多次。你已经如此靠近我，我们如此亲密。

今天我收到了一封信，我猜应该是12月10日写的95号信。虽然我一直在说服自己再等一个星期，但我一直盯着邮箱。你无法想象我收到那封意料之外的信时是什么感觉，多么可爱的意外啊，你这个可爱的、亲爱的男人。我的诉求从来不会白费，当我只是比平常更需要你一点点时，你就会用许多的温暖和理解回应我，不知为何你令我不知道该如何表达，你总是能说出我最想听到的话，而且还说得那么美。你真的是一个诗人，让我想到美好的愿景——明天的我们。克里斯托弗，亲爱的，我的心正在狂跳。你安慰了我、抚慰了我，以如此可爱的方式，你的话令我感到惊讶、令我屏息，你肯定已经感觉到。

你不知道这些话对我来说多么重要：“那个我所了解的、以自己的方式爱着的英国。”我需要你说出这些话，你说的比任何人都重要。

你不在的时候，我不应该真的为你可能的行为感到焦虑，因为我们如此相爱，我们真的很在乎对方。我知道你跟我一样觉得不可思议，我的心飞到了希腊，任何其他事情都无法触动它，但我知道很多人的生活都出了岔子，这有点可怕，而且我认为你在寂寞的时候可能会受诱惑。我说的不是廉价的诱惑。不，在我写下这个的时候，我并不相信，因为你像我一样不允许出现那种情况，当你为一个远在天边的人殚精竭虑、身心俱疲时，就不可能有什么诱惑。不，我不会再担心了。我们心意相通，我们真的在乎对方，在彼此身上，我们可以超越时空，这都是你让我感觉到的。你确实照亮了我的生活，真的，在未来那些灿烂的日子里，我们一定、一定会做到——我们相信。哦，我们真的相信，克里斯。

一起出去——知道我们会一起回家，知道我们会一起度过夜晚——在知道这些的情况下一起出去——我经常想到这些，真的只有归属感——这让我忍不住在心中哼起歌来，我们在一起，这样我就可以回应你的需求，对你提出我自己的要求，想什么时候抱住你就什么时候抱住你，有时候还是在公共场所，那样你会尴尬吗？我知道这是个非常自私的想法，但想到你是我的，我真的感觉很自豪。在你的朋友面前，我会很喜欢炫耀我的主权。这样的我会很差劲吗？可是我无法压抑那种令人兴奋的自豪感。坦率地说，你是一个很棒的猎物。我想让所有人知道你是我的。你怎么想，克里斯托弗？你感觉自己被抓住了吗？开心啊开心。其他人都没什么重要的，这只是其中的乐趣之一。

我得赶快写几封信，联系几个人。我今天已经通过电话搞定了一个，我希望能通过电话再搞定几个，通过拜访搞定一个，然后剩下的通过写信搞定。经双方同意，我已放弃送礼物给我的朋友，谢天谢地。最后变成了一个球拍，磨损得太厉害了没法留着，我们大多数人都买不起，所以最后发现还是不要的好。这件事最尴尬的是你送给别人任何东西别人都得还回来，我以前觉得很自然的事情，但在目前的金融困境下反而很困难。有趣的是，人们是如何在圣诞节的时候产生一种强烈的冲动，想要大把大把地送礼物的。你真应该看看镇上拥挤的人群,所有人都想买没有的东西。或许对他们来说，这天只是出来转转罢了。亲爱的，哦，亲爱的，真是一场游戏!

我想知道你如何度过圣诞节，我猜要是你在这儿，我的感觉应该会很不一样。

哦！亲爱的，我爱你。

贝茜

写这封信的那天，克里斯·巴克驻扎在雅典的塞西尔酒店。他被 ELAS 的喊叫声惊醒："投降吧同志们，我们是你们的朋友。"他在笔记本上写道："晚上 11 点 30 分，ELAS 开始猛烈攻击：炮弹、布朗式轻机枪、来复枪、迫击炮。最后一次特别吓人……迫击炮开始射击，炮弹离我们非常近……通道里一片恐慌。'关门！'布朗式轻机枪手还在外面……补充了更多弹药，然后我和伯特、杰克一起坐在一楼的平台上。收到命令下楼，然后又上楼。高射炮或炸药在通道尽头爆炸。许多玻璃被弹壳击碎……然后，突然一声'停火！'整个大楼里一片欢呼，随即被哭声代替……

“深夜黎明前，我们下楼，放下还温热的武器，长头发的游击队员向我们问好：‘你好，同志！’

“我们被小队小队地分批带走，与此同时，头顶上的喷火枪令人惊讶地张望着……走了大约6公里，到了一座大厦。女游击队员，很可爱、很有趣、很和善。我们喝了水，吃了2盎司面包，然后走了约24公里，穿过树林和林中空地，被蒙着眼睛带到了一处山上的要塞。”

# 06

# 这里的含羞草都开了，但你在英国

## 1945年1月21日

我的挚爱：

黛布那里没有听说你的家人有什么消息，我只能坚持着一个古老的理论：没有消息就是好消息。报纸和无线电说已经开始交换战俘了，我希望这跟你有关系。该死！我的希望太不好了。丘吉尔在演讲里说，会让战俘回家，真相总会大白，就认为这也跟你有关系吧。我希望的是不是太多了——希望你回家，希望在这一番担惊受怕后见到你，这会实现吗？我希望你没有受伤或生病，希望你穿得暖，至少不要饿着，我觉得你肯定不会吃多，因为连他们自己都吃不饱。

哦，亲爱的，或许我很快就会听到消息，我不知道交换战俘要多久。他们对于这种事情总是磨磨蹭蹭的。

在这段漫长的时间里，你都在想什么？我的意思是对于希腊。我真的很想知道，因为所有人都含糊其词，政客们对于重要的事情撒起谎来毫无痕迹，但这并没有让战后生活变得充满希望。

又出了一份公文，亲爱的克里斯托弗。保重。

爱你。

贝茜

## 1945年1月24日

亲爱的贝茜：

理论上讲这是我重获自由的第二天，但我刚刚才离开载着我和伯特穿过希腊寒冷的山区，在曾经一度是道路，如今在化雪后已经变成沼泽的小径上驶过的卡车。这是我人生中最满意的旅途。此刻，英国军队如温暖的双手般围绕着我们，让我们尽可能地舒服。

我的信件无法到达的巨大担忧可能不会从你的“系统”中抹去。我肯定又给你平添了一些白发。但现在你可以不用担心了，今天就放松一下，喝个大醉吧。（被放出来以后，我已经开心地喝了两杯朗姆酒。）

稍后会更详细地告诉你。还用常用的地址，我保证会尽可能频繁地写信。我们未来的动向还尚未可知。大部分乐观者认为我们会回家。如果你也认为我们应该回家，那就没有理由阻止你给首相写信，建议他让我们回家以缓解家人的焦虑。

原谅这张小纸条。希望你一切安好，没有被空袭惊扰。

爱你。

克里斯

## 1945年1月26日

我的挚爱：

我已经研究了所有的报纸，但没有看到关于希腊战俘的一丁点消息。《新政治家》仍然作为EAM的代表猛烈抨击，瓦尔特·西特林阁下[①]含糊其词地说了许多关于暴行的模棱两可的话，所以也不知道审查员是不是坚持我行我素。

可以确定的是，如果交换战俘的话，媒体肯定会放一些消息的。

---

① 西特林是英国工会联盟的秘书长。

已经进行了几次小规模的交换，但没有关于英国皇家空军一直空投物资的600个战俘的消息。除非我错过了角落里的什么信息——但我不这样认为。哦！

亲爱的，当我收到你的信——告诉我你没事，可能会回家时，今天顿时变得无限美好。我真的很想知道，想知道会不会有那么一天，我回到家发现你也在——一个活生生的人，站在垫子上——当然，这只能是梦。昨天晚上，我跟黛布、李尔和爱丽思一起去了剧院。剧很好看，是阿尔弗雷德·朗特和琳·方丹演的，所以让我暂时放松了一下，但不知为何，我一直无法集中精力进行任何谈话。

这些天来，我不再是一个令人兴奋的伙伴，虽然我已经尽了最大努力，但我还是担心自己是一个令人扫兴的人。克里斯托弗，我亲爱的，你到底在哪儿啊，到底在哪儿？日子一天天过去，一周周过去，却还是没有你的任何消息。我无法静下心来看书，甚至在火车上也不行，所以我把那些没人要的、不需要配给券的棉毛线织成了马甲，免得又去给你写爱意绵绵的信。我是不是太压抑了——

爱你。

贝茜

## 1945年1月28日

我的挚爱：

重新用墨水（和你的笔）写信说明事情已经逐渐恢复正常了。经过一段短暂的海上旅程，我们从沃洛斯到了雅典（也就是我们现在所在的地方）。到目前为止，我只是坐着卡车从镇上路过了一下。那里看起来几乎没怎么被破坏。

雅典只是我们的临时休息站。会发生什么取决于已经做出的决定，取决于民众的意见可能带来的改变。所有英国皇家空军人员都已经接到通知（我看到是一张打印的命令）——“会尽快将你们送回意大利，然后回到英国”。遭受同样痛苦的不同部门却待遇不同，这太不公平了，我知道国内的人将会尽可能有力地表达这一观点。所涉及的英国皇家空军人员也只是地勤人员。如果一切顺利，我们将与英国皇家空军一起回家，如果什么都不做，我们就回不了家。

要好好写对我来说有点困难，因为我现在脑子里一直蹦出一个想法，很快——真的很快——我就可以亲自告诉你这些事情了。但我会努力，并且知道你不会介意任何瑕疵。

我和哥哥躺在酒店外的一条浅沟里，度过了非常糟糕的几个小时，当时，各种各样的炮弹都朝我们的方向射来。迫击炮是最厉害的，投降前一小时，当我们回到酒店时，我们庆幸自己还活着。我们被袭击了一天半。好吧，当喊出“停火”时，我们放下尚有余温的武器，举起手走了出来（就像照片上那样！），经过一个满脸胡须的游击队员身边，他愉快地说：“你好，同志。”我们失去了一切。我身上有大约 7 英镑，还有我最想要（我认为）的两个财产——我的《海外纪事》和《陌生语录》。它们现在还在我这儿，所以我很高兴。我刚收到你的邮件，6 封信和 4 个包裹（2 包咖啡、2 双袜子），真是有点走运，否则要是在“那一天”之前收到的话，肯定都丢了。后来又收到了你更多珍贵的来信。我知道你一定承受了许多痛苦。但现在一切都好了。（袜子好像织得很不错啊。照片也很棒。）

起初 10 天我们一直在行军。走了大约 90 公里，有时要冒着雨雪和大风前进。一直都很冷，一直都很饿。我们的外套被拿走了，被子也没有了。杰克·克罗夫茨、伯特和我度过了一些非常可怕的夜晚。根本睡不着，特别冷。白天是最好的，因为我们一直动，会稍微暖和点。我们三个人都认为自己的经历是幸运的。许多人都经历过非常糟糕的时候，靴子被偷了（你可以想象这对他的影响有多大，在雪地里穿着袜子行走），内衣被拿走了，裤子和衬衫被脱掉了，换回来的衣服又薄又破。你要小心，你听到的东西并非全都可信。许多思想狭隘的人都渴望成为英雄或殉道者之类的，我们有足够的新闻记者采访他们。每个人都有自己的“故事”。但是，我必须告诉你，只有极少数人跟我对 ELAS 的看法是一样的。实际上，我的很多战俘同胞都很想扫射所有的希腊人。

在接下来的几天里，我会试着给你写一封非常连贯的信。在此之前，请原谅没有邮件。每一件私人用品，还有“额外津贴”的明信片，全都以失败告终。你信里的字一定要写得非常非常小，因为我对你的信总是看不够，我想让你告诉我所有你现在的感受。想到我们很快就可以感受彼此，真是令人惊讶、令人兴奋、令人振奋。要是我在英国皇家空军的话，肯定可以早点离开。悄悄地给你们的议员和丘吉尔夫人写信，要求平等对待所有相关人员。

我已经看了你的信，你的担忧和强烈的爱令我动容。请不要再担心我的状况。我壮得跟牛一样，唯一的毛病就是风湿，不过我很快就会控制住的。

希望你已经躲过了最严重的火箭弹，最近好像很频繁（我们现在又能看报纸了），也希望你像我一样健康。想你，想你，想你。我会尽可能多地写信，但我有很多事情要做，所以不要怪我。

爱你。

克里斯

## 1945年1月29日

我的挚爱：

我刚刚听说，被 ELAS 抓捕的所有军人都已经回家了。因为运力原因，我们可能得到2月底才能出发，但很有可能3月左右就到英国了，也可能会更快。我刚刚离开我们的少校，他发出了从亚历山大将军那儿接收到的信号。这让我的内心很温暖。太棒了，太棒了，太震撼了。我不知道该说什么，我无法思考了。耽搁无关紧要，决定才是一切。

最开始的几天我必须待在家里，我得去看看黛布和她母亲。我必须考虑在什么地方办一场派对。最重要的，我必须跟你在一起。我必须温暖你、拥抱你、爱你、和善地对待你。告诉我你脑袋里想的一切，多写一些，再多写一些，好好计划我们的时间。我更倾向于先不结婚，但还是希望得到你的同意。打仗的时候，我怕了。因为你，因为我的母亲，因为我自己。一定要等我，我的爱人，我的宝贝。让我们相见，让我们存在，让我们相知，但此刻，不要让我们犯任何错误。我很焦虑，非常焦虑，你应该不会误解我所说的话吧。告诉我你的想法，但请你同意，并且记得我当时很害怕，而且现在仍然很害怕。

老天让我们在我完全秃顶之前遇见彼此，多么幸运啊！我的头顶上没剩几缕细头发了。

我现在把最近的经历都写下来告诉你其实并不太好，因为我知道我很快就可以亲口告诉你一切了。我会在后续的明信片里告诉你一些零碎的事情。我现在看到的是你的第一封信，你说你知道我很好，下一封信，你说你知道我要来找你，来到你身边，来找你的奇迹和美。计划找个地方（不是博斯库姆或伯恩茅斯）待一个星期，想想怎么在一起。

我成了战俘，还真是有点走运。在我的想象里，我现在已经跟你在一起了。被捕的时候，我曾经试着联系你，而且使劲在想：“贝茜，我的挚爱，我没事。不要担心。”不知怎的，我从来没有觉得自己熬过去了。但现在一切都结束了，你知道我没事，而且很快就会跟你在一起，与你团聚，与你共度快乐时光。不要表现得太兴奋。我知道我内心的骚动和喧嚣，但表面上并没有表现出特别开心。低调是我的建议。过马路时注意公共汽车。

我离开之前的时间主要是在意大利度过，我们大约 10 天后去那里。如果你想要的话，那儿有很多东西可以带。能告诉我我应该试着带点什么吗？

我们不值班，昨天我拜访了我们的雅典朋友们，带了一些你寄来的咖啡和可可，他们特别开心地收下了。谢谢你寄来这些东西。我们非常热情地拥抱、亲吻什么的，这是这片大陆的习俗。我们都有很多故事要说。

早些时候，我带了一封信到大布列塔尼酒店，后来晚上的时候，我（还有一些同事）看到了 TUC（英国劳工联合会）代表团——我认为这是一个很好的机会来做一个公正的陈述，并且（你可能猜到了）让他们记住了军人返乡的事。如有必要，他们一回去就会处理这件事。幸运的是，现在没必要了。在背井离乡的地方见到“自己人”真的太好了，有了这个想法而且还实现了，我感到很高兴。

如果你现在和我有同样的感觉，亲爱的，你会觉得非常好。不久的将来大有希望。

爱你。

克里斯

## 1945 年 1 月 31 日

亲爱的：

我将在开往意大利的船上开始写这封信，这封信也将从这个国家寄出。我们的动作很快，我不知道我们究竟还要多久才能离开意大利回家。我们的目的是大力宣传，这可能会加速事态的发展。我很希望是再过一个月，好让我再收集一些东西——并且要避开你现在遇到的这种坏天气！我本来要到 1947 年 8 月才能回家，但我现在已经在去你那儿的路上了，想到这一点是不是觉得很奇妙？

希望你不会因为必须为了我“穿得好看点”而开始买衣服（如果你还有配给券剩下的话）。如果你这么做的话，我会觉得很遗憾。只要尽可能接近正常就行了。我这次回来就可以公开我们的关系了。黛布在信里跟我说你给她打电话了。我会对她，还有我的家人说——“贝茜和我已经频繁通信很长一段时间了，我们关系亲密且互相理解。”我会告诉我的家人，我想在放假期间跟你去某个地方共度一周。我给你的建议是，尽可能不要告诉别人（你可以在黛布收到我写给她的信后过几天再给她打电话，那封信会跟这封信一起寄出），不要深究任何事情。简单说，就是不要提我们的计划和期望。对于像弗格森小姐这样的人，你可以礼貌地回应她的意见，告诉她你认为这是你自己的事，与她无关。尽量避免过分打扮，谨言慎行。这就是我的建议，就这些。希望你能理解。我只想把它作为我们俩的事。不允许任何人闯入。我不知道我的假会放多久。可能只有 14 天，也可能长达一个月。希望你能顺利地请到一周的假，由于地理原因，可能必须由你决定我们去哪儿。

我第一周最好在伦敦停留。我已经提议找一个晚上请黛布、杰西、爱丽思还有其他几个朋友一起来聚一聚。我将不得不对格雷金斯小姐、罗小姐和许多熟人示好。真希望战争已经结束了，我回去找你就再也不回来了。我们在一起，一起开派对、一起坐车、一起吃饭、坐在一起、什么都在一起，是不是太美妙了？

我不知道我会怎样告诉你我已经在英国了。或许发电报还是要比写信快，我想给你一份声明，告诉你我已经踏上了英国的土地。等我真的马上要坐上去往伦敦的火车时，我会再给你寄一份，等你觉得我已经到了之后，可以打电话给李·格林（0509）。告诉我怎么去伍拉科姆路，或者去你花园弄的房子（有号码就足够了，我应该会记得在哪里），我会尽快去那里，或者你可能说的其他地方与你见面。

你一定要记住，在我们回家之前，我都会跟我哥哥在一起。还有，离家这么久了，我爸妈肯定很想多看看我（而且他们有充足的理由这么做）。我希望一切都能迎刃而解，不会给任何人带来任何不快。我需要分成两份或三份，如果不想惹怒任何人，那会很困难。

哥哥和我本来想去参观我们在凯菲西斯被俘的现场，与其说是去看我们最后的兵舍，还不如说是去看看之前我们觉得快要投降时在大楼里藏的一些私人物品是否还在。不幸的是，我们没有时间去，所以只能跟它们说拜拜了，不过我们留下了一些指令和其他信号，我们这些人都能看懂。

有件事情很奇怪，就是我好像没法着手写并且写得很自由。我满脑子想的都是“我要回家，我要去见她”，而且我希望你也是同样的感受。可能再过两个星期我就回家了，也可能更久——但我等不了更久。这不再是猜测或希望的可能性。实际上，这是一件实实在在的事、即将到来的事，就像忏悔星期二、圣诞节或市长晚宴一样。你必须得去国外，必须与世隔绝、远离你的密友、远离你的家，才能意识到回家是一件多么珍贵的礼物。当军队不得不在海外停留这么长时间时，他们并不太担心士兵会怎样。军队就是个军事机器，不会花太多时间关心个人问题。

之前我身上仅有的几封你的信在投降的前一天被我烧掉了，所以除了我之外没有人看过你的信。在被捕的头10天里，我没有丝毫对你的小想法，我唯一能做的就是努力集中精神告诉你，我很好。但是，当我们收到空投的一些补给（在大雾弥漫、大雪封道的希腊山村里，这对他们来说也是冒着极大风险的），开始期待等我们被释放后可能被送回家时，我一直在想你，想我们的未来。现在，我们就站在门槛上，而不再是猜测一个遥远的日期。阿比伍德的事我很抱歉，不过现在很替你高兴。我想要触摸你的身体，了解你。很可惜冬天的天气对我们在户外的人来说不太友好。但能与你一起坐在电影院里就很好，无论屏幕上放映的是什么。知道我们彼此支持、彼此理解真的太好了。能跑到一个没有人认识我们，只有我们俩的地方会是件很美好的事。

希望我能永远回家，希望我能回到一个战争已经结束、充满和平的英国。但是至少，我要回家了，我要回家找你、找你的唇、找你的乳房了，我要紧紧抱住你，让你幸福。

我估计这封信应该会比我先到家，所以附上两张在沃洛斯拍的照片，拍完这两张照片后，我们给了一个希腊理发师2先令8便士，让他给我们理了发、刮了脸。你很可能会通过头发认出我，不过拿来骗一骗那些不看头发就不认识你的人还是有点好玩的。

我，反过来，非常高兴收到你的照片，并且非常同意你说的，被抹掉的是照片右边的女孩，而不是你，真是太幸运了。你可能有相反的感觉，但你看起来年轻、快乐，仿佛在对我微笑。我觉得这个想法很不错。我想把你的手帕带回去给你。远离所有人、远离一切，不必担心这个世界，不必担心战争，只要我的脸埋在你的胸前，只要按我说的去做。

袜子确实织得好，但我还没有穿（如果你不介意的话），因为我想先留一留。你是怎么织的，是为我织的啊，为我，为我！

除了我爱你，说什么都太多，说什么都不够。

克里斯

1945 年 1 月，克里斯（左）和伯特被释放后在沃洛斯

## 1945 年 2 月 1 日

亲爱的：

真是太神奇了，哦！天哪！克里斯托弗，我刚刚收到你的电报——我该怎样告诉你，当我再次与你取得联系，再次回归生活时，这个世界变得多么美丽。哦，我的心肝宝贝，我都没有意识到我竟然已经变得如此麻木，我花了大约一刻钟才明白过来。我没有呼喊，也没有跳跃，但是我的膝盖发软了，我的肚子里翻江倒海，从那时

起，我就怀着一种美丽的心情，愉快地对自己笑。自由、健康、富足，多么美妙的话语，你已经从过去几个星期里可能的病痛中解脱出来了，幸福的宝贝儿。我不知道该说什么，克里斯托弗，我一句话也说不出来，只是觉得满心欢喜，忍不住地颤抖。

我一直在努力振作，因为一直没有任何消息，而我感觉你一定是被俘了。但你知道，大脑会不停地想象各种可怕的可能性，好吧，我的大脑一直都是这样，不过现在，天哪！——我爱你！我太爱你了！亲爱的、秀色可餐的克里斯托弗。哎呀！我想抱住你咬一口，把你这个迷人的大块头搂在我怀里。快点寄信，我想再次听到你的声音，收到你的消息，听你说你爱我，一直爱我，一直想我。我之前一直没有时间看你的照片和信，因为真的太痛苦了，但我现在有时间了，现在有了。

你陪着我一起度过了那些最难挨的日子。我曾经在心里悄悄地跟你说话，一直让你回答我你没事，而且我曾经希望这是正确的答案。我是不是个大傻瓜？不过我又添了几根白发。你在那里，你还活着。你在这个世界上与我同在，我们在一起，我们、我们、我们，就是我们。此处深呼吸！我怀疑黛布会收到你们的信然后给我打电话，所以我得假装很惊讶，是不是很棒！

亲爱的，我猜你可能没机会回家了。之前我就觉得有这种可能，因为丘吉尔说了一些关于战俘回国的事——不知道是不是包括你们所有人，还是只有伤病人员。唔——只是猜测而已。我变得越来越贪心了，这个想法真是太可爱了。与此同时，知道你很安全，我就可以再坚持一下。我可爱的小宝贝，情况正在好转，虽然德国这种战斗到最后一刻的行为听起来相当可怕。有个愚蠢的混球，也是一个国会议员，要求对德国进行无区别轰炸。我本以为现在发生的一切已经够残酷的了，即使是那些最嗜血的人也该心满意足。

我觉得在那种兴奋的状态下，任何事情都可能随时发生，空气中弥漫着某种东西，到处都有这个消息。我真的应该说，是我在空中弹跳、弹跳、弹跳、弹跳。我明天要和爱丽思去看电影——天哪，我得请她吃饭。真是太棒了，你很棒，这个世界也很棒，一切都很棒。请回家来吧，回家、回家。请你一定要回家，亲爱的。我们一起存在是我最大的梦想——哦，我的爱人。

爱你。

贝茜

## 1945年2月3日

我的挚爱：

“我感觉怎么样？”——哦，亲爱的，这个问题太宽泛了！真的太宽泛了！这让我很难回答。收到你的电报后，我立刻坐下来开始写，可是最后什么也没写出来，我就像是一个梦游的人突然被惊醒，不知道自己身处何方，感觉全身软软的、垮垮的，内心颤抖而又欢喜。今天又收到你的信，哦，克里斯托弗，那种温暖在我的心里化开，让我莫名地想要拥抱你，想要补偿你在过去几星期里受过的所有苦，那几个星期仿佛过了一辈子。我知道你可能吃不饱、穿不暖，但我没想到情况会这么糟糕。哦，克里斯，真希望我能好好地痛哭一场，但我不能，我浑身紧张不安，不知道你是否会回家。我试着不去想它，试着不寄希望于它，试着保持理性，不再梦想它会成真。每天晚上睡觉前，我都会热情地对自己说，回家吧，克里斯，回家吧，然后莫名地想要把你拉回家。早些时候，实际上我已经死了，但随着时间的推移，当没有任何消息时我又重获希望。

那些信我今晚就写，回家当然意味着所有人，而不仅仅是英国皇家空军可以回家。这必须、必须意味着每个人都可以回家，他们不能这样对你们，真的太不公平了。他们肯定不能无视你们。我想去唐宁街10号。

火箭弹——哦，我亲爱的宝贝儿，说真的，我已经好多个星期没想过它们了。我记忆中最后一次糟糕的时期是去年11月份在威尔弗雷德放假的时候。从那时起我就记不起位置在哪儿了。火箭弹一直在落，但我对数量的记忆非常模糊。大约一周前，当爱丽思休假回来时，我被火箭弹吵醒了。她去了谢菲尔德的姐姐家，回来的时候再次面对火箭弹感到有点害怕。她的不安让我意识到我陷入了多么严重的昏迷——就连火箭弹我也无动于衷。我想我们的想象力一次只能应付一个巨大的恐惧。我想我又要恢复火箭弹意识了。

我的身体现在很健康，我大概两三周前得了一次非常严重的流感，对了，这个事情还得怪你，谁让你说沮丧的！可怜的爱丽思以为我要垮了。爱丽思和李尔一直在照看我，就像一对刚生了第一个孩子的焦虑的母亲一样。

我一定要设法找个时间给威尔弗雷德写封信，告诉他这个消息，因为他从一开始就对你驻守希腊很感兴趣，想听听士兵的看法。平静地谈论你和希腊似乎很奇怪，我还不习惯这个想法。我喜欢你对ELAS的描述。大部分媒体仍在猛烈抨击，试图给政府施加压力。我当然会容忍你，我知道你有很多事情要做。

爱你。

贝茜

## 1945年2月5日

我的挚爱：

我不确定应该如何安排我们的第一次见面。当我们第一次见面时，我们一定会不停地交谈。我一直在努力想一个能让我们有些隐私地交谈和互相注视的餐厅。你必须替我想一想，因为我没想出来。

我想同时做很多事情，但我明白，首先我必须说话。我现在一点也睡不好，因为我一直在想你，而且挥之不去。

我有没有告诉过你，你的4张照片也丢在凯菲西斯的东西里了？如果你有底片，也许我们可以再洗一次。我手上的那张你的照片对我来说是真正的快乐，虽然我希望能有更多的机会拿出来看看你。而且，我心里一直在想："很快，我就不会只是看她的照片了。"很快我就会真正地看着你，真正地见到你，真正地了解你。

这里的含羞草、康乃馨和水仙花都开了。但你在英国，我要来找你、占有你、温柔地呼唤你。

爱你。

克里斯

## 1945年2月6日

亲爱的、亲爱的、亲爱的：

这就是我一直在等待的，你的自由让我哑口无言，但现在，哦，现在，我感到轻松了。哦，克里斯托弗，我亲爱的，亲爱的男人，你真的真的太棒了。你要回家了。

天哪，我必须要小心，所有这些兴奋几乎已经快要超出我身体的承受范围了。你一定要小心，亲爱的，在你经历了这一切之后，面对这一切很难保持冷静，你抑制不住腹部兴奋的绞痛，不是吗？一定要保持身体健康，我的天使——我也必须对自己这样说。你要回家了，我会看到你、和你说话、和你在一起、抚摸你、抓住你的胳膊、把你搂在怀里、抱在我的身体上。我必须掐自己，这是真的吗？是的，你的明信片里就是这么说的，我现在有一张你的非常有趣的照片，留着胡子，但你看起来有点严肃，好像需要被爱，好像需要被温柔对待。

结婚，亲爱的，是的，我同意，只要你愿意，我就愿意。我希望你幸福地被宠爱，我想让你幸福。无论是什么神明，我请求他让我变得更强大，这样我才能尽可能地让你享受人类的幸福，帮助你度过糟糕的日子，并且在美好的日子里和你一起摇摆。害怕时是不会幸福的。我们必须摆脱这些恐惧。我想让你来找我，无所畏惧地来找我。我们会等待。无论如何，谈恋爱还是很不错的，你不觉得吗？悄悄告诉你，我也有点害怕——信中的所有内容似乎都比实际的信息量更大。就像照片一样，它没有显示出黑发下面的白毛、腐烂的牙齿、黯淡的皮肤。我想起了我令人讨厌的特征、我的平凡。是的，我也有点害怕。关于你到达时会发生什么，当然你第一阶段必须在家里度过，我想我应该可以在需要时休假。我们实际上只需要在夏季签字，其他时间都很灵活。

亲爱的、亲爱的、亲爱的，我计划在某个地方与你放纵一个星期，我的心快要跳出来了，在海边的某个地方，与你共度一周。

我们应该去哪里？当然，我选择北德文郡——大海、乡村、空气，但3月的天气是个问题。或许我们可以去大一点的城镇？一般情况下我更喜欢乡村，但跟你在一起，我想我会按你的想法去做。另外，我觉得你需要照顾，不管怎样，我认为你不应该长时间在雨中奔走。我想我并不在意在哪儿，只要有海，有你、你、你就够了。我的内心充满了叮叮当当的声音和雀跃，我不知道还要等多久。

很高兴你成功地把咖啡和可可给他们了，我的意思是我们的希腊朋友，告诉他们我们希望他们一切安好，并且非常强烈地希望他们能建立他们想要的政府，虽然政府对一直在贫困线上挣扎的他们来说可能过于遥远。不过，你很快就会把一切都告诉我的。

运气真好，能够看到 TUC 代表团并与他们交谈，就在你那边的街道上，这是一个很棒的主意。袜子，我希望它们合适。我没有工作材料的模板，所以只能乱织，有点担心配件。是的，我现在的心情跟你一样，亲爱的，真的太棒了，事实上还不赖，一点也不赖！！！你要回家了，我醒了。

爱你。

贝茜

## 1945 年 2 月 7 日

我亲爱的、深爱的：

亲爱的，你现在感觉怎么样？我渐渐缓过来了，感觉想来个侧手翻，再来个倒立。所以你很害怕，我想知道你怕什么。我有一些漂浮不定的担忧，比如现实而不是信件。你知道我对自己说，“贝茜，我的女孩，你并不是那么性感”，我认为你可能也有类似的感觉。我说，你的消化系统怎么样？我的太可怕了。我将堕落到服用雷宁什么的，一种除味剂。此刻，我喝的茶就被卡在我胸中间的某个地方。但是，虽然担忧，这些并不会令我感到沮丧——我已经开始跳舞了，我的担忧实际上令我咯咯咯地笑出了声。克里斯托弗要回家了，要回家了，啦啦，啦啦啦。

现在要强调的是“不要让我们犯任何错误”。你这个可爱的大笨蛋，你真的觉得这个可以预防吗？还是可以确保未来？“计划我们的时间”——我想焦虑地问一句“怎么计划？”因为这一切都取决于你。我会和你在一起，只要我有足够的机会拥抱你，独自与你在一起，我不会在意时间是怎么过去的。我要感受我曾经想象过的。我要了解你。

在某个地方一起待一个星期是一个好的开始，在某个地方，一起待一个星期。哦，是不是很可怕？这么近，又那么远。威尔弗雷德周二休假回家，这将帮助我度过一个星期。我希望你在意大利不会等太久，请你千万不要生病。你经历了那样糟糕的日子，现在又这么兴奋，千万要小心。你的经历有点震撼，我没有意识到会有任何战斗，或者你被俘后的生活如此糟糕。要求改变的媒体并没有夸大形势，大家的印象是交战持续了几分钟，然后就投降了，一名在敌对行动结束前获救的囚犯说他的待遇很好。

“我不知道该说什么，我想不到。”是的，确实如此，因为你有太多话要说了。让我多写一点、多写一点、再多写一点的请求令我非常触动。你不会知道，你已经令我非常震惊了。我们都经历了非常糟糕的日子，需要时间才能恢复，现在想来就像是一场噩梦，不是吗？地平线上的亮光开始强烈起来，关于未来的想法让我因期待而悸动。如果我能把你塞到我怀里就好了，就把你塞到我怀里——哦！我的每一根骨头、每一根头发、我的一切都喜欢着你。爱我，请继续爱我。

真希望我们有天气预报。下雨天是没法忽视的，因为它太潮湿、太难受了。不管怎样，我们到时候再看。我忍不住祈祷你收不到这些信，祈祷你已经在路上了，等待的时间很短，因为我越来越没有耐心了。像我们这样通信是一件非常美妙的事情，但这一直都只是开始，是我们未来的契约，这个开始必须转变为其他东西。

你对战争的新闻怎么看？我不喜欢太乐观，但要是回来之后可以留下不走确实会很棒，不是吗？哦，你一定、一定、一定要留下。

我敢打赌，瑞吉威大道一定很热闹，两个儿子要回家了，哎呀！我敢打赌，你母亲一开始肯定有点震惊，不过现在已经恢复了。

爱你。

贝茜

插曲：克里斯和贝茜终于见面了。他们在一起的时光非常愉快，不过见面这个事实将会在未来微妙地改变他们通信的性质。克里斯在英国待了大约3周，这对恋人单独度过了5天——在伯恩茅斯。我们并不知道他们一起共度的这段时间的准确细节，但从后面的信中可以找到一些蛛丝马迹。

1945年2月，巴克家的父母和儿子在家里团聚：赫伯特、克里斯、艾米和伯特。

# 07

# 我会安全归来，回到你身边

## 1945年3月28日

我的挚爱：

我们1点30分到达英皇十字区，然后上了火车，在空座位上躺下，迷迷糊糊地一直睡到9点30分，然后在约克郡换车，后来又在爱丁堡换了一次车。我想象着你走过查令十字街。我们去喝了茶，用热水刮了胡子，然后今晚就在营地度过。

希望接下来的几周你不会因为没有消息而担心。我会很快从意大利写信给你，试着告诉你你对于我的全部意义，你的全部。我真的很希望你那边的火箭弹能稍微停一停，希望德国人溃败，让我早点回去找你，这一天可能不会像我们担心的那样久。或许一年，或许到不了一年。

过去几周里，在不使离别变得难以忍受的前提下，我觉得我们已经不可能更亲密了。把我的来访看作，或者试着看作是我们找到彼此的那些书信往来的日子和这些日子之间的联系。在这些日子里，我们知道我们是多么相互依赖，我们的生活本身是多么相互依赖。你知道我爱你，并且会一直爱你。我向你保证，我是你的，你是我的。我想你。

我爱你。

克里斯

## 1945年4月10日

我亲爱的：

现在写信我感觉不是很好，因为船一直在剧烈摇晃，我曾经一度忍不住想吐。但是，伯特自己也很邋遢，这里的许多其他面孔都变黄了，我可不是一个人。我们现在已经在船上找到了一份相当不错的工作，每天早上，我们10个人要负责打扫船上的医院。这让我们不必做其他工作，比如清洁、警卫、清扫甲板，所以伯特和我愉快地打扫了3个浴盆、3个马桶和差不多相同数量的洗手盆。我对挤疮浴室并不是很热衷，但也从不介意。3周前，当我暂时是一名绅士的时候，在里昂负责"洗刷"的那个家伙打扫了我的洗手盆，现在轮到我了。

今晚有一个节目是"为其他队伍唱歌"。我们的一位军官让我在他们正在创办的《轮船报》上写个50来字。我告诉他我对这种事情不感兴趣，不过还是可以给他写一份，虽然我自己并不会去。我刚刚把要求的字写完，希望能听到其他人大喊大叫，这样我就可以提到几个"唱过"的调。很少有人在船上开展任何教育或知识活动。他们认为我们想做的就是像健康的年轻土狼一样哈哈大笑，而"他们"很可能是对的。

你今晚会把时钟往前拨，这样就会比我提前一会儿。船上的起床号是早上6点，但7点之前起床的不多，然后我就会想到你还在睡觉。

所有人都好几百根好几百根地买香烟，50根1先令8便士，离家越远，他们就越开心。

我希望你不要老是哭（如果你哭过的话）。还有，如果你再这么做的话，请你只为我们的难舍难分哭泣，永远不要为我们未来的见面和一起生活而感到绝望。对于我们战后希望有一个自己的家这件事，我越来越愁得慌了。那些数字让我觉得我们得再过 10 年才有选择的机会。我估计你跟你爸爸说话时一定很谨慎，但在我看来，为了找个地方住，在我回去之后一段时间内我们将不得不住在 27 号。等战争结束后，我知道你会买很多东西以确保我们在布置我们自己的家时没有太多麻烦，如果你能应付的话，那就开始准备买房子吧（我知道这件事情很麻烦，但你可以写信给房地产经纪人，东南 1 区南华克桥路的辛普森、帕默和温德会合法公正地帮助你）。我要不要写信给我母亲告诉她我们的计划？然后让她把你需要的钱给你？你知道，我有 350 英镑，你那儿也差不多，所以如果辛普森问起的话，我们可以承担 700 英镑的首付。

我的衬衫和裤子昨晚第一次脱掉了，这真是非常高的待遇，因为在甲板下面穿着衣服睡觉身上又热又黏。紧张的人现在又可以自由呼吸了。奇怪的是，我在航行中几乎没有想到过潜艇，不过我在陆地上休假时倒是相当担心。我想，如果我们被击中了，我们可能会以幸存者的身份返回英国，这一想法让我产生了一种邪恶的感觉。

我们在格拉斯哥发了 2 块巧克力，在船上又发了 4 块，包括福莱夹心巧克力，我猜你应该会喜欢。不过很抱歉不能跟你分享了，就像你不能跟我分享一样。我晚上醒了四五回，但很快又再次入睡。有好几次我以为自己还在家，还有一次这样醒来的时候，我伸出手去以为能碰到你。我会一直想你，一直爱你。

克里斯

## 1945年4月11日

我亲爱的：

我再次来到了意大利，一切都在预料之中。我很快就会离开这里，我想我应该不会太难过。

这里到处尘土飞扬（就像沙漠里的沙子一样），把我们弄得又脏又渴。

如果在我们再次见面之前我说了或者写了千百次“我爱你”，我希望它每次出现在你面前都是作为我对你的需要和对你的渴望的信仰和深切感受的全新的、强有力的肯定。这次见面大大加深了我们的感情：我已经见过你，看到过你看我的眼神——我希望你也看到过，并且永远记得我的眼神。我想我以后写的信会跟1944年写的那些大不相同。现在我太在意你了，我对你的了解以及我们现在已经融为一体的事实深深打动了我。我们现在已经真真切切地知道，我们对于彼此意味着什么。鉴于此，我认为通信将会变得更加困难，我知道（能如此确信真的太好了）你会原谅我所犯的错误。

一想到一年都见不到你，我就觉得很可怕——如果是这么一段时间的话。“充分利用它”将是一项艰巨的工作。我会尽可能地试着幽默一点，但如果你不笑，我也不会感到奇怪。而且，我一直在想我本可以对你说的那些话，那些我们应该说但没有讨论的事。我想啊想，我真是个傻瓜。但我想，这正是这次休假的特点，最近所有这一切的不安和彻底的震惊使我害怕、优柔寡断、谨小慎微、圆滑奢侈。我还有什么毛病？不过还是很棒，生活（Life）是以L开头的，你比我想象的还要好得多。我们需要这样的一次会面来让我们快乐的状态变为现实，来确定我们是彼此不可或缺的，来确定我们的生活是永远相连的。

我们现在是在一些山的阴影下，所以非常热，因为这里的阳光充足而热烈。（我们这儿的天气是不是很棒？）今天我们是在军需官处度过的，现在我们都是“熟练兵”，真是可怕的忧伤。我们每个人都有一吨重。轻装上阵是件了不起的事，但那种日子已经过去了。这里并不是一个令人愉快的地方，因为他们总是把你当“菜鸟”。我必须在“5分钟”之内完成这件事，负责人刚才说，现在必须结束了。我渴望收到你的信。我期待他们已经在我的新部队等我了。我想你。非常想你。我知道你也在想我，我感觉到你的爱保护着我。还有，我想要你。

我爱你。

克里斯

## 1945年4月14日

我的挚爱：

昨天，当我坐在卡车上，在意大利尘土飞扬的路上走了一天后，收到了你的4张明信片，这并不意外，但仍然是我这一天所能期待的最美好的事情。看在上帝的分儿上，不要把我描绘成一个沉默寡言的壮汉，你耐心地等他归来，同时乐于让他尽一份力。我不壮，我很弱——跟你一样弱。我讨厌我们的分离，讨厌我们分开生活。而且现在，我们短暂的会面让我们如此确定我们俩是天作之合，彼此忠贞不渝，所以我内心更是非常、非常讨厌且强烈地反感现在的状态。

你说我超出了你的期望。你一定要知道，虽然我的期望很高，但你也已经超出了我的期望。我也很高兴我们现在有了共同的在一起的记忆。你说我是个很棒的爱人。我是不是可以说，能爱你且被你爱真的太美妙了。我是不是可以说，你甜蜜的接受、可爱的欢迎真的让我太激动、太惊喜了。不，我想让你把我所有的照片都留着，而且我希望我能再多寄一些给你。

我不认为你是一个“傻瓜”。我知道你真的很聪明。请不要说我在奉承你，或者我在欺骗我自己。能彼此相伴难道不是一件几乎让人不可思议的妙事吗？很抱歉我的水平低于标准线，整个过程都很迷糊，而你自己也经历了一段糟糕的时期。不召集 30 多岁的人的决定让这里的每个人都感到恶心。这使得我们更难被释放。

很高兴你按摩膏的问题现在解决了（我个人认为，虽然爱丽思提出了建议，但它还是自己自然蒸发的）。我所看到的你给我留下了深刻的印象，我似乎一天更比一天爱你。

爱你。

克里斯

## 1945 年 4 月 15 日

亲爱的贝茜：

很高兴你请到了假，希望到那时天气会像我在的那几天那样好。我希望你能在德文郡好好转一转。今年夏天将会有一场大采购，女房主要大丰收了。

我不应该再担心对德战争了。它不会像你担心的那样持续整个夏天。

我希望你能完成你的春季大扫除而不会骨折。很遗憾我不能帮你。不过谁知道呢，或许明年春天我就拿着胡佛电动吸尘器等着你来检阅了。希望如此。

我很高兴你解决了“失踪的葡萄柚问题”。我们很幸运，这里有丰富的水果和新鲜蔬菜。（比如今天，除了约克郡布丁和羊肉，我们还吃了土豆、花椰菜和胡萝卜。）事实上，这里吃的都很好。如果其他的什么都不用我操心，我应该很高兴。

希望你一切安好，不要太忙碌。

爱你。

克里斯

## 1945年4月16日

我亲爱的、亲密的家人：

我爱你。我爱你。我爱你。我爱你。我爱你。我爱你。我爱你。——不要看过去就算了。请仔细阅读以上重复并且听我说一遍。天哪，一想到我们之间的距离，我真的觉得很悲伤。就在不久前，我们还在一起，现在却分开了，这似乎太荒谬、太错误、太不可能了。以前，我们会坐下来给对方写信，可是现在——我能写些什么？我禁不住有一种被欺骗的感觉，除了你，我对其他任何事都不太感兴趣。以前，我爱你，想你。现在，我已经见过、听过、摸过、闻过你活生生的温暖和血肉。我被你感动了，在我的内心深处，仍然有一种新的认识漩涡，它将我们更加紧密地联系在一起。

警卫和游行使我非常担心。如果他们（警卫）每10天来一次，我就得花5天恐惧地准备，然后花5天恢复。今天是我们第一次真正意义上的阅兵，早上6点就开始了，疯狂地准备着，在我看来一切顺利。军士长指出了我们每个人的一些错误，我们应该有——衣领没扣好、奖牌戴歪了、皮带太高或太低等问题。不过，虽然我很害怕，觉得这是一种折磨，但他并不缺乏绅士风度，这是最受欢迎的。后来，我们进行了大约半个小时的操练，没用上来复枪，只是简单地扛着（差点把胳膊累断了），而且，虽然我总是迈错步子，但我的小错误并没有被发现，我的犯罪生涯还在继续。

周六，我看了《幸运之星》（埃迪·坎特、E.E.霍顿、贝蒂·戴维斯），很多都是胡说八道，这个放映计划太差劲了。这个国家的宗教影响真实而明显地近乎病态，看到牧师们在街上行走真令人恼火。昨天我们去散步，沿着这条路走到最近的城镇。我们对坐在路边座位上的4位女士说"邦纳莎拉"（发音就是邦纳莎拉）。她们唱着赞美诗，回了一句同样的话，我们走开，她们又继续唱起来。

我想着你起床，去车站，去查令十字街，傍晚又从公园路走回来。在这遥远的地方，我努力想象你的美好。希望你现在不会感觉太糟糕，我亲爱的、我的爱人、我挚爱的。我自己不是特别好。

爱你。

克里斯

## 1945年4月28日

我的挚爱：

昨天晚上我非常惬意地小跑了一圈后回到营地。没几个小时邮件就来了，仿佛你的手臂环绕着我，我还和你在一起。

你来信中有一个问题我必须评论一下。这个问题就是"害怕"。如果你再读一遍我从希腊寄去的明信片，你会发现我是在什么情况下用这个词的。我害怕娶你，并不是因为你是个“麻烦”（是你低估了，不管怎样，现在这是你的责任了），而是因为在战争中，人总是会比平时冒更多的险。我不想结婚，除非我确信只有自然原因（包括你的烹饪！）才能把我们分开。在寒冷漆黑的夜晚，我趴在地上，ELAS 不停地朝我们射击，我清楚地意识到，在德国和日本的战争结束之前，我们无法自动地保证在一起的生活。我不想留下一个寡妇（也许还有一个孩子）来哀悼我。哀悼原本就不是什么好事，但（在我的理解中）作为妻子哀悼比作为爱人哀悼更糟糕。

婚姻提供了一定的便利，但我不认为这些便利大到值一生。就像你说的，不管怎样，我们在一起了。我不知道我是否应该娶你，你是否应该嫁给我，以便彼此“确定”。但我们在一起的时间越长，我就越觉得（我是对的？）你可以对我放心，你知道我坚信你是我未来必不可少的一部分。我们部门的 4 个人都在这个假期结婚了。与我对你相比，我看不出他们对他们的妻子有什么更亲密的举动。结婚也许是一种传统行为。但我更愿意思考，像我们这样没有任何法律关系的相爱，是不是一种更大的成就。我希望你现在不要为没有成为巴克夫人而感到遗憾。在这场战争中，我在海上航行了大约 40000 公里，在炮火下度过了 30 个小时而没有受伤。

我想我会安全归来，会回到你身边，就像我们已经结婚了一样。

我知道这次分离对你来说更糟。我无法用语言来表达我对你与日俱增的需要、分离所带来的痛苦，以及“越来越多”的骚动，因为我已经见过、摸过你这个活生生的人并且非常满意。想想吧，我们都彼此触摸过了！我多么幸运啊，终于被你唤醒，发现你还在。我希望你会发现时间过得很快——我们已经分别快 5 个星期了——

我知道你会记得我的样子，记得我们在一起彼此身体碰撞时的那种魔力。我总是想着你，并试着触碰你。

爱你。

克里斯

## 1945年4月28/29日

我的挚爱：

你说我在休假时已经说得够多了。我讨厌自己，因为我对我们自己以及“海外生活”和军队的印象说得太少了。作为爱人，我的不足令我很不开心——我觉得我过分逗弄你了。我应该跪在你面前，坦诚我对你全心的依赖，恳求你对我感兴趣（虽然我似乎对你很感兴趣），一直对你说，如果我的希望里没有你，我就会又饥又渴。我本来可以说得更动人，但我的口吃令你很满意。很遗憾我们浪费了在伯恩茅斯的5个晚上，但这似乎已经无关紧要，因为我们还会有更多更多的夜晚。

关于鲑鱼的错误判断，我很抱歉。在我回去的路上，我要为你抓一条鲸鱼。

希望你的春季大扫除一切顺利。就我个人而言，我认为这一事件有点被过分渲染了。一个管理得当的房子会羞于承认它每年需要一次真正的大扫除。这是因为郊区太荒芜了。不过你开心就好，不必在意我。

我也有同样的“你一直在那里”的感觉。仿佛我们从小一起长大，我从我们第一次见面起就爱上了你。当然，我有一个强烈的快乐的想法，那就是你“永远都会在那里”。一旦战争结束，未来就会迷人地摆在我们面前。

关于睡袋我说错什么了吗？我不想过孤独的婚姻生活，当然不想。回复单人床，我之前在想（你知道我们是如何在随着时间流逝给彼此写信的，当我们拿起纸笔的时候，我们总是忘记那些“真正好的”事情），如果你现在床上的床单明年坏了，我会向你建议，买个双人床单把它替换掉会是个好主意，到时候就可以直接用到我们自己的床上了。我当然想所有的时间都真真切切地与你在一起，就像我为我们精神上的亲密感而感到幸福一样。真的，你不觉得假期快结束的时候，我们已经彼此心有灵犀了吗？我敢肯定你能塞进一个睡袋里，但会压得很紧——我敢说，会压得非常非常紧！

很高兴你要去我家了。母亲和罗西在信里说起过你打电话的事。我对我爸爸的状况很不乐观。母亲现在的日子很难过。我爸爸本身就是个麻烦。希望他能熬过自己的困难，可怜的老家伙，我相信他更多的是心结而不是身体上的问题。

不，我没有注意到你对感冒的事情诸多抱怨。我们家不能同时有两个苦大仇深的人，因为我对所有的小病也会小题大做，恐怕你必须得成为更坚强的那个！我说，真遗憾我没用那个按摩膏。

不要认为我对“亲爱的”有丝毫反对意见。我想我提醒的是不要在有第三者在场时使用这个词。或许是我太害羞了。所以求求你，你愿意叫我什么就叫我什么吧，我都会喜欢的。很遗憾相框没有成功。

昨天晚上我在站岗，想到当我在杏树下巡逻，听着远处的狗叫，还有附近鸟儿“皮噗、皮噗”和“喂噗、喂呦”的叫声时，你正在安静地熟睡，我心中突然升起一种距离根本不重要的感觉。

在你的一封信里，你说你的心在我身上跳动，真的很好。我会照顾好你的心。请你试着一直为展望未来而快乐，不要为眼前的分离而忧伤。

爱你。

克里斯

## 1945年5月2日

我的挚爱：

我刚在（信封的）正面写好地址，就有人喊了一声“新闻快报”，我们都冲到有无线电的帐篷里，听到了德国军队在意大利无条件投降的消息。同一天早上的7点播报说（我听到了）希特勒死了，这让我们更加欢欣鼓舞，并希望其他德国人也会投降，而不必让我们的兄弟们再做无谓的牺牲。我们再次受到警告，当宣布这一重大消息时，我们必须保持清醒。对我们来说，除了更多的唾沫、更多的武装、更多的检阅、更多的警卫、更多令人作呕的例行公事和规章制度，我不认为这一改变还意味着什么。

## 1945年5月3日（续）

我很高兴火箭弹已经结束了。能够不假思索地上床睡觉，并且知道自己不会受到打扰，这是什么感觉？真希望在火箭弹的事情上我没有吹牛，它“阻碍”了我的行动，把我束缚住了。

你说我在希腊的经历非常伟大，我很受用，但这绝对是错误的。我不是一个伟大的人，也从来没有表现得像个伟大的人。我就是个耳朵贴近地面的无名小辈。

我希望你去买衣服。不要等着我同意——你提前去买。你应该小心衣服短缺，然后正常地购买，而且也不能肯定这些商品是否会保持在目前的低价。如果投机倒把的人赢了，东西的价格会“越涨越高，越涨越高”。不穿衣服或者把小衣橱里的衣服用光并不是“为未来储蓄”。去买吧，如果你想省钱，不妨再考虑一下吸烟的习惯。我想到了一个主意。假设你现在每天抽 20 根，继续每天抽 20 根，连续抽一个星期，然后变成每天抽 19 根。到那周结束的时候，下周再减成 18 根，以此类推。这样完全不抽烟需要大约 6 个月，但这种方法可能有用，可以使你慢慢地摆脱它。你说你希望能像我一样思虑周全——呃，其实我不是思虑周全，只是比较狡猾！我真的认为我们会相处得很好。我相当肯定，我们俩都有足够的智慧，不会试图让对方不高兴。

整个上午，我都在这个镇上又小又脏的剧院（梅尔卡丹特剧院）帮忙换布景，准备今晚要看的意大利综艺节目。后台比前台脏得多，但也更有趣，拉着绳子把场景换下来、移动钢琴等等。这跟搭（没有用“竖起”这个油滑的词）帐篷和带刺的铁丝网很不一样，搭帐篷和铁丝网的时候，我的手被划了好几道口子，还起了好多血泡。

这里经常下雨，刚从防水建筑里搬出来的时候，听到雨点啪嗒啪嗒地打在帐篷顶上，真是令人沮丧。早上很冷，尤其我在工作日只穿连体裤（工作服）时就更冷了。我一直在想你，一直爱你，一直需要你。

我爱你。

克里斯

## 1945年5月4日

亲爱的贝茜：

谢谢你的15号信，你在信里提到了订婚戒指的想法，我是昨天收到的。

今天，我来回走了100公里去最近的镇上检查眼睛（不是我的脑子），现在有两副新的军用眼镜以代替我在希腊丢失的那副眼镜。整个过程下来花了不到15分钟。

对于戒指的事，我认为我想让你说，钱可以花在更明智的地方，我们不需要按照传统向世界展示我们的承诺。我们不需要象征，我们的爱坚不可摧。或许你在感激我如此"思虑周全"？我不知道。我想到的一点是，艾薇那样的人可能会说："啊，克里斯已经回家了，但我看到贝茜还待字闺中。"或者诸如此类的可笑愚蠢的话。我想，这段话会使你不高兴，就像原来那段话使你高兴一样。写信的时候不经意间说错话是不是太容易了？

谢谢你关于去布罗姆利的描述。我很高兴对于这件事你现在感觉好点了。我知道我妈妈会很欢迎你去，我希望你能喜欢并且定期去看他们。一定要记住，家人不喜欢别人跟他们说，他们不了解儿子的想法，否则我会让你告诉我妈妈，伯特从来没有以任何方式直接说过"所有的女人都是婊子"，虽然他可能试探性地说过。我母亲的记性非常好，不过你得小心她跟你说我也说过这种话。顺便说一句，我不打算就此事与伯特进行讨论。说"所有的男人都……"或者"所有的女人都……"太荒谬了。不过，请不要变成一个什么都赞成的女人，因为我就不是一个什么都赞成的男人。我见过一些这样的人。在安静的时候，我想了很多［去年意大利军队中有27000例VD（性病）病例］。

据我所知，英国部分地区正在下雪。祝你好运。

我爱你，还有你的回应。感谢这一切，感谢你。

爱你。

克里斯

## 1945年5月6日

亲爱的贝茜：

我想国内的每个人都为德国人的末日感到高兴。遗憾的是，还有日本人需要对付，所以还必须忍受更多的苦难。我想还得过好几个月才会有大批小伙子开始放弃卡其布，转而选择自己喜欢的颜色，但在没有停电、窗户没有堆满沙袋、没有ARP[①]的情况下，事情一般会容易一些。我想你们外交部的任务将会停止，大多数无线电台将会关闭。

昨天晚上我见到了伯特，我们一起看了一部电影，《阿尔及利亚的烛光》，詹姆斯·梅森、卡拉·莱曼、伊妮德·斯坦普－泰勒演的，讲述了导致盟军在北非登陆的事件。里面全是废话，但还能勉强看得下去。这周早些时候，我们看了一场意大利的综艺演出，既好看又干净。我对这场演出特别有兴趣，因为我早上去搬了钢琴、布置了背景，还在幕布后面偷偷看了一会儿，后台比"座席"脏多了。

我昨天听到贝文的一段广播录音，他在录音中说，在部队人员开始复员之前，将有一段短暂的停顿期。我们中的少数人对此很不

① 空袭的预防措施。

高兴！我们只是偷听，想象着适合我们自己的情况。你哥哥的电话是多少？他会继续做帮助战争赢得胜利的事吗？

爱你。

克里斯

## 1945年5月8日

社会党构成了最黑暗、最可怕的威胁，如今德国军国主义已被推翻，而英国文明正面临着这种威胁。

——W.S. 丘吉尔，1920年3月

亲爱的：

我仍然处于一种忧郁的状态，并且相信只有日本投降的消息才足以使我摆脱忧郁。欧洲的战争终于结束了，战争所涉及的一切可怕的事情将在那里结束，这一切令我非常感激。但是，我很清楚，人民普遍遭受了很大的苦难，我认为我们还没有接近一个体面的社会状态。在我所有混乱的思绪和遗憾中，最重要的是，我更加深刻地意识到，我们没有在一起，而我们在一起的可能性非常渺茫。我知道我厌烦（现在我确实厌烦了）你会不高兴，但我现在真的不想载歌载舞。这太残忍了。

我们搭起帐篷，又拆了。我们被告知以后没有到那个村庄（步行一刻钟）的卡车了。今天和明天我们必须坐卡车（我想可能是怕庆祝活动出问题吧）。我们每天都展示我们的装备，以便所有的灰尘都能吹到上面。必须每天服用麦帕克林[1]。必须在每天下午6点以前把蚊帐放下。必须在0点前把帐篷的墙卷起来。不能在帐篷外沐浴。还有很多条款。正常情况下，我只会咧嘴一笑，诅咒并且忍受这些。但此刻，这些事情让我很不开心。

我希望伦敦没有炸弹的环境没有影响到你，虽然你会明白，如果我知道你现在很安全，知道伍拉科姆27号不会砸在你身上，真实地且实际地知道只有自然原因会让你离开我，那将是极好的。你是不是也像我一样觉得这些想法非常自私？对不起。

谢谢你提供的关于集中营速递展览的消息。我们在这里复印的照片非常可怕，引起了一些人的反感。对我来说，最主要的是，这些恐怖事件从1933年9月2日一直持续到1939年9月2日，而我们不惜一切代价维持和平的领导人却没有给予明显的谴责。

又有人提醒我们不要喝醉。大家这周弄到了一瓶半啤酒。我刚才正要把我的喝掉，但突然想起来我已经答应给一个小伙子了。他们告诉我很难喝（淡啤酒）。这周啤酒已经涨到3便士了。在附近的镇上，今天蛋糕和茶都免费。我们肯定会有一些“计划性的修改”。我们会多半个小时的睡觉时间（8点30分开始工作），12点30分到下午2点30分是午餐时间，之前是12点30分到下午2点。

很抱歉说得这么开心，我的女孩，但你知道这是怎么回事。我会找一天给你寄一页笑话。我们明天放假，我会努力挤出一个笑容。

爱你。

克里斯

---

① 一种抗疟疾药。

## 1945年5月9日

亲爱的贝茜：

我会努力让自己快乐一点、乐观一点——不过不要被骗了，我感觉不太好。

我的上封信是在食堂里写的，周围都是淡啤酒和苦艾酒。我们举办了一场演唱会，我也唱了几首。晚上9点收到国王下的“命令”并不容易，但我就在收音机旁边，听到了他所说的一切。对他来说，每一次都是一场多么严峻的考验啊！近年来，他变得多么善于避免使用一个错误的单词啊！我打赌他一定很高兴一切都结束了。我原以为他应该会更多地提到战斗中的盟友，在其他情况下，这会是一项合理的举动。但愿每个人都能忆及，我们在欧洲享有和平是我们的数百万同胞（和妇女）以及我们的世界公民同胞用死亡和伤残换来的。然而，如果“私人企业”得逞，英国正在拆除的防空洞将以可观的利润卖给日本。他们会很需要的。

返回营地的卡车在晚上10点离开。那是一段多么漫长的旅程啊——也许很短——一路颠簸，小心翼翼地避开行人、手推车、狗，疯狂地转弯。我坐在前面，可以看到各种各样的事情正在发生……因此，当欢呼雀跃的人群在一所casa（房子）前停下来喝“最后一杯”时，我胆怯地悄悄下车，沿着小路安全地向营地走去，在我身后，大约有10个人猛敲着前门喊着“罗莎”的名字让她开门。罗莎一定是更小心翼翼，而不是贪得无厌，因为后来我才知道，他们徒劳地敲了会儿门，没喝酒就回家了。今天早上，军官和军士长们来到我们的帐篷，把咖啡和白兰地递到我们床边（我把白兰地递给一个苏格兰人），因为这是圣诞节的习俗，今天也是同样的庆祝活动。今晚我们有一个特别的晚餐，也将由军官提供。

我想我已经告诉过你了，我很好奇，也很羡慕那些能在喝完酒后随心所欲的家伙。

关于大扫除：你问我对大扫除了解多少？为什么只是打扫房子？我敢打赌，我在部队里做的清洁和清扫工作比你到目前为止一辈子做的还多，不过可能没有做得那么仔细。记住，成为一个士兵的首要条件是有能力成为一名家庭佣人。

顺便问一下，你在大扫除的时候会特别认真地洗澡吗？还是你每次洗澡都尽可能地把自己洗干净？不知道下次大扫除的时候我们会不会一起打扫？希望如此。希望我们到时候都能真正地活着，真正地一起生活。

我爱你。

克里斯

## 1945年5月11日

我的挚爱：

废除部队审查制度对我们来说真是上天的恩赐，因为现在我想多久写一封就多久写一封，想说多少就说多少。

我今天开始了一项工作，并且计划在接下来的两周内和另外3个家伙一起完成这项工作，包括“疟疾”和“卫生”两部分。卫生部分是处理苍蝇之类的；疟疾部分是我们要去田野里寻找粪坑和死水，然后必须确保它们不适合蚊子生存。

我惊喜地拿到了那些照片——带着小狗的那张也许是最好的。当我情绪低落的时候，还可以看看别的东西，重新燃起我想早些见面的希望，把我那相当盲目的想法集中起来。

我不想让你受苦。我可以告诉你一种躲避它们的方法。不要写那么多，那么频繁。你在5天内写了4封信，可爱、美妙、温暖的信。但你真的抽不出时间，写这些信会让你心烦意乱。你就不能安心地每周给我写两次信吗？如果这样能让你有更多的时间安定下来，我真的会更喜欢。就像你说的，你真的不能再这样下去了。

我们真正在一起的时间可能比我们想象的要早得多。一直希望你能幸福一点，不要憔悴。我知道对于我们来说唯一真正有价值的事实就是我们在一起。但是，与我们6个月前的立场相比，你是否只考虑会使我们充满希望和幸福的事实？

那时——我们是通信的友人。

现在——我们是坚定的爱人。

那时——彼此多年未见。

现在——最近刚见过面。

欧洲现在没有任何危险。我是信号员，不是干什么危险的工作。我们可以多写信。

爱你。

克里斯

## 1945年5月14日

亲爱的：

今天，22号，又是一封漂亮的信。

今天我给小便池消了毒；更换了烧坏的厕所马桶；做了两个水滴形的罐子放在加油车的水龙头下面；砸掉了田野里的一大堵石墙；卸掉了伯特卡车上的沙子；放了3卷卫生纸。

今天中午的时候，一大堆关于即将到来的运动的“情报”蜂拥而来，我开始准备打包行李。现在“情报”还在，但我还没有听到任何官方消息。我不想燃起你不必要的希望（或者让你伤心），但你要知道这是军队。已经好久没有发生什么事情了，然后突然一下子都来了。也许是时候让我融入旨在粉碎日本人的错综复杂的军事模式了，并且我很快将再次在英国短暂休假（28 天），为被派往 SEAC[①] 做准备。在我心里，我觉得我要去。我已经不像从前那样愚蠢地害怕它了。这一转变是因为我想再次见到你（如果有可能的话我想更多、更多地见到你），时间过得越来越快，再过 18 个月，我终于要回家了。

爱你。

克里斯

## 1945 年 6 月 21 日

亲爱的贝茜：

我决定用铅笔给你写信，在沙滩上写这封信，我支起膝盖当桌子，灿烂的阳光照在我身上。我真的很希望你在这里。在英国，我觉得我们很少有机会独自在海滩上。我们以后一定要“出国”，那里会有很多机会。

我不认为我完全理解你在信里说的“不要总是对此喋喋不休”的诉求，就是关于你体重的那个。我之前说了什么让你不开心的话吗？如果真的说了，那我很抱歉。你真傻，竟然为自己的身材受女

① 东南亚司令部。

人的“苦”。我可不可以认为你吃鱼肝油还不如不吃呢？我说过，你喜欢的东西对你有好处，如果你不喜欢鱼肝油，看在上帝的分儿上，把瓶子扔掉吧。我确实认为你需要——所有厌战“平民”都需要——一种兴奋剂。如果你认为孕妇鱼油是有用的，那么你现在就停止使用它就是愚蠢的。当然，当我说你应该照顾好自己的时候，不要以为我在暗示你什么。

你收到这封信的时候，我应该已经回到阿尔塔穆拉了——离海50公里远。

爱你。

克里斯

## 1945年6月30日

亲爱的贝茜：

随信附上我刚才在巴里海滩上拍的一张照片，我现在就坐在这片海滩上。那个把手放在我背后的家伙是肯·索利，他可能是我们部门最好的社会主义者，而且是个相当不错的家伙。他只有22岁，来自雷丁。他的外号是“活页夹”——一个总是发牢骚的人，他当然很会抱怨。

法兰克·辛纳屈昨天也在巴里，我们中有些人去看他了，但并没有留下什么特别深刻的印象。我想他很难受男性欢迎。看到他的那些家伙说，他唱的那些歌中有一首是《老人河》。

爱你。

克里斯

克里斯在巴里海滩上，1945 年

## 1945 年 7 月 2 日

亲爱的贝茜：

今天我要“全天值守”，所以我只能发一封很短的信。虽然我基本上没休息，但我还有许多事情要做，包括送伯特去罗马度假，很可能在他复员之前再也见不到他了，然后再过大约一年我就要回去休假了。他会是我的伴郎！我想他在休假结束后将被派往更北的安科纳，在那里等上大约一个月，然后登船。说“加油”，交换信息，都要花一点时间，当然，他把一些装备留给了我。我跟他第一次见面是 1943 年 7 月 16 日，在的黎波里，所以我们差不多一起待了两年。

这对我来说已经非常好了。这使我保持着一种有些人已经失去的温柔礼貌。作为一个家庭的一部分，我们彼此之间拥有一种神秘的黏合力，这种黏合力是一种无价之宝。

今天的邮箱注定也是个大丰收，所以我应该会有很多信等着回复。妈妈的信里再次非常愉快地提到了你，并且能看出来她把你当女儿一样看待。

我的一个清扫同事是一个非常体面的人（他是我最初提到的人之一），我刚刚发现，他曾在西班牙战争期间带着投影仪和电影《保卫马德里》游览约克郡的村庄。他是在完成一天的工作之后去的，我认为他是一个真正的老家伙（他大约 36 岁！）。

当然，他没有睡着，也不像许多人那样给丘吉尔戴上光环。

爱你。

克里斯

## 1945 年 7 月 3 日

亲爱的贝茜：

我很遗憾，你们工党的努力让人如此担忧。我曾经发现，如果我的眼睛感到疼痛，身体的其他部分也不会那么好。我很高兴你能克服可能存在的不良组织的不利影响。至少你知道你在 1945 年的选举中所做的不仅仅是投票，这样也就知足了。我昨天收到了我的报纸——我可能会稍后发给你，不过也许你会在 161 号（瑞吉威大道）看到它们。我最喜欢自由党的演说。是的，我听说过奥尔德曼·里弗斯。我想是詹姆斯或约瑟夫。我想他是皇家阿森纳的合作伙伴。也许这个候选人还不错。我想找个机会诘问一下——这是一门艺术。

亲爱的，我觉得你穿套头衫会很可爱。我非常喜欢你的画——最重要的是，这是你画的。我不会假装自己是胸罩专家，但我想我应该说，如果我是你，我就不会穿胸罩，除非你觉得它本身是可取的。不要在意你30岁时应该做什么。他们可能会告诉我，接下来我应该把头发卷起来。当我回家时，我想你的胸罩不会穿太久——也没有什么东西能妨碍我和你见面，使我们之间产生隔阂。

我很乐意看看萧伯纳的《易卜生》，但我认为你把它送到我这里来是不明智的。如果我能在什么地方找到一本，那就太好了。在服务俱乐部的图书馆里，你能找到的所有萧伯纳的书只有企鹅版的《皮格马利翁》。

不要真的让自己等上20个月。如果还是4年的话，这是最长的时间。如果减到3年半，我会在1946年8月回去；如果减到3年，那就是1946年2月。请记住我们的目标是3年，我们给国会议员和陆军部的信可以让他们意识到我们是实实在在的人，不要把这种分离看作是一个善良的国家提供的长假。有时我非常希望能在14个月之内见到你，我们肯定会在明年8月或9月度蜜月。时间总会过去的。有时候过得很慢，有时候又过得很快，但总会过去的，到时候我就会去找你。

你在信的开头说，你不明白我为什么要怪自己缺乏教育和知识。好吧，我很抱歉。如果我不是只上过小学，如果我16~28岁的时候学习了更多书本知识而不是围着工党和“大都会”[①]转悠、讨价还价，我觉得我可能会对社会更有用（我认为我间接服务于社会——同时

① “大都会”是指《大都会杂志》，邮局职工工会的出版物。克里斯是定期投稿者，后来是编辑。

记住我会为了你抛弃社会或任何东西）。

我很高兴爱丽思和李尔已经收到（杏仁），而且你也收到了一袋。天哪，我6月5日寄了可爱的两大包。我希望你最终能收到它们，因为除了里面的东西外，这些包看起来也很不错。吃的时候，你会把它们放在热水里，然后去皮吗？我觉得这样会更好吃。

不，我不认为我对生孩子的事过分关注了，但当我想到一个女人的身体时——我脑海中想到的是你的身体，当医疗官说起无痛分娩（我有没有告诉过你，他说大脑袋的苏格兰人要为高婴儿死亡率负责？）和母亲的痛苦时，我很自然地想到了你，以及你的痛苦，不知道你最终能不能忍受得了。或许我想你的身体想得太多了。

当你穿上胸罩时，想想我，当你脱下胸罩时，想想我——不，要一直想我，要知道我是你的男人，虽然远隔千万里，但一直想着你的美、你的开心、你的孤独，一直想要你，一直在用想象力编织我们美好的未来生活。我可以像从未被唤醒那样唤醒你，像从未被爱过那样爱你。

爱你。

克里斯

## 1945年7月5日

亲爱的贝茜：

今天是投票日，我想知道你是怎么度过的，是在敲门还是像往常一样上班工作。安排军队投票是件非常困难的事，所以我们得花大约4天到一周的时间准备这项工作。因为我已经收到了我的报纸，所以今天就写了我的选票并寄出去。我不知道这里有多少人参加选举。很多人都没有选票，要么是因为他们自己忽视（在这种情况下，他们似乎对法西斯主义的概念非常满意）了，要么就是太不走运了。肯定有很多人正在度假，甚至是在家里（比如黛布和玛乔丽·韦伯），他们也将失去“为自由而战”的机会。

大家一起去看了节目表演，那是一场意英混合的演出。我看了两个节目就走了，一个是一个金发的意大利女人用英语唱了一首歌，不过我显然不知道这首歌是什么意思。另一个是一个非常好看的扑克牌魔术。

今晚村里有一场电影——《爱尔兰人的眼睛都在笑》，我很高兴我整天都在值班，所以被禁止参加。

暂时就是这些。抱歉。

我爱你。

克里斯

## 1945年7月6日

我的挚爱：

你寄来的报纸非常有用，我和其他人都好好读了一遍。结果公布后，你能试着给我寄一份吗？最好是《泰晤士报》，不过我怀疑你能不能搞到。也许所有的报纸都会全文刊登这次选举。

我吃得很好，不过我的内脏不是很舒服。厕所在300米之外，我觉得这多少有点关系。我们这儿有个家伙，只要有人看着（在军队里总有人看）他就不上厕所，然后自己跑到野外去解决。

我在想，你觉得我可以把你给我织的一两双袜子寄回给你吗？一双破洞了，另一双还好，但我觉得在家里正常用用对它们来说可能更好。我还有一双没穿过的军袜，这样凑 4 只。你觉得怎样？我不想在这里把它们穿破了，我想把它们寄回去由你保管。

忽略所有你读到的关于盟军在 11 月、12 月或其他任何时候离开意大利的消息。意大利是向西班牙、希腊、南斯拉夫、叙利亚、巴勒斯坦、埃及和突尼斯派兵的绝佳战略中心。我看到的所有报道都说驻军将继续驻扎。你可以拿你的门环打赌，我应该是被列为驻军。

爱你。

克里斯

## 1945 年 7 月 9 日

亲爱的贝茜：

我现在想的是，我们都以一种自鸣得意的方式，让自己去衡量自己应该倾吐多少。我们的内心是愤怒的、狂暴的、骚动的。我们的外表却几乎总是那么含蓄。当我拥抱你的时候，我应该把你压成碎片。我应该把你吻成碎片。我应该什么都做。然而，我做得最多的却是甜美的微笑和正确的拥抱。难道这是文明的影响在起作用吗？这在当时也许是最明智的做法，但现在，当我想象着你，看到你胸部的形状——却只能徒劳地向你伸出双臂时，这似乎是疯狂的。是的，亲爱的，我还有 5 个星期就要回家了，美梦真的成真了。我触碰过的你的每一个地方都透露着美、包容、心甘情愿、索求。我不知道你是否明白“索求”是什么意思。我知道你想要我，希望我们让彼此完整。我很高兴我们心心相印。

我希望你继续穿你的衣服，就像我在家里一样，因为我确信我们不会对你应该穿什么有严重的分歧，不过我希望你偶尔注意下我为你做出的选择。你能不能给我寄一些可能适合你的小布片，这样如果有机会的话，我也能给你寄一些布料。我当然不想让你把衣服剪掉做样板，不过我敢说，即使是你也会囤一些小布片，对吗？

爱你。

克里斯

## 1945年7月11日

亲爱的贝茜：

关于黛布，我会写信给她的，回复她最近寄来的信（但不是特意去回）。我已经跟她说“早就关注贝茜了，只能说她就是我心目中的理想型，我完全有理由相信我就是她的”。这样说你还满意吗？在我真正开始给她回信之前，我会先等你的回复。现在，如果你开始和我的老朋友黛布聊天，不要太过于迷恋她。当然，你可以说我告诉过你她来打听的事儿了——但一定要避免这个刺激她八卦心（或者随便你认为是什么）的绝佳机会。你可以说你想说的，我也会支持，但一定要乖乖的，不要急于刺激她。如果你真的这样做了，好吧，我当然会站在你这边，不过我希望你能满足于保持安静。你必须承认她对我的某些权利（虽然我说的不一定是这个问题），你如果刺激她，除了短暂的满足，你什么也得不到。

很高兴你认为老丘吉尔未必在所有地方都受到热烈欢迎。我们很快就会看到。

我总是想让你充分地、完全地意识到我们在一起的巨大意义。

我不希望我的观点被忽视隐藏或被默认遗忘。

我爱你。

克里斯

## 1945年7月12日

亲爱的贝茜：

很遗憾听你在48号信里说你的胸部还在疼，但X光显示“什么也没有”。如果只是医生说没有必要担心，我会感到焦虑和不开心，但是X光检查呢，是在医院做的还是在适当的控制下做的？如果是这样，我想你必须强迫自己相信，只要你不想它，这事就会慢慢过去。我的印象是，你不可能赢过X光。如果我们不接受它的发现，那就永远也不会对任何东西感到确定。所以，确定X光没问题——如果你觉得有必要的话，再去一趟医院——然后努力忘记这件事。我觉得你的疼痛很有可能是消化问题，而且极有可能是你目前的生活方式毁掉了你的消化系统。不过我的感觉是，你的疼痛是因为想要拥抱我，这种冲动可能在你睡着的时候支配了你，造成了那里的疼痛。或许这只是一个愚蠢的想法，不过我就是这样想的。很抱歉你这样烦恼，我多想与你在一起，缓解你的恐惧、安慰你。你竟然把你的“秘密”保守了这么久，我很不安。请尽早告诉我你能告诉我的一切。因为不揭露（我用它来代替“隐瞒”）什么也得不到，我宁愿和你一起担心或感受，也不愿被蒙在鼓里。这是我的权利，也是你的责任和义务。

我要娶你。一定要随时让我知道所有的事情，这样我才能确定我知道发生了什么。想要用你的恐惧来让我担心，这是一个很好的动机——但我更愿意你把你的恐惧带给我，并通过我对它们的了解把它们赶走。我想我曾经告诉过你，我有一次“害怕”自己得了结核病或类似的可怕疾病，因为好几天早晨我都在嘴里发现了一小块血凝块。我战战兢兢（而且还觉得自己特勇敢）地去看了医生，医生告诉我，是因为过度吹口哨和说话导致我喉咙里的细小肉块轻微撕裂。

我非常赞成你请病假，请很多假，因为这似乎有点可取。我反对你在身体不太好的时候工作。我讨厌你因为觉得某个地方正在打仗，你也应该尽自己的一份力量，或者你太尽职尽责，无法置身事外就“坚持下去”的想法。看在上帝的分儿上，在你需要休息的时候就休息，在你想放松的时候就放松，给你的神经和身体一个机会。过去的5年里你过得很糟糕。开始意识到是时候放松了，对你来说，“放松”会比世界上所有的药物都有用。天哪，想想我的懒散生活（从某种程度上说，这对我是有好处的——自从我参军以来，我度过了一段非常悠闲的时光）和你的忙碌——有时真的会疯掉，不是吗？

很抱歉胸罩不合身。如果我是你，我就把它扔了。难怪你没有配给券！哦，真希望我是一个胸罩，可以那样触摸你。

“DEVOTEE（信徒）”这个词你怎么念？

在我写这封信的时候，你可能正在给妈妈倒茶。我亲爱的女孩。

我爱你。

克里斯

# 08

# 一定要提结婚

## 1945年7月16日

1723年，约书亚·雷诺兹出生。1942年，克里斯·巴克应征入伍。

可爱的女人、亲爱的贝茜、我最亲爱的人：

今天是我入伍三周年纪念日。3年似乎不紧不慢地过去了，只是我有时候会觉得，某些时候似乎比其他时候过得更快。我在国外已经待了2年5个月。我已经充满希望（我认为是充满希望）地给你写了2年信，充满爱意地写了近18个月。这两段时间似乎都特别长。我上次见你差不多是4个月以前，但感觉要比4个月长得多。我是7个月前被捕的。这件事仿佛才过去不久。我对于时间的印象错综复杂。我现在最主要的目标就是回去找你，越快越好。对许多人来说，分开几乎意味着失去一切，但我们有书面文字让我们确信，我们的理解绝不会被遗忘。

今天早上，我开始了摩斯训练。本来说我一分钟可以弄5个单词，结果我弄了6个，把单词都弄在一起，把Ys和Cs放在一起，等等。我不知道训练会持续多久，但可能比在营地里捡石头强多了，而且也不用去吹风吃灰，这在白天可真不好受。

有个好消息是这里建了一个洗衣房，可以去那里洗衣服。那儿有很多热水、搓衣板和刷子，还有熨斗（要排队）。恐怕我不会用，因为那里离我的帐篷有800米，而且我在只有50米远的“洗礼凳”上就可以轻松地把衣服洗好。太阳底下吹吹风，衣服很快就干了，我晚上就压着衣服睡觉，就当上油了。

爱你。

克里斯

## 1945年7月18日

我挚爱的、最最可爱的贝茜：

今天早上我决定请个假。我报了病假，这是一份非常漫长的美妙工作。7点30分报到，8点等卡车来接我，8点30分才听到汽车的声音，9点到医务室，然后等着叫我的名字。我进去看医生的时候已经11点了，那时我已经完全读完了W.R.伯内特的《科尔王》，这是一本描写俄亥俄州州长选举的美国书。星期六我又要生病了。就像放假一样!

昨晚在营地里，一个魔术师挨个在我们面前表演了魔术。一个小时后就很无聊了。他解释说，他之前的把戏都是意大利式的。最厉害的大戏是把铅变成熔化的金属，他把它倒进勺子里，放进嘴里，然后吐出一块凝固了但仍然很热的金属。铅是用酒精灯加热的，太热了，台上的两个“证人”都不敢碰。我猜他嘴里有一些特殊的耐热金属制成的假盘子。不过还是挺好看的。

你想住在克罗伊登的桑德斯特德吗？你想过搬到那边去吗？因为这是“其中一件事”，我可以警告你不要和任何人讨论这件事吗？稍后你就会知道为什么了。现在我想知道你觉得桑德斯特德怎么样？亲爱的，什么也不要跟我家里人说。

我昨天写信给托特纳姆的登记员格里马尔迪先生，询问如何快点结婚的细节。我指出这是一个普遍的问题，尤其是在短期休假可能会更加普遍的情况下。

顺便说一句，今天早上在病室里，也就是一个德国战俘营里，我见到了比我以前见过的更多的德国人，有好几千个。在开始让他们在军营里干活之前，我只在医院里见过一两个德国人。很奇怪我们是如何在没有看到我们的死敌的情况下“战斗”的。毫无疑问，他们几乎没有英国人的特点，就像我们几乎没有德国人的特点一样。

自 4 月 10 日以来，我总共写了 298 封信，98 封是写给你的，59 封写给妈妈，141 封写给其他人。相信 98 这个数字就是你去年从我这儿收到的最后一封信。所以我们对今年的数字了然于心，不过我们很快就能彼此交谈不用写信了，这对我们俩来说更好。哦，我亲爱的贝茜。

爱你。

克里斯

## 1945 年 7 月 19 日

我的挚爱：

我遗憾地读完了你拔牙的事，还有骗子的事。我想我现在应该把所有的东西都拿出来。这将为你日后省去许多麻烦。你几乎肯定会找到一位牙医，他会告诉你，没有它们你会过得更好。

我不会再继续这些评论了——因为这是你提到的主要话题。不过，请听从我的劝告，小心注意自己的约定。试着给自己留些时间。当然，不要因为不重要的事情而丢下你爸爸需要织补的衣服和你自己需要洗的衣服。你必须学会拒绝，否则我会生你的气的。我这样做可能很不对，但我一定会的。

关于你拔了牙之后我还爱不爱你——我当然爱你，一直爱你。但你的52号信相当长，让我觉得写得很匆忙，几乎没过脑子。我感觉你已经准备好要紧张地抱怨之类的，这让我不太高兴。我特别想回家帮你整理整理，告诉你该怎么做。我知道这样会很“霸道”，但这就是我现在的感觉。但是，看在上帝的分儿上，不要试图更平静地接受。还有，一定要爱我超过一切。

爱你。

克里斯

## 1945年7月20日

亲爱的贝茜：

对于你胸的事情我很遗憾。你似乎已经得到了专家的关注和专家的保证。如果是我自己的话，我应该会擦一些维克或艾丽曼斯之类的，试着让它们动一动。你说你已经没有了那种“疲劳和全身无力的感觉”。我必须祝贺你，但我也必须警告你，我觉得你太忙了。

我对“保守党”一点也不苛刻。他们绝对是这个国家政治生活中最大、最专业、最美丽的骗子。他们每次说自己是国家的、民族的都是在撒谎，他们还在计划做什么和已经做了什么上撒谎。

关于黛布的事，我最好试着跟你说几句话，你说“对不起”“不，我一点也不抱歉”“真的很生气”“非常琐碎”，又说“真的很抱歉”。我很高兴你这么坦率，并且希望你总是这样告诉我你是怎么想的。我觉得你要求“更多理解”有点尴尬。你以为我会和黛布密谋来对付你吗？还是我会爱上她？还是把时间都花在她身上而不是你身上？还是因为她而对你有任何怠慢？否则，你所忍受的这种“折磨”又是什么意思？你说你再也不想刺激她了。我有个女性朋友碰巧也是你的朋友，至少我原本是这么想的。我是该抛弃她，打击她，还是怎么着？请你大胆地告诉我，你认为我应该怎么做，我相信我会足够理解你，按你的想法去做。（我希望）我们之间没有秘密。此刻，我是一个忐忑不安的男人，但我希望我不是一个愚蠢的男人。

请一定要相信。我爱你。

克里斯

## 1945 年 7 月 21 日

挚爱的克里斯：

你这娇艳的老宝贝，我可以拥抱你、拥抱你、拥抱你，因为你说的总是对的，你如此美妙，你不奇怪我为什么变得如此忧郁吗？看看没有你我都在做什么！

让工党获胜比过劳动节更令我兴奋。里弗斯以 10000 票的多数票当选。工党也击败了保守党。我真希望现在所有人都停止罢工，给政府一个行动的机会，该死的，在这个阶段每周工作 40 个小时有点仓促。

不、不、不，你并没有错误地干涉我的事情，我想要你，想要你干涉，因为这是我们俩的事，我们的事，即使我抗议，我也想要你继续干预，因为也许我还不是很习惯，但我想去适应，我们是互相依赖的，没有任何独立的私生活，因为如此深爱的两个人只能完全的、彻底地放弃一切。如果你不愿干涉，如果你没有专横的想法，我会感到孤独。知道你在想什么我很幸福。原谅我所有的任性和刚愎自用，我也只是个非常普通的普通人。是的，把事情变简单是我对我们俩的责任，我正在努力做到这一点。

我知道你是正确的，克里斯，因为它们一直在侵蚀我。有趣的是，当一个人情绪低落的时候，似乎总被驱使着要做更多超出自己能力的事情，很难停下来不再忙碌。虽然你似乎已经在我的信中发现了我的紧张状态，我从来没有想过它会这样表现出来，但我还是很讨厌别人告诉我。感谢上帝让你成为你，让你注意到，并且有足够的力量告诉我。在你的守护下，我觉得很安全、很放心。

关于黛布，当然要继续像以前一样，我从来没想过让你做其他的事情。你不知道吗？想要理智地讨论不理智的观点本来就是女人的通病。亲爱的，你说“这些人都是谁？这些东西都是什么？”这让我能够冷静地对待黛布。所以，不要再担心了。我自己也是这种感觉，我们属于彼此，其他的都不重要。

很遗憾让你这么不开心，但也很高兴让你说出来所有你说的那些话，我爱你。是的，我是你的，只是你的。我们渴望彼此，哦，如此渴望，因为你所给予我的一切。你的手、你的臂、你的唇、你的身体、你的气味，渴望再次体会到与你如此亲密的美妙魔力。当我努力想象的时候，我能感觉到你的手在我大腿内侧的顶部，为什么会在那里，我也不知道，但那是我有时能重新捕捉到的点，就在那里，你的手，如此生动的你的手。你不觉得奇怪吗，这就是一种感觉，而且总是右腿。是因为你之前大多数时候就停在那儿吗？还是怎么着？

我想自从希腊事件之后，我再也没有感受到过那种“精神的平静”，那时候我才意识到我是多么容易失去你，就像那样，而我一直无法把这个念头从我的脑海中抹去,它给我留下了太深刻的印象。我当时想，这种事会发生在我们身上吗？如果会，那我们真是太幸运了。

为我悸动、渴望我、继续想要我,一直想要我——需要我、需要我、需要我，感受我的痛苦、我的凄凉，因为我们是一体的。

我爱你。

贝茜

## 1945 年 7 月 26 日

我挚爱的贝茜：

今天这边有很多令人激动的事。我在 12 点左右做了一个关于合作社运动的讲座，回来后得到消息：在宣布的前 61 个席位中，工党赢得了 20 个。之后，我们每个小时都会聚集在无线广播前收听最新数字，怀疑但又期待“人民”已经给予丘吉尔先生退休的权利，工党指示继续确保所有劳动者公平地分享世界商品。在我写这封信的时候，也就是晚上 7 点，与其他所有政党相比，工党已经拥有 160 个多数席位，国王一定会召集工党组建政府。这对我来说是一个巨大的惊喜，也是一种极大的满足。不仅是因为工党现在有机会修复一些战争造成的破坏，还因为保守党为了保住职位撒了弥天大谎，比弗布鲁克就是其中最大的说谎者。

我想现在每个人都会期待太平盛世的到来，期待一夜之间的奇迹，期待眼前的天堂。就我个人而言，我建议大家放轻松，不要期望太多。要想改变现有的私人利益，尤其是面对他们的反对，将需要许多年的时间。

这里所有的小伙子都投了工党的票，而且一直都是投工党。这就是我的印象！有点像赛艇之夜。

爱你。

克里斯

## 1945年7月27日

我亲爱的、我挚爱的：

让我再说说黛布的事。

如果有一个像我跟黛布一样关系的男人一直跟你定期通信，我很有可能会咒他，但实际上，在你向我倾诉了你对我的爱（我绝对相信）之后，我怎么会还留有一些可怕的想法呢？他可以是你的朋友，但不会成为你的爱人。你说我用我对黛布的看法对你进行说教。我希望能多说教一些，记住，问题和讨论总是随着说教而来。当我说我想要你，“完整地”“全部地”“完全地”时，我是认真的。因为我相信你拥有我想要的一切——诚实的头脑、温和的气质、超棒的身材。哦，我知道并且很高兴你是一个活的、有气息的女人，但对于黛布，除了我已经做过的那些，我只能一切照旧。我匍匐在你脚下，且心满意足。

我想让你明白，并且因为知道我的身体对你的迫切渴望而快乐，我想让你感受到我（不只是在你读这封信时，而是一直存在的）最原始的冲动，对你巨大的精神和胜利需求，我无限的爱和全身心的投入。

哦，我们为何要相隔这么遥远，我需要你。我渴望你，渴望你的身体、你的身体、你的身体。非常渴望。非常渴望。非常渴望。

你信中的其他部分我明天再回。

爱你。

克里斯

## 1945年7月28日

亲爱的：

今天我抽签赢了一份“维多利亚联赛”包裹，几个月后，如果一切顺利，你就会得到一个。每个包裹是5先令，包括一磅果酱、一磅糖、一罐水果之类的。抽签赢来还是很值的。我相信它们来自澳大利亚的维多利亚，是作为对英国人的某种援助。

我很高兴你不反对住在桑德斯特德。你在任何地方都不要透露一个字，这是非常重要的。我有希望，有一些希望。（你知道，在这种时候，一个地方的安全取决于你想要的10来件事情。）这就是其中的一种情况，还有机会。既然威尔弗雷德已经有了积极追求婚姻的想法，那你必须准备好他会跟他的新娘子一起生活在27号。这是不可避免的，并将使我们在这方面可能有的任何希望都落空。我完全有理由相信如果卖掉27号，你爸爸可以得到2000英镑。但除非已经找到更好的地方，否则把它卖掉将是愚蠢的行为。很抱歉现在不能跟你说太多。

从长远来看，目前的住房形势充满希望，因为工党不会在这个问题上敷衍了事（在其他问题上会）。但如果在未来5年内也无法建造足够的房屋来解决住房短缺问题，我们肯定会陷入困境，除非我们“运气特别好”。

和你单独待在一所房子里，关上前门，像我希望的那样把你带到我身边，这对我来说是梦寐以求的事情。看起来似乎遥不可及，但终有一天这些都会成真。

我今天没有去巴里，因为我的工作是给收到的英国地图上色，标出选区。英格兰南部和苏格兰北部几乎都是蓝色的。在一些零散的地区，保守党仍然有他们的支持者。还需要工党在 1950 年之前向保守党的支持者们表明，劳动人民的代表最能服务于他们。

爱你。

克里斯

## 1945 年 7 月 30 日

我的挚爱：

我觉得自己真是一只可恶的恶犬，竟然把这一切的责备都加在你身上，真是没脑子。我不知道我应该怎么办。现在真是无计可施。你因为黛布的事骂我，我很不高兴。我实话实说了，你却请求我的原谅，而现在应该是我请求你的原谅了。我真的不知道我为什么要坚持做对的事，为什么要你完全不受人类感情的支配。如果可以的话，我想让你想想怎样才能让我避免重蹈覆辙。因为，毫无疑问，当我写信的时候，我知道会让你心烦意乱，而且我一定是想让你心烦意乱，然后才能从你嘴里挤出一些表示遗憾的话来。但是，如果我直接忽略了你对黛布的评论，你可能会认为我之前对她比现在更感兴趣。我们得采取点什么办法，这样才能在对对方的某些观点有意见时说出来，但又不深究细节。如果我故意说“我很痛苦”，以此来给你带来痛苦,我怎么能说这些该死的话呢?我爱你,可是我又在伤害你。我真是个令人讨厌的可怜虫。在我们分离的痛苦之外(你尽一切努力减轻我的痛苦),我又加上了半侮辱的、无端的怀疑。

求求你，求求你，不要告诉我除了我们在一起的5个星期，你的生活一直很痛苦。这种言论会令我震惊，被痛苦的哭声折磨崩溃。还记得1943年9月你收到我的第一封海运信件时的感受吗?还记得你回到家，戴着帽子读第二封信时的感受吗?我在你心中燃起了那些希望，你也燃起了我的希望。我们多么神奇地宣布拥有彼此，并且自豪地给予我们所拥有的一切。你只会想象“剩下的都是痛苦”。

亲爱的贝茜，我想我已经告诉过你两次(我知道我说过一次)，我对婚姻的恐惧与我可能在战场上阵亡有关。现在不太可能了，因为我肯定不会去缅甸。因此，在我和我的野心——让你成为我的妻子——之间，就差你点个头。所以，当我下次休假的时候——下次有假的时候——我一定会让它“实现”。我会亲口告诉你，我对这件事一直耿耿于怀，请求你的原谅，又得到你的原谅。

昨天在英国电影频道新闻上看到了日本自杀式飞机，真的是致命性的。在波耶尔和方丹的《不变的少女》开始5分钟以后，因为声音很难听，我就出来了。

亲爱的，我是一只恶犬，我很抱歉。

爱你。

克里斯

## 1945年8月2日

我的挚爱：

是的，选举结果令人有些震惊。我没有在任何地方注意到汉普斯特得已经加入了工党。你们在意大利的乡村本该与世隔绝，但你们仍然比大多数人消息更灵通。不管我提到谁，你都能提供一些信息，你的这一能力令我有些惊奇。你是怎么做到的？我真的不只是有一点点惊奇，我已经无言以对了。

我的消化不良仍然很严重。我不认为是"咀嚼"问题，恐怕是神经问题，不过为什么会这样我也不知道。这让我想起我刚开始参加工作的时候。我参加了几次公务员考试和大学入学考试，再加上工作中的波折，天知道我的"严重消化不良"有多久了。我以为长大了这种事情就好了，但似乎并没有，不是吗？

或许环境是一个原因，但我不知道我到底什么时候才能恢复正常，这让我对自己感到厌倦。我明天必须得给你家里打个电话，因为他们会想知道我到底发生了什么事。我不愿意承认自己身体不舒服，但我猜我很快就必须得承认了。谢谢你的"维多利亚联赛"包裹，非常非常感谢，听起来像是个好东西。要是你妈妈不问，关于这个包裹我应该不会向她提起一个字，我想这样最好。

上帝啊，真高兴你放弃了因为我们之间的误会一周不写信的想法。我本来应该处于良好的状态，一想到这一点，想到我那可怜的老消化系统，我就忍不住发抖。

真希望我能更像你一点，像你一样能记住细节，并且总是对正确的事情发表评论。你知道，这让我很绝望。你满足了我那么多，但我觉得我并没有给予你同样的回报。

关于桑德斯特德的事，我一个字也不会说，我只会默默祈祷，默默希冀。

说回工党政府。我真的认为他们会干得很好，我真的认为他们比保守党更有头脑。当你把这两个放在一起比较的时候，工党显然好多了，不是吗?

我很好奇我们的假期会怎样。我真的认为你们的指挥官有点笨，作为战俘，你们当然应该得到一些补偿。这并不是真正的野餐。

晚安，亲爱的。

爱你。

贝茜

## 1945年8月2日（第二封）

我亲爱的：

请一定要随心所欲地向我妈妈提及结婚的事。我已经（在前些时候）告诉过她，等我下次回家就跟你结婚，而且虽然她没有回复我，但我知道这是因为我之前早就已经向她表达过这个意思了。对于这一点，我希望我能坦率地写信告诉你。不过，我真的希望你不要给我妈妈留下任何因为几个孩子结婚而只剩下她孤身一人的印象。

我今天很忙。起得很早，然后整个早上都在靶场上打枪。在25轮不同类型的射击中，我相信总分可能是100。第一名得了66分，最后一名12分。我倒数第二，22分。

我认为你不需要担心工党如何组建政府。就像你说的，他们肯定不会比保守党做得更差劲。不过我确定他们肯定会做得非常好。大部分工党成员都有丰富的学校生活经验，并且有足够的社交能力处理这些问题。我认为等大约3年后，当我们最初的保守改革让位于更全面的改革时，保守党可能会大吃一惊。唯一让我们感到困惑的是那些大人物们的小嫉妒，而我真的认为艾德礼的平凡确保了他们中的一些人会受到约束。

有一个一周的假期计划，我想应该是等所有人都休完这个月的假之后再放。那个时候我就会开始休假，但也可能比这个时间晚得多。我现在就想去你身边，越快越好。但我应该是 1946 年 8 月（3 年 6 个月）到所谓的巨蟒假[①]时候回家。你说《每日快报》预言日本战争将在秋天结束。正如你所猜测的，他们真是臭名昭著地不可靠。按照他们的说法，国王爱德华八世不会放弃王位，1939 年“当年或明年不会发生战争”；而且现在国会里当政的应该是保守党。

至于信，就顺其自然吧。如果有必要，我也可以减少你和我的一个联系来源。而且当然，我不希望你因为我的任何行动“恨它、恨它”。但是，我真的希望你少给我写信，因为我认为你写得太多了。你的许多信件只会增加你的“紧张感”，而且更实际地占用你的时间。我希望你能从容地面对我。最多两天一次，至少一周两次。两周五次是你的目标。这样做以后，相信你会发现紧张感有所缓解。还有——我是不是应该控制表达肉体上的想法？我觉得这对我没有什么好处，真的。对你的思念搅乱了我的生理平静而且过度撕扯着我。我有一半的时间都沉浸在对你的生理幻想中，另一半时间躲在毯子里。

对于牙齿的事，我认为你非常勇敢。我应该说，你拥有十倍于我的勇气。

我只想成为你想要的“那种男人”。我想成为你的一切，现在、

---

① “巨蟒假（Python）”是军队俚语，指服役特定时间后的假期，一般是 4 年。士兵“归来”暗示蛇吃自己的尾巴。

永远。我不想嘲笑你“我想结婚”的想法，我想在旁边加上“我也是”。

你太美了。

我爱你。

克里斯

## 1945年8月3日

亲爱的：

你说你从来没有认真想过休假或结婚的事，因为对失望的恐惧令你不敢去想。那么，就不要担心任何失望之类的事情。我知道我一定会娶你。你就不能简单地放松一下？

你说嫁给我是你的夙愿，这也是我的，是我高于一切的愿望，是我的一个期望。我想让你放轻松，我自己也会放轻松。我想来到你身边并且爱你、走进你，与你一起停留、温暖你并让你保持温暖。我想成为你的一切。我想让你一直像现在这样，对我抱有极高的评价。我希望我们心灵的沟通日益增加，彼此更加理解。还有，我自己想要你的血肉之躯，我想要你美妙的身体、神奇的乳房，还有与你在一起、靠近你时的那种幸福。如果你没有听到我内心深处的呼喊，听到我的五脏六腑对你的呼唤，那并不是因为你纯粹的美、你美妙可爱的身体、你双手的雀跃没有令我忐忑不安、摇摆颤抖。

而是我已经被它吞没了——我们结婚、在一起、赤裸相对、只有我们俩的想法。我多想用我的唇在你的每一寸肌肤上游走。我多想把我的手、我的唇、我的一切放在你那生机勃勃的重要部位上。多想完全迷失在你身上，完整地、绝对地成为你的一部分。希望你学习服从的能力还不赖，因为我身上可能有维多利亚时期的气质，相信你一定觉察到过。

要是我不过脑子，肯定会发出许多命令。

疑问：如果这样，你能接受吗？

不要“对我保密”。让我拥有你，尽我所能拥有你的全部。

你是奇迹。我爱你。

克里斯

## 1945年8月6日

我的挚爱：

这是一个很短的字条，因为我马上要出发去罗马了。我们晚上在巴里过夜，然后坐一天火车。

写完昨天的信之后，我发现伯特已经回到军营了。他早上离开，踏上了回家旅途的第一阶段。等你收到这封信的时候，他可能已经到家了，因为他肯定是归心似箭。但是不要告诉妈妈，她太神经质了。不过，看到他笑着离开、返回家乡肯定是件好事。

很遗憾你的消化系统仍然不太好。

我会尽快详细写信给你。

爱你。

克里斯

## 1945年8月8日

亲爱的贝茜：

这是一封简短且正式的信，是为了让你知道我现在到罗马了。我们是8点30分到的，但要一直到下午3点才能自由活动，那时候指挥官告诉我们有多少VD病例等的讲座应该就结束了。之前一个小时我洗了个澡，然后把脏衣服交了上去。昨天晚上，我跟另一个家伙舒服地躺在火车车厢里，而另外两个人坐着，还有两个在行李架上，座位和行李架上都只有木条，一点儿也不舒服。这次旅行我真的感觉很累，我的老骨头都有点疼了，这很自然。准将们可不是这么走的。休息营距离罗马有10公里，目前来说我只能通过卡车出行。那里之前是一家医院，而且是一家非常大的医院。

有很多意大利员工，女孩们（相当令人期待地）“很靓”。有些家伙朝好多女孩大叫，让我觉得很恶心。穿过山区的旅途很辛苦，中间停了很多次。在那里，可怜的意大利小孩光着脚，身上只穿着很薄的衣服。他们兴奋地抓住我们足量供应的牛肉罐头和面包。妓女们通常在火车上工作，在一个车站被拉上车，然后沿着铁轨走很多路。我不知道这次是否有这种事情发生。风景真的很美，真希望有一天我们俩能一起来看看。

在信的结尾我想说我爱你，还有，无论我这周会看到什么，都没有那么珍贵，因为只有我自己看到了。

爱你。

克里斯

## 1945年8月9日

亲爱的：

我已经很清楚了，无论我怎样努力描述，所传达给你的都只是我看到的部分罗马的十分之一。这里的建筑都很宏伟，而且很多。雕像也很宏伟，到处都是。商场里全是不错的（制造）生活用品，从汽车到化妆品一应俱全。我看到一双鞋卖22英镑10先令。

这里的人跟我想的差不多。他们比巴里的人更友好，但这可能是因为他们更会说英语。罗马的衣服，尤其是女装，在时尚和种类上都轻松超越伦敦。质量我不敢说——年轻人穿的衣服的料子大部分都被人们戏称为“透明的”。罗马姑娘的美貌放眼整个意大利都是上乘。很多人真的都很漂亮。她们随意使用化妆品，不穿长筒袜，但染脚指甲，从这一点可以轻松地想到，大多数人都穿凉鞋。我认为这里有很多妓女，因为昨天晚上我们从剧院出来的时候，有很多美女都是一个人在溜达。两个人邀请我们去“干净卧室——贵宾室”——但我更倾向于认为，她们对尊贵的概念是基于提比略或类似的人道主义。我们还看到两个女人“抛媚眼”，把我们恶心得不行——其中一个很快就要当妈了。在战时条件下看到这些真是一大遗憾。

原子弹爆炸的消息[①]（我很不理解）使我对未来产生怀疑。这是什么生活！

不管是什么原因，因为这个，远东战争肯定会更早地结束。还有（虽然我们只能从个人的角度解读这种新闻），对你我来说，这意味着更快的幸福。日本人可能会孤注一掷，但更有可能的是他们

① 这一天，第二颗原子弹在长崎落下，3天前，第一颗原子弹摧毁了广岛。

会被彻底摧毁，而且比计划的更早。

我爱你。

克里斯

## 1945年8月10日

亲爱的：

刚才我坐在基督教青年会里，听到一则来自美军驻地的快讯，说日本已经广播接受了盟军的投降条件。这条新闻已经出现在了罗马的报纸上，就在最初宣布之后，罗马人欢呼雀跃。希望这是真的。

我的第一个想法是感谢，感谢不必再有许多人付出生命才能驯服日本人。我随后的第二个想法就是，这个新闻对我们有什么影响。这肯定意味着我会更快地离开军队，即使是对军队里的人，也会允许更多休假。这意味着我们的幸福，比我们原先期望的要来的快得多。真高兴我们更近了，真高兴我们浪费的这些年终于要结束了，真高兴我们就要在一起了，不是一小会儿（这个想法也很好），而是永远。我真的希望你的身体将能够承受所有这些令人激动的情绪，它必须支持。如果你和我有任何相似之处（而且，很荣幸，你是），你就会向前跳跃、向上翻滚，虽然我们还需要再等待一些时间。

附上我今天在梵蒂冈花园拍的照片。我右手边是今天跟我一起出来的3个人：巴顿、塔基和瑟格尔。今天早上我们去了梵蒂冈花园、博物馆和西斯廷教堂。博物馆里收藏了所有欧洲君主的礼物，这是“对永恒的敲诈”，罗马天主教会自成立以来一直在这么做。我无法表达博物馆里的挂毯、绘画、雕塑和马赛克有多美。

教皇陛下接见了我（和其他400名观众），用意大利语和英语讲了4分钟——我只听到一个词，“祝福”。巴西人、美国人、南非人、新西兰人都在祝福的人群之列。瑞士卫兵们会为易利卡特歌剧院的表演增光不少，而牧师们则是一群看起来很蠢、了无生趣的笨蛋。

爱你。

克里斯

1945年8月在梵蒂冈（前排左数第三个是克里斯）

## 1945年8月20日

亲爱的贝茜：

呃，我一直在担心的妈妈的明信片今天还是到了。我认为你现在应该已经知道了里面的全部内容，因为伯特回家那天，你可能一直在布罗姆利，所以细节我就不详述了。伯特第一次参军的时候，跟一个名叫威克斯的家伙关系很好。在国外的时候，他定期给威克斯写信，然后他去年12月份寄出去的最后一封信是他朋友的妻子收的。她丈夫去年7月在意大利意外中枪身亡了。伯特给她寄了一些坚果，然后两人一直书信不断。他爱上了她，而她也爱他。他非常自信（就像所有诚实天真的人一样），认为妈妈可以很容易地调整自己以适应新状况。我觉得这有可能，但可能性不大，并且曾试着告诉他这样做的坏处。（威克斯太太住在桑德斯特德，所以我一个月前提到了这个地方。）他说他一回家就告诉妈妈，然后给威克斯太太打电话。我猜他应该已经这样做了。很有可能威克斯太太的开心程度和妈妈的不开心程度一样高。

我没有足够的天赋来应对这种情况。就个人来说，我可以很轻松地说伯特的做法是自然的也是明智的，作为家长，妈妈太关心孩子了，最后只剩下自私和嫉妒。

你的处境也很尴尬。要是你跟我的看法不一样，我会非常惊讶，不过我也会非常感激。你的尴尬处境在于，你必须试着停止中立，同时帮助双方，尤其是妈妈。请试一试吧。这是什么生活！

我爱你。

克里斯

## 1945年8月29日

我的挚爱：

希望附上的“小册子”能委婉地把消息传达给你。我们的执行日期是10月10日，到那时我应该已经在国外服役2年8个月了，同时，我也希望服役2年8个月的人可以继续休假。

我想，在真正意义上，我可以把自己看作是在通往你的路上。我们稍后将讨论这是如何做到的，为什么会这样，以及谁会受到影响——就目前而言，我很高兴地认为，我们将在一起待上相当长的一段时间，或许只有两个月，或许能有三四个月。这意味着我可以拥抱你，称你为我的妻子，这意味着我们可以结婚并且睡在一起，这意味着你要改名为巴克并且变成“夫人”，这意味着我将用合法行为赶走你的最后一丝顾虑，这意味着我们将以略微不同的方式共同面对这个世界，这意味着我们将为对方付出一切而且毫无保留，这意味着新的责任和义务，这意味着我们将在对彼此的信仰和希望中安定下来。

我必须说，我认为你很可爱，并且必须告诉你，我想要你，我需要你。我想在你身上摩擦，满足对你所有的肉体欲望，欣赏你绚烂的美，理解你身体的呼唤，认可你并且以你为傲。

爱你。

克里斯

## 1945年8月30日

挚爱的贝茜：

这是一封匆匆写完的快信。

很高兴你在英国找到了橄榄油。

这周我几乎把巴里的鞋店都走遍了，我可以跟你说，这里根本买不到暖和的冬鞋。这里的一切都很粗制滥造，就是木头或软木，用几根小条把鞋拴在脚上。

今天我把新一季的3包坚果寄给你了（有件有意思的事想告诉你，这些包裹每个7先令）。

我突然想到，伯特可能会向你建议，如果我回家的时间跟他退役的时间差不多，我们可以同一天举行婚礼之类的。请不要赞成这个方案。我不认为会出现这种情况，但也有可能，所以才会说这样的话。我极有可能在 10 月 24 号左右到家，然后 10 月 26 号结婚，不过我觉得事情可能不会这么顺利。

我对戒指一无所知。我建议你稍微看看橱窗，熟悉一下戒指的种类，这样等我们买戒指的时候，就只有一个一无所知的笨蛋了——那就是我。

对，我的感冒还好，不过昨天，在连续 3 晚上因为床不舒服没睡好之后，我发现自己开始肚子疼、胃灼热，还有其他一两个不好的症状。当然，这肯定是因为我做模范演讲的那一天，那天我特别累而且感觉特别不舒服，所以我很紧张，最后表现平平。指挥官是非常激进的陆军少校，虽然我得到了他的一些褒奖，但他也说了，我的声音让人听一会儿之后就觉得很无聊（他说的很对，但我当然不希望是这样），而且我太能鼓吹了（我真切地意识到了这个错误）。

你的身体、你的乳房、你的头发、你的湿润，它们都在与我说话，都在对我说："来吧！"我必须拥有你、拥有你，因为只有你才能让我快乐。

爱你。

克里斯

## 1945 年 9 月 2 日

我挚爱的、最最可爱的、最最美妙的、最最令人愉快的贝茜：

今天我收到了你 28 号的信，让我如释重负，因为要是再收不到你的信，我将再次度过糟糕的一天。

你现在需要注意的是两包烤坚果，是 7 月份寄出的，还有前几天寄出的那 4 包更新鲜的。这样你将会收到差不多 14 磅的杏仁，但我不应该浪费得太快，因为我不确定等我到达埃及的时候，还能不能继续寄一些这种东西。所以我想，如果我是你的话，我会把它们放到干燥的地方，慢慢地吃，直到全部吃完。（顺便说一句，自从 4 月份回来以后，我买坚果已经花了 11 英镑。）

大家都在说“搬家”，还有人说是两个星期。所以，如果你很长时间都没有收到很多信的话（我的意思是稍微少一点，只要可以我肯定会每天都写的），那就意味着我在打包书、地图、笔、黑板等等，准备越洋旅行（想想就想吐，我希望以后再也不要下水了，不管是哪儿）。

很抱歉我下次休假之后还得离开。我知道会很难，但假期会让这次分离值得，你的新身份会在我下一次，而且很有可能是最后一次离开时给你一个心理安慰。贝茜，我亲爱的、可爱的、美妙的女人，还有比再次与你共处一室，能够把我的手放在你的裙子上、放在你的衬衣里，凝视你的重要部位更美妙的场景吗？亲爱的，5 个月之前（瞧，已经过去 5 个月了！）你对我非常好。

关于伯特的事，我不想说太多。不过，我必须承认并且想到，如果伯特早点“放弃”黛西（威克斯太太）的话，他会过得很好，而且从表面上看，妈妈说的许多话都很有道理。从理智上来说，我是站在伯特这边的。但从感情上来说，我是站在妈妈那边的。如果你能保持中立的话那就做得很好，我想你会的。

亲爱的，我更需要你了，真的，每一天都更需要你。

我爱你。

克里斯

## 1945年9月6日

我美妙的女人：

今天早些时候，我寄出了50号信，因为我必须确保你在第一时间收到你说你知道我肯定会休假的那封信的答复。

我应该解释一下为什么会有这个假。人选是按照在海外服役的年限来挑选的。到10月10日，我的要求肯定会被考虑，如果我年限比较长的话（2年8个月），我就可以休假。实际上，我刚刚跟一个服役2年9个月的家伙聊过天，他也还没有走。我10月份或者晚些时候能不能走取决于放假的人数，但不管怎样，非常清楚的一点是，我回家是肯定的，只是前后几个月的事——不过天哪，回去会很难。不过还有一件好事，那就是我们再也不会像第一次那样分离那么久了。我猜最多6个月。我非常希望这样，因为我已经与你分别太久太久了。亲爱的，休假的时候你特别可爱，我当时——现在也是——跟你在一起非常高兴。有件好事是，这次你不必担心我会不会改变主意不想见你了。

再说说你信里提到的其他问题（虽然我并不想说，因为我一直在说“她知道，她知道，她知道”）。

很高兴你觉得妈妈好点了。请尽量多去看看她。这很重要，比以前更重要。这可能会令你疲惫不堪，但请你不要放弃。

关于28天的问题，我有那种感觉真的只是因为想展示我跟我妈妈的血缘关系，我们应该努力把大部分时间（除去我全心全意陪你的14天）留给161号（巴克家），也就是说，在那里睡觉，然后去拜访27号（跟你建议的程序相反）。虽然可能会不太方便，但我们显然有理由这么做。请告诉我你的想法。

希望我们能去一个很隐秘的地方——一个可以避开别人质疑的

目光，早早上床睡觉的地方。

爱你。

克里斯

## 1945年9月9日

我的挚爱：

我们将在长满参天大树的公园里过夜，那里是那不勒斯的临时宿营地。

去那不勒斯的路我很熟，之前去过几次。那条路很美，让人想起苏格兰旅途中的一些美景。当我们经过村庄的时候，那里像往常一样不断地进行着各种活动——杏仁烘干、玉米烘干、挂在屋外的番茄也烘干；一个女孩赶着6只火鸡，一个男孩赶着一头猪，光腿光脚的成年人在泉水旁等水，然后把水顶在头上运回去，三四匹马拉着一车沉沉的石头，我们停下来的时候，男孩们会走过来问我们要“biscottys”（这是他们对饼干的叫法）。我的司机负责卡车，而且多多少少也负责我。我不接受命令，但我也不能对他下命令，所以我多多少少是被迫默认他的行为。我们经过营地附近的村庄时，他捎了3个人，但是后来见到谁也不肯停车了——他讨厌波兰人，美国的有色人种被他视为非法黑人，普通的美国人他也不肯帮，诸如此类。出发之前他告诉我，那儿有笔好“买卖”，从一个村庄拉一车谷物去几公里之外的另一个村庄卸掉（他说干这个多的时候可以赚2英镑10先令。我敢打赌这肯定是为了避税什么的）。

哦，他中途停车拉了一个老太太，她像大多数意大利人一样干巴巴的，还有一个19岁左右的姑娘。他同意拉这两个人还有她们的两袋谷物去大约 50 公里外的村庄，作为回报，（他对年轻的意大利姑娘说）他只需要“一点爱”。哦，这真是太欺负人了，哪个乘客也不会同意。向前走了大约 8 公里后，他问我（非常随意地）想不想上那个女孩？我跟他说：“不，谢谢。”又走了几公里之后，他停下来说我们要“泡茶”，所以当我泡茶的时候，老太太去了一个方向，他和那个姑娘消失在另一个方向的灌木丛里。大约 10 分钟后他回来了，向我详细描述了俩人快活的过程——他并不是很满意。姑娘也回来了，还有那个老太太，然后我们就又出发了。

我爱你。

克里斯

## 1945 年 9 月 19 日

亲爱的：

我好像已经好久好久没有收到你的信了。我不明白你这个可怜的小家伙为什么会念叨“没有信，没有信，一封也没有”，因为我每天都在写信，而且以后也是，不过（正如我所解释过的），我的信有时候必须——非我所愿地——简略。

请不要把你写给我的信撕掉——寄出来吧。如果你愿意的话，可以用铅笔把它们串起来，表示你还没有决定的状态。但是求求你、求求你、求求你，写信告诉我你在想什么。

妈妈去伍拉科姆路 27 号拜访了，我非常高兴，并且希望你可以让这种状态持续下去。我知道当别人对她感兴趣并且“需要”她的时候，妈妈就特别高兴。要是你不“需要”我的话，我知道那会是什么感觉。妈妈就是这样说服自己接受伯特合法（但十分突然）的声明的。（她在寄给你的信里说，她把我们所有的信都烧了，真的让我很沮丧。我在家里的那些信里藏了好多奇闻逸事呢，都是我在军队里的各种稀奇古怪的事啊。我真的很受打击。）

很高兴你收到了刀和剪子。那是把女士刀，对吧！很高兴你没有纳税。伯特因为我寄给他的两把刀（漂亮的 twist 刀，一把给他，一把给阿奇）交了 8 先令。

还有，我一直在想你，你的新照片就放在我口袋里。头发在一张纸上，上面写着“我爱你”：爱你的珍贵、爱你的大智慧、爱你的温柔。

我爱你。

克里斯

## 1945 年 9 月 22 日

我的挚爱：

想到你自我折磨，我就很不开心。可是，我该怎样才能纠正你而不会过于唐突？我一直觉得很遗憾的是，你不能内心里只有我爱你这一个想法而觉得其他“什么都不重要”。不管是哪个流行小说家说过还是没说过，我真的不认为我能胜任这项工作，或者甚至愿意定期进行一些壮观的展览，以此来向你证明我爱你。我的愿望（30 岁时）是在彼此信任中安定下来，甘苦与共，因此，在这个过程中，我们的快乐会加倍，苦痛会减半。我非常确信你现在的“纠结”是我母亲导致的，这是一个特别明显的例子，在这种情况下，我只能被迫服从环境而无法选择。

如果你抛开我独自对某些事情思虑再三，那你就没有做到相信我，相信我想要帮助你的愿望。我不是说我们不需要学习如何以“我们”的方式看待问题，但我真的觉得你绷得太紧，自己独自承受了太多烦恼和担忧。如果不用我帮忙，那我还有什么用？拜托，请不要认为“所有这些”会“伤害”我。我一直在做的都是试图帮你走出长期的独立思考。我对你的爱足够强烈，你必须学会用它。从现在开始，试着写信告诉我所有关于我们假期的事，告诉我你想做什么，而不是你认为我能更好地判断。有许多许多事情我们都必须平等地承担。那 28 天我们要怎样度过？如果只需要考虑“你和我”，我应该会建议 28 天都出去，每一天的每一刻都不停地说“你真可爱”。但是当然，我们不能这么做。

还有我妈妈，你爸爸。还有几个朋友。伯特已经邀请我有空的话去见见威克斯太太，诸如此类。所以我们必须决定我们要做什么，而不是我们想做什么。

不管其他人是不可能的，但当我们想到他们时，不应该让他们扫我们的兴。

我亲爱的、我挚爱的，让我们再多努力一点去了解彼此，了解我们的爱的意义以及如何用它。

我爱你。

克里斯

## 1945 年 9 月 23 日

亲爱的：

我越来越认为，在我不在的时候，你真的应该放弃南肯辛顿的工作，而且真的应该休息一下，休息得越彻底越好，这样你才能有一段身心自由、随心所欲的时间，才能把注意力集中在我们未来的共同生活上，现在看来，这已经近在咫尺了。

对于关注“我们未来的共同生活”，我的意思是，你可以静下心来慢慢地想，看一些好看的书，关心下家务，等等。我并不是在暗示“钻研”怎么铺好床是明智的，我的意思是，整理一下东西，或者准备一张我们可能需要的东西的清单。你觉得我们能不能买一本小册子，里面写一些我们想要的东西，让“实体店”运作起来？虽然我们可能得住在别人家里，但我觉得你也会同意我们应该尽早获取我们自己的“必要资金”。附上一个想法供你参考。我建议我们准备一个两居室的房子，有厨房的碗碟储藏室（我知道这并不贪心），列一张表，然后把到手的东西划掉。我已经把我记得的你的东西和我自己的东西写进去了，不包括那些我认为你不太想要的东西。希望你同意我提前准备清单的愿望，这样就可以在东西有了而且价格合理的时候买下来。

毫无疑问，有很多钱可以毫不费力地把所有需要的东西都买下来是件很快乐的事。不过我们必须静下心来等待这一天，而且就目前来看，这些事很多都可以通过写信完成，而且我也希望我们能这样做。（例如，我们可以讨论一下买些二手的东西怎么样等等。）

虽然有时你不会相信，但我会偶尔表现出你是我的生命，你是我的全部。我看到与你在一起的未来，没有你就没有一切。

我爱你。

克里斯

## 1945年9月24日

我的挚爱：

这是我们今天去的地方，乘车穿过埃克斯穆尔高地到达杜恩山谷。这里真的好美，天气虽然有点冷但依然很好，阳光非常灿烂。在德文郡开一家出租汽车的咖啡馆怎么样？我的天哪，我竟然会认为你会在一个季度内发财。往返约110公里的旅程，6人座的汽车，每人1英镑。拼车的人都很好，我们都很愉快。

我的感冒还迟迟未愈，我正在拼命地吃阿司匹林以保住我宝贵的生命。我今晚洗了个澡，希望这会有助于控制感冒。没有收到邮件我很失望，我在想你的课上的怎么样了，那个地方看起来很不错。《百科全书》里对它的描述很精彩。我不知道我们是否有一天会出国。我有一个愿望，就是在某个时间跟你一起去某个地方。现在不分享这些东西就太糟糕了，不是吗？一起做一些事情。我们这里有个退休的家伙已经80岁了，他的业余爱好是做木匠活，他做的东西都很可爱，而且还会去古董店淘东西，象牙、老银等。他住在这里，在车库里工作，今晚还用陶伯[1]的唱片来招待我们。我认为他是退休的印度公务员。受他的木匠活启发，我也想自己做点东西，真是太有成就感了。

我在伊尔弗勒科姆的一家书店里迷上了几本书。希尔顿·布朗对吉卜林的新评价——其中一些东西令我愤怒，我们的评论都这么主观，真是奇怪。还有一本伯特兰·罗素的《幸福之路》。到目前为止我只看了一眼，但好像还不错，他是个聪明的老家伙，是当今最伟大的头脑之一，还有真正的常识，这对一个学者来说是不寻常

① 理查德·陶伯，奥地利男高音。

的组合。你知道他好像被我们的一所大学开除了吗（我记得是剑桥，不过不是很确定），但感觉这是个加分项。抱歉这封信都是些闲言碎语，但今晚四周都是人。希望明天可以收到你的消息，哪怕只是一个字条也好。

晚安，亲爱的宝贝儿。

爱你。

贝茜

# 09

## 我们已经是夫妻了，不会因为争吵而失去彼此

## 1945年9月25日

一天更比一天近。

属于我的美妙的女人：

哦，我终于说出来了。今天早上，我做了关于“新闻界”的演讲，现在可以安全地考虑回部队而不必担心会有什么考验了。演讲进行得相当顺利，虽然我胡言乱语地混了半天，连一半课都没学到。但老师说做得非常好，对此我也很无奈。问题是，我们的老师把迄今为止所有说过的人都夸了一遍，而且彼此之间并没有多大差别。我已经被选上代表我们班去参加明晚的测验了，所以我希望自己能知道答案，或者至少能够想到一些漂亮的回答。今晚有一场关于原子弹的辩论。我本来可以成为“谴责这一发现”的主辩手——但还是决定放弃，尤其是我认为相比其他一些东西，原子弹并不应该受到更多谴责。今天下午，我希望能就反对这一行动说3分钟。

关于你的体重，我希望你不要觉得我对这个问题置之不理。我希望能够帮助你消除你的小烦恼，但你有没有试着定期服用鱼肝油或者其他一些可能有帮助的东西？

我很高兴你收到了第一双长筒袜。我就知道这肯定是你想要的。但现在阻止我买下去的原因一个是价格，一个是怕你因为我“做了”这样的事情而失望。我希望第二双能安然无恙，根据你对它们质量的判断，要是我回去的时候路过罗马的话，我会试着再买一些。我的行囊里还有一双，我决定亲自把它们带回去——然后用我颤抖的、充满渴望的双手把它们穿在你可爱的腿上。

亲爱的，我希望我们可以在我到达伦敦后的 24 小时内结婚。我是如此想你。

我爱你。

克里斯

## 1945 年 9 月 26 日

我的挚爱：

辩论圆满结束，“我方谴责原子能的发现”的立场以 18 ：47 落败。作为反方，我的演说我认为可以描述为“颇有影响力”。

有件事情我迄今为止应该没有在任何信里提到过，那就是自从我来到这里之后，有好几次都感觉到震动，是小地震导致的，这一片经常发生小地震。躺在床上发现震得厉害是件很奇怪的事，就好像有辆有轨电车从外面经过，或者有个 20 英石重的男人正在跳踢踏舞一样。

你有没有曾经半夜醒来，发现我不在你身边，感觉自己像被打劫了？我想你肯定有，因为我经常会这样。我醒来后，有一瞬间很惊讶你为什么不在我身边，然后我就感觉“哦，我被打劫了”。

分隔线。现在我能告诉你，在刚刚结束的测验中，我没有丢脸。一共问了 4 个问题，每个 3 分，总分 12 分，我得了 7.5 分，我们队总共得了 18.5 分，所以我已经超过平均分了。我们队是第二名，第一名的队伍也只得了 24 分（满分 48 分）。我的问题是：（1）是谁说了“何谓真理？”？正确答案：本丢·彼拉多。我的答案：（开玩笑的）萧伯纳——我因为独创性得了 2 分。（2）“博兹”是谁？

正确答案：狄更斯。我的答案："描述狄更斯作品的艺术家"，1.5分。（3）奇普斯先生是谁扮演的？我的正确答案：多纳特，3分。（4）哥伦布是哪国人？我说"葡萄牙人"，但他自己改成了苏格兰国籍（我们有个考官是苏格兰人）。正确答案是意大利人，我因为脸皮厚得了1分。

亲爱的，现在我必须得去站岗了，晚上我会想着你一个人躺在床上。我很快就会与你同床共枕了。

爱你。

克里斯

## 1945年10月1日

我挚爱的、美妙的女人：

看着时光飞逝是不是觉得很美妙？10月10号越来越近了，我们希冀的那个阶段也越来越近了。即使是10月10号以后的某个时间我也可以忍受，因为我知道，任何时候都可能有人对我说"克里斯，伙计，你的LIAP[①]到了"。然后，不出10天我就能再次真真切切地感受到你的善良、你的美丽、你的温柔和你的爱。

很遗憾两双袜子都没收到。我15号寄了一双，18号寄了一双。第二双寄的平邮，可能被检查了，可能某一天会到你手上。我怀疑到底会不会真的不见了。

我们完成了今天的集体合唱比赛。《哈里克的男人们》《橡树

① 1945年年底英国军队引入了一项名为LIAP的新方案，LIAP的意思是"除巨蟒假之外的假"（Leave In Addition to Python）。根据LIAP，任何复员前已经在国外服役满3年的人都可以休一个短探亲假。

之心》《林肯郡偷猎者》等等（希望你喜欢我寄给你的歌曲书），我们班唱的是《罗蒙湖》——最后得了第一名！但我就是一副公鸭嗓，这个我之前已经坦白过了。

我突然想到：送一些坚果给你的邮递员怎么样？他（她）可是为我们受了不少累。

爱你。

克里斯

## 1945 年 10 月 9 日

我的挚爱：

已经不用我再说“又近了一天”了。等你收到这封信的时候，过不了几天我们就要见面，彼此交流、表达、倾诉衷肠了。

明天下午 2 点我必须去做个医疗检查。然后周四，也就是 11 号，我会离开这里，踏上回家的第一段旅途，坐火车穿过欧洲，穿过英吉利海峡，在多佛登陆。路上至少要 5 天，所以我得到 16 号才能见到你，而且我不知道是不是得 10 多天，那样的话我肯定得 21 号才能到家了。但是，上一批离开这里的人在临时宿营地等了一周才出发，所以一定要记着这件事。

不管怎样，我认为你应该立刻辞职，递交一份书面文件说明你的意图。所以我一到伦敦就会去伍拉科姆路 27 号，不过我可能会给爱丽思打电话，确定你已经成功辞职。提前跟她说一声，让她知道我可能会这么做。

你可以去登记处准备一下领结婚证的事，问问他们结婚登记需要多长时间。比如，如果我 16 号或者 17 号到的话，我们能不能头一天下午 4 点告诉他们，我们想第二天上午 10 点登记结婚？把这个弄清楚。我们能不能上午 9 点到那儿，要求当天 10 点 30 分登记结婚。你知道我们会需要什么，亲爱的。当然，你不能再给我写信了。或者至少，如果你真的写了的话，直接把信给我，不要再寄出去了。

我今晚还会给伯特写封信，告诉他我在路上了，但他不必那么麻烦来参加欢迎仪式。我希望能尽可能地安静，人越多就越有可能乱糟糟的。我想我现在必须去参加他的婚礼了。还有你！

如果你像我一样高兴、兴奋，那你一定也非常高兴、非常兴奋。

我挚爱的，我爱你。

克里斯

## 1945 年 10 月 10 日

亲爱的：

有一个不太好的消息。我们离开部队的行动被推迟到 16 号了——延迟了 5 天。

你可以想象我今天傍晚听到这个消息时有多愤怒，我一整天都在忙东忙西地交装备、做医疗检查、等着发钱。最重要的是，我骂自己为什么要在你心中种下我会很早回去的想法。我为什么刚一知道我们要走就告诉你？我感觉自己真是个混蛋。显然从希腊放回来的一些人要替代我们。希望你不会像我一样恼怒不堪。不过我真的希望你能像我一样迅速恢复。

没有必要改变任何安排，因为这只是暂时搁置，不是取消，不是不可能。但是，如果你想工作到最后一刻的话，就按你自己的意愿来吧。我后来一想，他们可能得等到你真正结婚了才会放你走。

我本来还有好多好多东西要写，但还是留到晚上吧。从某种程度上来说，这里的额外时间对我做一些零散的事情来说还是很有用的。

我很快就会来找你了。对于这小小的延迟我表示遗憾。

爱你。

克里斯

## 1945年10月11日

我的挚爱：

今天没走成的一件好事是，我还能收到你的信。

妈妈不愿意参加婚礼。我好像很容易就接受了她拒绝参加婚礼的请求。鉴于你说的，我今晚会再写信问问她是否愿意来，作为祝福我们的必要表示，因为她的决定令你很不开心。至少，我会写信表达类似的意思。如果她忍受不了婚礼的折磨的话，或许她可以去布莱克希思，泡好茶等我们回去。她的态度明显是害怕“失去”我，所以很难指望她会出席婚礼。哦，格雷特纳结婚小镇！

不会太久了。等你收到这封信的时候，我应该已经出发了。很遗憾我不能确定哪天到。看一下珠宝店，手边准备大约5英镑的现金买戒指、领证，因为等我到的时候，手上的钱应该不超过5先令。（都用来买长筒袜、内衣。）不要超过5英镑，因为我有大量现金在我妈妈那里。

爱你。

克里斯

## 1945年10月13日

亲爱的：

哦，对我来说，被延迟的5天已经过去一半了，但我开始有点担心可能会再次被延迟！真的，在军队里什么都是未知的，但我不认为还会二次延迟。当然，如果英吉利海峡风大浪急的话，海上的行程安排肯定会被搞砸。但是真的，我觉得很乐观，并且希望你自己的情况也不是太“跳跃”。我们都是千真万确地身处军队之中，不是吗？

我们必须努力避开的一件事（如果会让我们不高兴的话）就是讨论“回来”。我一直在诅咒这件事情的必要性并且认为船到桥头自然直。我们绝不能考虑假期后的日子，就算考虑也只能想：我们已经是夫妻了，现在我们可以争吵，但同时知道我们不会因为争吵而失去彼此，因为我认为你肯定已经很担心地想过了。

如果方便的话，能不能帮我买一副男鞋上用的那种有图案的橡胶跟，不是圆的那种？我相信应该是配钉子的。我可以在我的鞋子上钉一副。多谢。希望你的箱子已经装了一部分了。厚衣服、围巾、BR雨伞、你的小闹钟。如果你稍微准备一点，到时候肯定能帮大忙。

回家之前，我想去一下我爸爸的墓地[①]。你能不能记着提醒我？事情太多了，我可能会忘记。

我感觉没什么其他可说的了，真是奇怪。

爱你。

克里斯

---

① 克里斯的父亲于1945年6月5日去世。在6月15日写给贝茜的信中，他写道：“请不要猜测我如何接受并对待这个消息。我已经消化了这个消息，尽可能平静地看待它。主要是因为距离，也因为在军营里流泪不合时宜。我非常担心我母亲。我迫切地想要让她停止回忆。我渴望尽我全力去安慰她。”

# 10

## 小珍妮特还是小克里斯托弗?

## 1945年11月26日

六周后【加来】

我的挚爱：

到目前为止，一切都进行得非常顺利。我9点到达维多利亚，9点30分火车出发。12点15分，我已经是福克斯通皇家凉亭酒店某个房间里的8个人之一了，酒店非常大，现在是我们的中转营地。我稍微睡了几个小时，然后早上5点，起床号响了。5点30分，吃早餐，6点，我在又冷又黑的清晨排队领被子。7点，我们登上能穿过英吉利海峡的船——坎特伯雷号。8点离岸，9点15分，在经过一段异常静谧的旅程后，我们再次踏上了法国的土地。现在，我们正在加来的临时宿营地（一个半圆形的大活动营房容纳了120个人，我是下铺），准备搭乘明天早上7点15分的火车离开（起床号是5点30分）。火车上有一节NAAFI自助车厢，我们可以买一块巧克力、10根烟以及茶、蛋糕等。如果需要的话，福克斯通有咖啡在等待我们。今天早上大约6点，我们付了7.5先令多，收到5根香烟及另一块巧克力。两块巧克力都已经被我吃掉了，非常好吃。福莱午餐巧克力和朗特里软糖巧克力，像其他东西一样，回味也不错。

能够不流一滴眼泪地走进车厢，我觉得自己很英勇。（对我来说，这一次不一样，下一次我们见面后再也不会分开的事实对我来说要么非常好，要么是常识性地感恩。）从外表看，你非常善良、非常好，但你的内心可能总是摇摆不定。

估计距离我能连贯地写信还得几个星期。就目前来说，我太接近你的善良，太为你的爱所折服，太为我曾以各种方式与你在一起而自豪，我的思想无法安定下来。最最重要的，我爱你，我已经有机会告诉你这一点，并且知道你是我的。我的思想将永远围绕着你，并且我希望在后面的信中可以逐渐成功地避开我之前时不时引入的一些不和谐元素。

我刚刚又得到两块巧克力、两盒火柴和50根烟，免费的。然后又花2先令买了60根。现在我手上有110根香烟了，真开心！我已经在军营电影院看过《三个傀儡》和《舞步轻快》里的法兰克·辛纳屈了（免费）。今天很潮湿，有时候雨下得特别大。

请再次向威尔弗雷德和爸爸表达我的谢意，感谢他们如此友善。请原谅我写得如此潦草。

爱你。

你心怀感激的丈夫，克里斯

## 1945年11月30日

我的挚爱：

我现在还在米兰附近的临时宿营地，盼着今晚出发去那不勒斯。今天特别冷，雾也大，营地里非常拥挤。昨天为了吃饭，我在长毛象一样的队伍里至少排了一个半小时的队。之前在NAAFI，我只需要等15分钟，但昨天我出来的时候，差不多有2000人都在排队等蛋糕和茶。

这里的厨师是德国战俘，服务生是意大利人。他们肯定受了很多“鞭打”。昨晚天黑时我们看到一个镇子，那里有几家商店在出售军功章缎带，有官方图案，6便士一条，从军需官那里很难得到。

难怪！穿越瑞士的旅途非常愉快。我们穿过洛桑，沿着日内瓦湖跑了8公里左右，湖边是百万富翁们的别墅。远处高耸的群山特别美。一切几乎都是一尘不染，别墅和其他建筑物的漆色非常鲜艳，火车站也非常干净整洁。许多人向窗外挥舞着工会旗帜和三色旗，其他人也挥舞着双手。我也说不清这是旅游前的交通招呼，还是真诚的感激。但每天至少有十几列部队列车通过，而且已经持续了4个多月。

昨晚我看到了一些小雨伞，2英镑15先令，但我没有钱买。我很想在这附近扎营，但根本不可能。

以后再说吧。我们今晚肯定要走。希望往南去会暖和些，这里太冷了。

爱你。

克里斯

## 1945年12月1日

【里米尼】

亲爱的：

从诺瓦腊到这儿的旅行真是太痛苦了。很幸运我是8个睡卧铺的人之一，车厢里满满当当的，一点儿空都没有。但是在每节车厢里都有七八个人没座位，只能在厕所（频繁有人）前面的车厢头上挤作一团。在我们车厢里，处于这种状态的都是英国皇家空军，我真的很同情他们，他们只能站起来活动活动腿。他们那一晚肯定很难熬。我们的卧铺有两个人像平常一样在架子上，两个人在座位上，两个人在地上，还有两个人只能坐在走廊上，以尽量舒服些。今晚还是一样，而且明天晚上可能也得这样（如果火车继续以现在的速度前进的话）。

今天在路边休息站吃早餐的时候，我们又吃到了煎蛋！这些休息站的德国人做得特别好，做的东西和桌子都很干净。最后一站叫“哥特式烧烤”，真是很奇怪的名字。

现在火车正在前进，我这边没什么新闻。我还在玩猜猜“上周的这个时候我们在做什么”的游戏。想你。

爱你。

克里斯

## 1945 年 12 月 2 日

亲爱的：

现在我们已经到达意大利南部，距离那不勒斯大约 30 公里。在经历了上周的寒冷后，这里的阳光灿烂明媚，暖得发亮，我们周围是——散落一地的橙子皮。花 1.5 便士就可以买到一个橙子，或者更常见的，可以拿烟换。农民们最需要的是面包之类的，这表明了他们最真实的需求。你可以想象我们如何兴高采烈地拿我们的军用香肠卷换甜美多汁的橙子。

我的牙刷在加来丢了，帽子也落在了途中的一个补给中心。我会很乐意去镇上补齐。我们这儿有个小伙子发生了一件不幸的事：他一开始就把自己的装备放在了巴里那一堆，而不是那不勒斯那一堆上。他把除了餐具之外的所有装备都放在了里面，还包括准备 12 月 9 日吃的生日蛋糕（糖霜和所有东西！）。他什么时候能拿回这些东西，还能不能拿回来都是个问题。

晚上 8 点。我现在正在那不勒斯的临时宿营地——跟我去佩鲁贾时，暴风雨肆虐的那天住的同一个地方，以前是一个公园。像往常一样，没有人会把我们当宝贝。我们10个人在树下扎帐篷。我成功地发现了一个铁床架并把它拖进帐篷里，今晚我应该就在这上面睡了。有人给了我一顶帽子，所以我现在已经把我的脑袋盖上了。我已经买了牙刷，所以现在我的牙齿感觉又可爱又干净。

我刚刚在NAAFI喝了两杯咖啡，吃了两个甜甜圈——都很好吃。真的，我是站着吃的，但味道确实很不错。我必须得让你学会做甜甜圈。我有没有告诉过你，我觉得你是个非常棒的厨子，我真的很享受每一个咀嚼的时刻。我爱你。我敢说，如果你又蠢又没用的话，我就会自己做——但我知道你不是，这真是令我深感欣慰且甚为满意。我美丽的、无所不能的女人。

我爱你。

克里斯

1945年12月克里斯在那不勒斯

## 1945年12月8日

亲爱的：

我们又一次失望了，因为我们还在这里。这种状况还要持续多久？要是我知道就好了。这里的天气又冷又差，稍微南边一点的巴里对我来说更有吸引力。自从来到这里——实际上自从我离开27号，我就从来没有好好地睡过觉。

今天下午我去了那不勒斯，本来打算今晚去看《丧钟为谁而鸣》的。但是最近发生了很多事，整个镇上的电灯都灭了，电影院里一片漆黑。所以我们又回到营地，不可避免地又吃了好多蛋糕，那些蛋糕令人无法抗拒，但又令人作呕地表明我们的军人身份。我们又上了一辆满载——在意大利语里的意思是满载——的有轨电车，站在后排。有个意大利人掉了一根烟在地上，试图弯下腰去捡，但这几乎是不可能完成的任务。后来他终于找到机会，看到了那根烟，但一下又找不着了，于是便骂旁边的人偷了他的烟。两人开始打架，但后来因为他要下车只好停手。

对于这次的纸片我很抱歉。我现在处于一种“悬而未决”的状态，只能希望回到部队的时候能恢复一些热情，而不是在这个冰窖里浪费时间。希望你一切都好，但我很确定你一定跟我一样感觉很糟糕，不过好在你的床要暖和得多！不管怎样，时间仍在流逝。这是最能安慰人的想法。请原谅这张纸片。

爱你。

克里斯

## 1945年12月10日

亲爱的贝茜：

我从报纸上看到家里非常冷。

我想说查尔顿周六做得非常好。等你收到这封信的时候，我猜威尔弗雷德就要去工作了。复员的数据似乎非常令人振奋，不要懈怠，一切都在掌握之中。对于及时出门，与你在某处共同度过一个风和日丽的假期，我感觉希望满满。我很高兴看到在过去的4个月中有10万人被征召入伍，1946年上半年将有14万人被征召入伍。不过我觉得征召的对象有问题。我们招募的是只在部队里待过几个月的18岁半的男孩。毫无疑问，军队会把他们朝错误的方向塑造。如果等他们25~30岁时再征召会更好。天哪，这个问题就像半焦炭一样一目了然！对我来说，我觉得军队对我的影响大部分都是好的——但现在有数千个24~25岁的小伙子在军队中长大，对文明准则或个体责任几乎没有任何概念。

我们真的有希望明天能去其他地方，因为我们去了连队办公室，再次提醒他们我们还在这里，我们想“前进”，得到的答复是明天8点30分再去找他们。我们的袜子什么的都没脱，下定决心在得到改变的可能之前绝不做任何改变。

邮件是我们最大的需求。我们离开英国已经两周了。我现在比之前感觉好多了，因为我深深地知道，每一天都让我更接近自由。

每天早上7~8点，我们都会去拿7根免费香烟，如果不去就没有。我一根也没落，但你可以想象负责发香烟的人“留”了多少。我帐篷里有3个人从来没去拿过。香烟卖给意大利人是9先令20根，军需官肯定赚了不少。你的戒烟计划成效如何，我的朋友？恐怕“小烟”不是很成功，但是谁知道这样的想法会产生什么结果呢？我想我会开一家公司，就叫“吸烟减半”，然后把这项发明推广出去！

爱你。

克里斯

## 1945年12月14日

我亲爱的妻子：

今天上午10点，大家都拿着装备在出发小屋外准备出发。

我们沿着“高速公路干线”（那不勒斯与庞贝城之间的公路）行进，到达了一个名叫波蒂奇的地方，距离那不勒斯市中心10公里。部队总部就坐落在附近的一幢建筑里，我今晚就要在那里睡觉（太棒了！）。

从第一次RSM（团军士长）问我有没有做清偿单（工资表）的经验，我回答“有”（真的——我在惠茨通做过出纳）之后，他又问了我对钱是不是已经司空见惯了，我说“是”，又问我是不是当过邮政下士，我说我在邮局待过。他说他会试着给我在28军团找一份邮政下士的助理工作，同时也是士兵和意大利劳工的出纳。如果真的能得到这份工作，目前来说我觉得我会非常高兴，因为这里的食物真的很不错，而且军队里真的考虑得很周到（比如今天的茶点，我们的第一餐，我们吃的是番茄汤和沙拉——很丰盛——里面有一大片咸牛肉、芝士、豌豆和甜菜根。还有一块蛋糕，以及跟往常一样的果酱等等。面包很薄，这是个非常大的变化，盘子是军队供应的，不需要再找人洗）。我们接下来几天的工作就是清理村子里的一座房子，搬搬家具什么的，那里将变成长官的食堂。

因为这个部队是负责维护巴里、福贾、那不勒斯（这里的机场叫波米利亚诺）和罗马的大机场的，我不认为会休息太久，我的军旅生涯很有可能会在这一片结束。那不勒斯太可怕了，生活在这里的恶棍们更可怕。这里还不算太糟，因为附近有一些植物（橙子园里的树现在已经把它们金灿灿的礼物挂在枝头了），而且（不像巴里和福贾）景色也不是完全单调的一马平川。

我换袜子了——穿了19天！那袜子黑的跟什么似的，不过我还是希望什么时候能把它们洗出来。所以我现在感觉很干净——虽然我还穿着威尔弗雷德的衬衫。如果你想对我说教的话，那就来吧。我会让年轻的索利来回答你——他还穿着之前的袜子呢！

有三四个小孩刚刚进来看了看,把盘子里吃剩下的蛋糕捡走了。每个小孩都是皮包骨头。还有一个既没穿鞋也没穿袜子，可怜的小家伙。在这种天气，光着脚湿乎乎地走路肯定很难受。

爱你。

克里斯

## 1945年12月17日

亲爱的贝茜：

一年前的今天早上，我们还在试着评估第一晚的袭击对塞西尔酒店造成的破坏。空气中弥漫着战争的硝烟。今天早上，空气中弥漫着另一种烟，很刺鼻。硫黄——来自维苏威火山，早餐的时候，它不停地使劲往外喷，现在已经停了。这里总是有许多关于火山喷发的通知，所以不必惊慌。

我在临时宿营地瞥了一眼玛丽·斯特普的《婚后之爱》（跟我一起的几个步兵小伙子从非常不科学的角度看了这本书）。这可能有助于我们转移注意力。里面有一张表，标示出了女人欲望的起伏。如果你觉得有用的话，可能你也想要一本。

【未完】

## 1945年12月19日

亲爱的：

今天下午我去了NAAFI大宗商品部帮着拿我们的圣诞口粮。发了两个星期的口粮，每人大约8品脱啤酒、5块巧克力、200根香烟。我们有几千瓶啤酒、几十瓶杜松子酒、威士忌、雪莉和波特酒（给军官和军士长），18000根香烟，还有诸如橙子、甜馅、火鸡罐头（这是想预防我们偷活火鸡？）等各种零碎东西。回来的时候，我们那辆载重3吨的卡车装得满满的。当我走到这些类似批发的地方时，发现自己总是会不由自主地想："这一切是怎么做到的？"组织的伟大功绩在供应给军队的必需品中完美体现出来。

此刻，我在波蒂奇的基督教青年会，与两名坐在邻桌的印度士兵一起喝茶、吃蛋糕。等他们回到文明生活之后，白人会避开他们，把他们隔离起来，不与他们进行任何交流。这些印度人会怎么办？这里的士兵与普通的英国士兵没有两样，因为我们对他们都很友好。他们一定会思考我们的生活方式以及那些富人们的生活方式。

你对莫斯利[①]一伙怎么看？报纸上有很多关于对他们的禁令的报道。我个人并不赞成这种做法。我认为18B[②]所有的当事人都应该为

① 奥斯瓦尔德·莫斯利，英国法西斯联盟的领导人。

② 法条18B在战争初期生效，以拘留那些被认为是敌对和危险的人。

他们的计划叛国行为受到审判，而且如果被证明有罪的话，至少要没收他们的资产。如果到目前为止还没有任何动静的话，我不明白为什么我们要对一个和平时期的兼职疯子下禁令。

我真的、真的、真的希望明天能收到你的消息。

我爱你。

克里斯

## 1945年12月20日

亲爱的：

要是再不能很快收到信的话，我就要抓狂了。今天又是一无所获，只有前AFS（辅助消防队）4队的一个家伙收到了14封信。

天哪，一封信也收不到真的让人太难受了。估计你也已经25天没收到我的信了。真有意思——你肯定会认为我抛弃你了，是不是？我真的很希望能在圣诞节前收到你的来信。我估计等我看到信上写着我的名字时，我肯定会昏倒。我知道肯定有一些空邮在路上被耽搁了，因为天气太差，我们有些信不能走空路了。最近我们这儿下了点雨。我不在意会不会下雪。

对于这一页上的油渍我很抱歉。这是从我刚吃的基督教青年会的蛋糕上滴下来的。

可爱的贝茜，我爱你。

克里斯

## 1945年12月21日

亲爱的贝茜：

恐怕你要听见从这个方向传来的更多的号啕大哭和咬牙切齿的声音。但事实是，还是没有邮件、没有邮件、没有邮件。整整一个月，只有一天收到了你的信。在这里，在这样的军营里，真是有趣！

我们的火鸡今天终于迎来了它们的大限。我今天去吃茶点的时候，一声咕哝声也没听到。现在，它们就只剩下挂在钩子上的红色裸体了。是意人利人宰了它们，把它们的脖子放在地上，然后把头剁掉。

今天下午我去了一个叫安农齐亚塔的地方洗澡，骑车大约要半小时。泡澡！从你（我温柔的、美妙的妻子）上次给我搓背后，这是我第一次全身淋湿。军队为每个人付了9先令多。真的太舒服了，我感觉自己超级干净。

顺便说一句，我理解还要在意大利待一年的士兵可能会像上校一样，让他们的妻子来这里。所以如果我还得再待一年，这个也可以考虑考虑（只是这里真是个无底洞啊！）。妻子们也可以分到军队口粮什么的，而且我相信军队也会给她们安排兵营。你对这件事的看法可能会很有趣，所以请说出来吧。

希望明天能收到邮件。我必须得收到你的信，知道你一切安好，听听你最近又做了什么“一团糟”的饭菜……

时间在流逝，我现在只盼望我们下一次相聚，永远在一起。

爱你。

克里斯

## 1945年12月22日

我最亲爱的、最最可爱的、最最美妙的人：

今天就是那个大日子——来了16封信（奇妙的、善良的、温暖的、充满人性的、真实的、甜蜜的、美味的、快乐的你的信），一封去了AFS6队，13封从AFS4队转给了我（因为我已经离开那里了），还有两封更早的（但仍然很棒）是你未婚我还单身时寄出的。我还收到了其他20封信——读你的信，为你真实的美、温暖的善心和高尚的品质而开心是多么不一样——都是其他人的。稍后我会把一些更有趣的寄给你。

我现在正处在湍急的旋涡中，因为面对你如此美妙的言语，我必须让它慢慢沉淀。并不是意大利所有的纸都够资格承载我写给你的话。虽然我是晚上10点收到你的信的，但我一直兴奋地冲来冲去，直到半夜1点30分才开始读。读完之后，我白天一整个下午都在忙着研究邮箱转信。明天下午我会把你的信再看一遍、再看一遍、再看一遍。

小珍妮特还是小克里斯托弗？或许现在你已经知道了，而我仍然只能猜测。我会等你回信后再发表意见。我想成为你的一切。我爱你，我需要你，我爱你，因为你对于这件可能发生的事所说的一切。你是我的全部，世界因为有你而变得无比美妙。

给妈妈的圣诞礼物：不管你送什么，我都没有意见。我记得我们说过要顺其自然。想到她自己给自己制造的痛苦，我只是偶尔有些刺痛。你认为怎样最好就怎样做，任何时候都不要担心我会有不同意见。还有一件事，比如，如果我妈妈或其他人曾经提到什么关于我的你不知道的事，如果愿意的话，你可以说“哦，对，他跟我说过”或者类似的话。我想让你知道的是，你完全有权利按你的意愿去做，我完全信任你。

是的，我跟你一样痛苦。能够如此长时间地接近你，真的很美好。这是一种令人窒息的快乐。与你分开是残忍的，与你分开又身处军营之中更残忍。但我们有许多理由心怀希望，有许多理由相信我们会在下个冬天之前见面。真希望我给你写信时能不那么挑剔，能听起来更靠近你一些，就像我所感觉的那样并且知道确实是这样。

我很喜欢你写的我们的床、我们的房间、我们的东西。亲爱的。我很高兴你因为我而感到幸福。我第一次放假的时候太放不开了，这一次能随心所欲真的太棒了。

如果可以的话，请一定要继续描述你在国内的细节。我对你的饭菜、胃口以及你所做的一切都很感兴趣。你可能会因为自己絮絮叨叨地说打扫家务而感到厌烦，但我不会，因为我想象着你挥舞着抹布和胡佛吸尘器——想你的样子是我在见到你之前最大的快乐。

你的“嗯”已经表达了很多，不用担心。

你说你得了流感，我很同情，但我想这可能是无法避免的。希望不是太糟糕——如果可以的话，病没好之前不要出门，乖——希望你现在已经好了。

是的，吹口哨这事儿有点麻烦。它就是无意识的晴雨表。想到你的恐惧，我会暂时停下来，但肯定没有被治愈。

我爱你。

克里斯

## 1945年12月23日

亲爱的：

今天收到的一封信上说你去看医生了。你说他也说不准是怎么回事，我跟你一样失望。你的症状很有趣但不是结论性的。我猜你只能笑着（真实地）忍受，不过或许，如果你愿意的话，可以再去看看别的医生。我们俩对此都一无所知，医生说你身体没有大问题，所以即便没有怀孕也没关系，这个说法令我很不高兴。我想在你确定之前，我们什么也不要说。我知道你肯定也是这么想的。希望一切如你所愿。如果没有，没关系，我们有的是时间。照目前的情况看，如果走运的话，我应该8个月之内就能回家了。如果结果真的证明我们要做爸爸妈妈了，你一定知道我也不愿意让你一个人承受那份痛苦。你一定知道这个附属物是“我们的”，是我们精神契合的物理象征。我很想写一晚上，努力告诉你如果这件事是真的，或者如果不是，我想要说的所有鼓励的话。但我不能，我必须说说另一件事。

桑德斯特德：与亲戚做交易是出了名的尴尬，而且通常比正常的交易更加凶残。我想1000英镑应该是个不错的价格。我们能问下原始价格吗（是550英镑吗）？然后我们最多说多出50%（也就是说，如果是550英镑的话，就出775英镑）？值不值得找个评估师（东南1区南华克桥路的辛普森、帕默和温德会帮我们），听听他的意见？

付款：我相信我们现在手里应该有1000英镑多一点。我在NSC（国民储蓄券）里有315英镑。其他诸如所得税退税、军队遣散费之类的应该有100英镑。我想你一周差不多可以存1英镑10先令。如果到那个阶段的话，就通过交叉权证、NSC和POSB把现金取出来，给我寄一张表格签字取那315英镑。辛普森、帕默应该都可以为我们合理地行事。我觉得律师费应该在15英镑左右。

我感觉自己就像是个百万富翁在买豪宅，又像是一个小男孩在买每周的糖果。

把我寄给你的邮票收好。这些邮票真的很好看，等我回家的时候我要把它们放在书里。

这点儿空只能写——你真是个好女人！

爱你。

克里斯

**1945年平安夜**

我最亲爱的、美妙的女人：

有件事情你可能会感兴趣并且觉得很搞笑，就是那种黄色的麦帕克林药品，我们用来预防疟疾的，有人认为会导致不孕不育。理由是：2月份30翼队大约有20个人休假了，但没有一个人有小孩。这一次（没有吃麦帕克林）已经有3个人“确诊”了（他们说——要是我知道他们是怎么说的就好了），还有两个（据说）正在“翘首以待”。实际上只有3个，但我当然什么也没说。

对，我应该跟你一样经常出去，呼吸下新鲜空气，锻炼锻炼身体。天气这么差，每天只需要走个20来分钟就够了。下雨或者刮大风的时候还是尽量待在屋里。

你的烟好像减了不少。希望你能坚持下去，不过我不应该增加你的痛苦。

虽然我不反对生4个孩子，但在我们将这件事作为家里的指导政策之前，我还是建议你看看1号怎么对你！到时候对你来说将是一个巨大的考验。在这件事上我没有一点“发言权”。这都要看你自己的意愿，如果我提出任何不合你意愿的建议，那都是不公平的。

亲爱的，如果不是的话，请不要“失落”。我们以后有的是时间，而且你必须给自己找点别的事情。

你洗的是哪件套头衫，卡其色的？还是Meakers那件漂亮的亮棕色的？

我真想吃一个你的“假想肉布丁”。或许我可以给你寄一份很棒的意大利面食谱，但仅此而已。

爱你。

克里斯

## 1945年圣诞节

我美妙的妻子：

我会继续回复你的信。

我确实很喜欢带扣子的短裤，多谢。火柴不好用吗？如果可以的话，请把《政治家周刊》寄过来，就用一根绳子把那些普通的报纸捆在一起。地址写在报纸的空白处，用0.5便士的邮票就够了。比起肝，我更喜欢心脏，不过我很乐意换换口味，尝尝肝。我认为与其他肉相比，这在很大程度上更取决于肝的做法。很高兴你再次尝试了面糊布丁而且做得很好。我真幸运。

那种“特别恶心的感觉”这么早就会有影响吗？我好奇的是，就像那本书里说的，它在通道里形成的概率是多少？你有没有时间看那本书？

又说到房子。我越想到我们可能要得到它，就越为我们的运气感到兴奋。“如果可以的话拿下它”，我感觉自己一直在催促你。那是我们自己的前门，那是我们自己的地盘，那是我们的城堡！我对那里心驰神往。那里代表着安全、独立和冥思之地，那里代表我们的开始。

旅行很讨厌，但与拥有一个地方，尤其是你喜欢的地方相比，旅行根本不算什么。而且，等我们有了孩子，一个很棒的开放空间会很有用。

我能理解你担心我无法适应平民生活，但我必须说那些关于刚刚离开军队的家伙的报道令我感到不安，他们对军队如此不满。我想平民（后面的军队）错过了旅行这件事一定是真的。我认为（此时我写的这页纸上全是橙子汁，因为我们刚刚出去从树上摘了十几个橙子回来，大家拿着橙子互相攻击，墙上溅得都是橙子汁）所有人都想去爬山，而军队给了他们这个少有的机会。如果你发现我想爬山，我知道你会带我去附近的小山。我想，如果条件允许的话，我离开军队后可以继续在“大都会”支部工作，就好像我从来没有见过金字塔，没有在苏伊士运河里游泳，没有和维苏威火山做邻居一样。但我的旧生活已经过去了，我没有任何遗憾。我觉得军队生活就像一种病，得病的时候你会注意到，病好了也就忘了。但我真的相信经过军旅生活后我变得更好了——我参与的那些喧嚣转瞬即逝，没有留下任何痕迹。

意大利人在圣诞节表现出来的那种喜气洋洋曾令我惊讶过、厌恶过，甚至有时还害怕过。这群笨蛋还放了烟花——我猜应该是五六年来第一次。庆祝活动从23号就开始了，昨晚又来了一次。现在还在继续。外面特别特别吵。他们把我们的英国（甚至还有战前的）烟花完全放在遮蔽物中——我很快就要去那里了。这里的人都疯了。

外面的爆炸声一声接着一声。

我们今天喝了“忠诚酒”，外加“敬厨子”。在我喝下我的一小滴苦艾酒之前，我还说了句“敬我的妻子”。

爱你。

克里斯

另：我刚刚跟一个住得离伦敦桥比桑德斯特德近几站的家伙聊了聊。他说返回的费用可能只要 2 先令而不是我之前想的 3 先令。这对我们来说应该很有帮助。走去车站的 2 公里或者更远的路程对我这种精力充沛的人来说根本不算什么。

## 1945 年 12 月 29 日

亲爱的：

今天早上，我醒来望向窗外的时候，已经能看到维苏威火山了。山顶经常被云挡住，但今天一点云也看不到。火山看起来非常近。近得让人兴奋，我觉得我们与维苏威火山的距离仿佛就像本尼维斯山到威廉堡那么近。我不会说等天气好了我要去爬维苏威火山，因为我估计接下来 6 个月景色会大变。不过，要是傍晚天还比较亮的时候我还在这儿的话，我肯定会试着稍微爬一爬的。卡车 20 分钟就可以把我们带到和平时期接待游客的一家酒店。酒店在半山腰上，几个小时就可以登上火山坑的边缘（因为 1944 年爆发过，所以现在非常大），然后迅速地往下看一眼，里面又红又热。有时候能看到翻滚的浓烟，其他时候就只有一些闪烁的小缕烟。真的，我期待能凝视它的宏大。

不管怎么说，它让我不再喋喋不休地谈论房子了，我现在对那个房子相当反感。那个房子或许本来可以更好一点，离车站更近一点等等。不过，不管怎么说那也是个房子，这意味着我们将拥有一个真正属于我们自己的家。就现在来说，这是一笔无价之宝。在战前，有个房子可能不会令人如此兴奋，但我现在真的觉得这是件大事。如果听到你说你已经是房子的主人了，而且（就像你之前信里说的）你已经在想着怎么挂窗帘了，我会非常高兴。

我想知道最初几年养小孩的成本是多少（就钱上来说，还得流好多眼泪！）？我觉得个人所得税真的可能会减没了。“如果是”，那我们就得给商业局写信，问问有什么优惠之类的。“如果是”，那你以后有的忙了，而且肯定也不止 8 个月！

爱你。

克里斯

# 11

# 你就在这个世界上，<br>只是相隔千万里

## 1946年1月3日

我最亲爱的、美妙的女人：

亲爱的，下个圣诞节我就会在你身边了。很遗憾这个圣诞节我们只能独自度过。对于你跟鸭子长达4个小时的斗争我很同情。

浏览报纸上的“复员新闻”时要注意，千万不要把你的希望固定在某个日期，或者过于相信某个预言。我希望能在6月复员，也可能会晚几个月，甚至晚得更多。所以不要死盯着6月，稍微注意下就行了。

虽然我仍然不能完全控制自己，但我吹口哨的次数少了很多。最近我也说过几次“母狗”，但马上就后悔了。

我告诉过你圣诞布丁会很棒的。听说你又感冒了，我很难过，尽量多吃些蔬菜和水果。我想你还没有开始吃鱼肝油和麦芽，但如果我是你，我会买一大瓶。你的痛苦和危险令我很担心。不管别人怎么说，似乎都很严重，但也只能这样，我希望我能对此保持冷静。（美国电影里那些漂亮孕妇家中焦急的父亲们对我来说没有任何影响力！——哦，我亲爱、可爱的女人。）我真的很希望能在你最需要我时回到家中，我希望我能做到，但希望越来越渺茫。

那些说“澳大利亚是犹太人的”的人只是想转移话题。利比亚和马达加斯加也在提到的国家之列。我不知道巴勒斯坦问题该如何解决，但我知道把其他地方也卷进来并不是这个问题的答案。不管怎样，有些问题肯定是没有答案的，对吗？

我并不真的认为“养育小孩”会那么糟糕。所有人都能做到，有些人还做得很不错。这将使我们无法再“闲逛”，但我毫不怀疑，有很多成功的婚姻都是因为关于孩子的想法。当然，也取决于结婚的两个人！我确定我们俩不会有问题的，但你得告诉我什么时候该承担父亲的什么职责，为什么以及怎么做。

爱你。

克里斯

## 1946年1月7日

我美妙的女人：

为你的加速、主动、独立、足智多谋和绝对完美向你表示祝贺。真希望我能抱着你跨过我们家的门槛。愿你在那里永远快乐，愿我很快就能加入你。

爱你。

克里斯

## 1946年1月7日（第二封）

我最亲爱的、美妙的妻子：

我不得不佩服你无限的资源和主动性，以及你所表现出来的所有能力。

1000英镑听起来很多，实际上也确实很多。但我从来没想过可以在我们自己的房子里开始婚姻生活，你想过吗？我们很幸运地拿到了现金，而且我觉得在珍妮特或克里斯托弗上学之前，那个地方都很适合我们。你不知道当你说那里是一个“漂亮的小屋”时我有多高兴。

“我干得怎么样？”你问。我能说什么？所有赞美的话都不够，只有我的拥抱、我的眼神能告诉你我多么为你自豪，多么为你的精明干练而兴奋。

爱你。

克里斯

## 1946年1月8日

我美妙的妻子：

有机会的时候，我想听你说说那所房子。楼下是2个房间和小厨房，楼上是3个房间（？）和洗手间？我猜厕所和浴室（都铺瓷砖了吗？）在一起？你看过育婴室了吗？房子特别小吗？房间跟27号比怎么样（尤其是小厨房）？有没有显得很廉价？因为那里之前是战前在威灵建的600英镑左右的房子（我想应该不会，否则你就不会说“漂亮的小房子”了）。有没有阿斯科特[①]、盖泽尔[②]什么的？为什么不给胡佛公司写信，让他们把我们列入候补名单呢？花园是什么样子——跟27号的花园一样大吗？是不是杂草丛生？有没有种蔬菜？（如果能找到的话，我建议雇一个人来挖，就像埃尔西姨妈那样。）

你自己不要做任何园艺的活儿，好吗？你知道，你有很多事要做。记住，不管你在做什么，都要偶尔停下来休息一下。

---

① 译注：建材品牌。

② 译注：一种燃气热水器。

我对你的食物像对其他任何事情一样深感不安，请你一定要告诉我你打算怎么办。需不需要我寄些什么东西？肥皂怎么样？如果你想要的话，我可以给你寄一些。现在我每周发 4 块阳光肥皂。你想要吗？你一定要跟一些邻居处好关系。真正的友谊没有理由不去发展，但不要忘记所有关于邻居的故事。

你没说过买婴儿车有困难吧？要是你涂油漆的话，注意不要吸进去，不要铅中毒或者患上油漆工绞痛，否则会让你的消化更不好。

亲爱的，我挚爱的，真希望我可以看着你把钥匙插进门锁里。

爱你。

克里斯

## 1946 年 1 月 9 日

我美妙的女人：

房子是仿照 27 号 -161 号的半独立式，是不是？我想伯特曾经说过有地方弄一个车库，但并没有——我还以为像 27 号一样。我想在花园里弄个小屋什么的。我不知道为什么，我想弄一套木匠工具和家用工具，就像我度假时说的那样。锯、刨子、凿子还有老锤子（用来敲打自己的指甲和手指的工具）。

首先，我喜欢在小厨房和餐厅之间有一个上菜窗口！我敢打赌你不会要的。不过，4 个孩子都要吃点东西，不是吗？房子外面需要刷漆吗？有些房间需要你稍微关注一下吗？没有很多家具的一个好处是，你可以更好地做规划。大多数人家里的东西都太多了，而且总是尽可能地挤在最小的房间里。你可能会发现想要在每个房间里摆一件家具，这样就都配上家具了。我正在想地板——你知道，就是想抛光的想法。如果木地板不太合适，你能铺三层厚瓷砖吗？我认为只需要绕着房间的边缘铺就够了，那里是会碰到地毯的地方。

等你稍微安顿下来，我会让你给我去克罗伊登工党报个名，然后（如果你愿意的话）你自己也加入。一周交党费 1 便士左右。

我想知道有没有水蜡树树篱，大门摆动是否正常，路是什么路。在我的想象里，我第一次去了那里（很神奇地找到了回自己家的路），而你正在迎接我。

爱你。

克里斯

## 1946 年 1 月 10 日

亲爱的：

亲爱的，房子刷成什么颜色了？如果我必须爬上梯子去看看什么东西把烟囱堵住了的话，请看好梯子。我想说，我们真的要让珍妮特或克里斯托弗一直在相信有圣诞老人的故事中长大吗？把他/她养大成人将是一项多么艰巨的任务啊——恐怕主要是你的，亲爱的，我的女英雄。所有房间里都有壁炉吗？（意大利的房子里壁炉很少。他们不需要，冬天的时候，他们只在屋子中央摆一个火盆。）我们必须在所有房间里都装上电热器——然后每个地方都要装很多很多开关。

东克罗伊登离伦敦更近还是更远？我对后花园的想法是，要么全是草（他们管那些地方叫“草坪”），要么种很多蔬菜，比如莴苣、芹菜、萝卜、大黄。草是为珍妮特或克里斯托弗准备的。我现在脑子里想的全是珍妮特或克里斯托弗的消息，但我不会告诉这里的任何人。

爱你。

克里斯

## 1946年1月11日

我最最美妙的妻子：

我希望你去参加了老朋友的婚礼，但没有吃太多。

关于家人、朋友和老熟人，我跟你的看法高度一致。我现在不需要他们。我对他们一点儿热情也没有，完全不感兴趣。我只对你有兴趣，你占据了我所有的思想和所有的时间，但我非常开心。这种关系真是太美妙了，我对你完全地、彻底地、绝对地满意并且支持你。

亲爱的，有时候我也会为你哭泣，因为我也会以自己的方式寻求一些安慰——而唯一能安慰我的只有你。

如果可以的话，你会试着自己喂养珍妮特或克里斯托弗吗？还是要让他/她成为一个“葛兰素”奶粉宝宝？但是现在，我想你得去过诊所之后才能知道。你当然不会成为一个盲目愚蠢的家长——但你会直言不讳地告诉我“小珍妮特”或“小克里斯托弗”所谓的缺点以及显而易见的优点，而我会鼓励你这么做。我们当然会讨论我们的孩子——还有他们的朋友。我们的孩子会拥有我们认为对他们好的自由度。我相信父母的管教都是有用的，而我不会保持中立，也不会让你这么做。不过，我们作为父母的权力将是20世纪的事了，我们彼此意见统一，并且明智地加以运用。希望如此。

我们应该让孩子保持天真，因为我们也想让他们拥有“自由”。我们的孩子会把我们作为普通人对待，而不只是父母。希望如此。

【未完】

## 1946年1月13日

亲爱的贝茜：

贝茜,我亲爱的,你是不是更喜欢医院而不是疗养院？我希望是。

你的“人工假牙”（为了用它们现代且几乎难以辨识的名字称呼它们）怎么样了？你是不是应该尽快把它们弄好，这样才能在相当正常的时候适应它们？我相信怀孕真的对牙齿不好，婴儿会需要钙，所以我担心你的牙齿问题可能才刚刚开始。

有一个好主意：去桑德斯特德就会换另一个议员了，我可以合法地给他写信！到现在为止我还没有收到约瑟夫·里弗斯的信，但哈罗德·麦克米伦回了两次，所以我想下次我要投保守党一票了……

我们兵舍（维泰洛路，萨鲁特火车站附近，要是你有机会来这里的话！）的空地上长的橙子和柠檬都已经被主人摘走了,所以现在，想要痛快地吮吸就只能指望目前作为我们厨房的那个果园了。当然，我们还是有作为配额的橙子的。我把到手的橙子全吃完了，不过大多数人都只是弃置一旁。

我一直在想你，想知道你在做什么，而且知道正在做那件事的你很可爱。

我爱你。

克里斯

## 1946 年 1 月 19 日

我最亲爱的、美妙的妻子：

我刚刚决定了，我们一定要给珍妮特或克里斯托弗弄一个幻灯机。有点超前了，但你就在那里，我们直接把自己投影到6个月之后，投影到我们在一起。这只是将珍妮特或克里斯托弗作为一个骤然而降的现实考虑的一小步。

在我看来，"VD 电影展"很失败。3 部电影，总共两个小时。《性卫生》《搭讪》和《DE733》讲述了一艘潜艇追逐艇因为船员在上个港口感染了 VD 都躺在医院里或者生病而没能追击的故事。电影里都是美国人，故事的节奏跟我们完全不一样。我觉得美国军人可能很喜欢看，但我们不喜欢。里面有许多关于男性生殖器官的特写，可能会让一些人看不下去，但通过大家走出来时的评论判断，我只能说这个故事几乎毫无用处。

爱你。

克里斯

## 1946 年 1 月 21 日

亲爱的：

今天天高气爽、阳光明媚——只是没有邮件。很有可能是法国的天气使得飞机无法飞行，希望明天能收到点东西。

现在，我要"发表一份声明"，这份声明可能会令你惊讶而且很可能会让你开心——我在黑市上卖掉了我的最后一根烟，完成了我的最后一笔交易。这个决定很有可能是我渺小人生中的一件大事，但与当今世界令人遗憾的大环境相比可能也没有那么重要。许多小事情促成了这一反转。或许我第一次真正产生这种想法是因为你在信中提到伯特给我钱时说："我不喜欢你这样。"最近，我看到了一幅漫画（我相信是《每日先驱报》的乔治·怀特劳画的），画中是战神马尔斯俯视着一个写着"原子弹""爪哇""波斯""黑市"等字样的世界，下方标题写着"坚持住，我的孩子们"。虽然我之前对自己说过："香烟是奢侈品。没关系，贩卖食物才是犯罪。"但我现在清楚地看到买香烟的都是那些卖食物和其他东西的人，而且价格都是相关联的。我之前曾经说过："如果我不这么做，我的伙伴们也会做的。"这当然是真的，但并不能构成道德上的正当理由，只是一个看似合理的借口罢了。

从某个方面来说，我为与其他人"不一样"而感到自豪。而当我也去"出售"东西时，我直接堕落到跟他们一个水平了。再之前，我还说过"赚钱很容易"。这是真的，但经不起争论。如果我反对黑市或任何地方的利益，我就不能从道德上合理地解释它们为何在这里如此兴盛。通过卖香烟及其他东西，我想我赚的钱大约有 65 英镑。在接下来的 5 个月里，我将可以很轻松地再赚 60 英镑。放下 50 根香烟，作为交换拿起 1 英镑 5 先令，真是容易得不能再容易了，这最终动摇了我，让我有了正确的鉴识能力。已经犯下的罪恶我无法挽回，但我现在有责任停止这样做，所以我可能会继续保持正直；所以你可以继续认为我是一个好人；这样珍妮特或克里斯托弗也可能会为我感到自豪而不会以我为耻。不要认为我会信教。我仍然会做许多错事，比如在包裹外面写上"无花果"，东西刚"丢"就找到了，说一些小谎以摆脱麻烦。

请告诉我你的烦恼，让我知道事情进展如何。

爱你。

克里斯

## 1946 年 1 月 22 日

亲爱的：

今天飞来了 3 封可爱的信。

我很高兴收到房子的图，有了这些图我当然感觉很棒。房子看起来棒极了。我判断不出有多大，但你说“漂亮的小（房子）”，这对我来说很有用。房子外面，我一直很喜欢砖头的那种“尖头”效果；我对外面的木栅栏并不是很热衷（只是在照片上看了一眼）。我更喜欢灌木丛。这个可以等我看到实物的时候再讨论。还有，你觉得“伍德布里奇”怎么样？我不喜欢给房子起名字，而且这个名字出奇地无趣。我支持你赶紧放弃。你可能会同意，但也可能想等我回家再弄。

我喜欢你关于花园的想法，你最好只负责白手起家的“白手”，我的姑娘。如果需要挖土的话，试着找个人来做。能吃到我们自己种的莴苣真是太棒了。苹果树的事我们可以再议。苹果树（我相信）最少得 5 年才能结果，种点别的可能更好。我也不知道。

粉红色、淡黄色、米黄色，如果你想要，我毫不怀疑你一定能找到。这里列出的任何对你有吸引力的东西也会对我有很强的吸引力。我能明白你为什么那么兴奋。你非常敏锐且明确地将这种兴奋传达给我，你把我的未来变成了充满魔力的快乐和欢愉。

我可以帮你理清我们对电热器的需求，可能有 2 个就够了，我们可以根据需要改变它们的位置。这样我们就可以买 2 个好的而不是买 4 个可能没那么好的。

希望你能安上电话，聊以慰藉赶走寂寞。这可能没那么容易，但如果可以，你一定要看看能不能跟邻里合作一下。我不知道我们能不能永远用得起，但当你需要跟别人说话时，这会很有帮助。

爱你。

克里斯

## 1946 年 1 月 26 日

我美妙的、令人期待的妈妈：

今天收到了邮件（18 号和 19 号），以及那个消息——就像你开心地宣布的那样——你怀孕了！一切都很正式，很有市政厅的味道。亲爱的，我该说什么？（当然，我必须告诉邮车司机——他也要当爸爸了。）我该做什么？我是不是应该庆祝、欢呼、表示慰问？我觉得我最好还是就说一句我爱你，你的丈夫为你自豪，不仅因为你的那些高贵品质，而且因为你是一个成功的女人。我们将会有多么美妙有趣的时光啊！事实上，是各种不间断的。

医生没有认为你很小，我非常高兴。你必须尽快找人照顾你。虽然还没有实际居住，但我想知道你现在是否能申请珀利医院。吃东西要按照瓶子上的说明，确保补充额外的牛奶、鸡蛋和肉，这些都不用我告诉你。（如果不是因为孩子，那就太美了，是不是？）60 张额外配给券好像很多，但我想应该很快就会用完。希望你弄一张小床不会太麻烦。到目前为止，婴儿绒线方面你好像非常幸运（全都是白的吗？），18 盎司无疑是一个巨大的收获。

复员的数据没有问题，符合标准。我真的希望在你最需要我的时候能在你身边，但这只是一种希望、碰运气，而不是切实的可能性。

爱你。

克里斯

## 1946年1月27日

亲爱的贝茜：

今天下午我沿着波蒂奇的港口和海堤走了走，现在刚回来。非常好，也非常健康。渔船上有很多活动，船上带着冰块和盒子，用来装捕获的东西。我有一种感觉，想和他们在海上待几天，但恐怕军方不会喜欢。

我同意你对艾德礼的评论。一个中产阶级青年来到伦敦东区，觉得他应该帮助那里的人们，我很喜欢这个想法。我曾经看过一个美国记者对丘吉尔的采访，在采访中，记者问他如何描述艾德礼，他说他是“披着羊皮的羊”，惹得观众哈哈大笑。他看起来确实是个“普通人”，很可能会讨我们这些普通人的欢心。但是，大家都理解美国人觉得他是魅力四射的丘吉尔的可怜替代品，就像我们觉得杜鲁门不是罗斯福的继任者一样。

哦，亲爱的，我当然不会厌倦你说宝宝。请继续，就在纸上思考，我迫切地想知道你正在做的一切和正在想的一切。你从来没有令我感到厌倦，而是一直、一直、一直给我快乐，是属于我自己的美妙的、令人期待的那个人！我一定要看看能不能找到一本育儿方面的书，因为我显然有充分的理由认为我和你能够胜任这项工作，就像其他人一样，但我真的认为我们应该做得比别人更好。想想要是双胞胎呢！那可能就更好了，我可不认为支出会加倍。织衣服的时候要牢记这一点，哦，硕果累累，谁也说不准！真遗憾我不会织东西，不然我可以负责裤子，你负责马甲。

爱你。

克里斯

## 1946年2月2日

我亲爱的妻子：

等你收到这封信的时候，希望你已经在55号[①]住了几天了，而且住得很舒服，身心都很舒畅。如果有时间的话，我希望你能给我详细叙述一下搬家的过程，你爸爸或者威尔弗雷德有没有跟你一起？你有没有得到坐车的特权？那个包得严严实实的老衣柜是怎么运过去的？有没有丢什么东西？等等等等。这些都不重要，但我就是想感受一下那种氛围。然后，或许你可以稍后至少再稍微给我描述一下卧室（以及你的计划！）（抱歉，亲爱的，应该是我们的卧室），或者还有你将要在那里织东西、给你可爱的丈夫（也就是我！）写信的那个房间。我希望能想象你坐在那个位置上的样子。

亲爱的，我们家是落地窗还是普通窗户？防空洞怎么样？想到台阶，我就很不高兴。我想你可能弄不到地毯，所以你需要上楼的时候就咔嗒咔嗒地踩在光板子上吗？你睡在楼上吗？我会很有兴趣（非常非常有兴趣）听你说说你在做什么，而且希望你什么都跟我说说。

① 新家在桑德斯特德埃尔斯米尔大道55号，位于伦敦南部，靠近克罗伊登。

部队的拆分还在继续，我应该很快就会调动了。人的行为真是奇怪。我刚刚听说 2 月份放假的时候，有个家伙一直到晚上 8 点才回家，因为他怀疑妻子对他不忠。等他到家的时候，却发现妻子怀里抱着一个一岁的小孩。他与妻子重归于好，但我现在却又听到消息，莫名其妙地说“乔治·詹金的老婆又那样了”。对了，“乔治”是我知道的最不忠诚的人之一。

你说我们未来要避免成为“那种”郊区结婚型的人，你说的那些我都很喜欢。我想我们之前有许多共识，我们肯定可以成功地在我们的生活中保留我们早期所有美好的部分。所以，我非常高兴你支持我关于加班的想法，因为对我来说，毫无疑问大多数人都太热衷于挣钱，忘了追求钱财本身就会破坏生活的乐趣。

所以你认为那是第一次“发生”，是吗？我不记得是哪一天了，医生问了吗？还是你得告诉他个大概时间？

尽可能吃好、睡好、注意保暖。

爱你。

克里斯

## 1946 年 2 月 9 日

哦，亲爱的贝茜：

今天我休假，所以我去了那不勒斯。我对自己太满意了，因为明天我要带去 APO（军队邮局）的是——一块地毯！花了我 2100 里拉（2 英镑 7 先令），比火炉前的地毯稍微小一点，正好可以在你早上起床时把你漂亮的脚放在上面。你那漂亮的脚——啊，我美丽的爱人、美妙的女人，真希望我现在就可以亲吻它们。我爱它们，爱你的每一处、每一寸。在你收到地毯之前，你会一直处于一种焦虑不安的状态，但我非常确定我买的东西你肯定会满意。

我之前想着如果有机会就去拍张照片（现在只要 1 先令 6 便士就可以拍两张），现在照片已经附上了。亲爱的很抱歉，我已经不是约翰·巴里摩尔了，但至少你看到我的束腰外衣可以开心地笑一笑，看看，多适合我啊，而且你也可以崇拜一下我的奖章。我一般不佩戴奖章，今天是第一次，因为如果你“一丝不挂”地在外面转悠的话，意大利人会以为你是个菜鸟。

今天早上，我在那不勒斯遇到了一个非常可怜的意大利人。他刚刚从什鲁斯伯里回到意大利，他觉得那儿的东西棒极了。等地毯什么的到了，请你多写信跟我说说。

爱你。

克里斯

## 1946 年 2 月 10 日

我亲爱的、美妙的妻子：

周日下午，阳光明媚，湛蓝的那不勒斯港就在我眼前。你就在这个世界上——只是相隔千万里。

我无法形容我对自己买的那块地毯有多满意。要是还有钱的话，我应该会买两块，但我看到它的时候正好是买完其他东西之后。我已经下定决心要把你 3 英镑的汇票（等它到了而你又没有指定其他用途的话）花在地毯上了。

你能试着看看我们用的是什么电流吗？我相信电压是不一样的，当然，有交流电和直流电之分。最好的方法应该是直接问一下展厅。

我在那不勒斯看上了一个电咖啡壶（你喜欢吗，拜托？），15 先令 6 便士。（不过是 150 瓦左右的。）

你知道往“我们家”送邮件的邮差是从哪儿来的吗？我猜是克罗伊登。

很抱歉我刚刚看过你的信并注意到你的配色方案，本来我早就应该理解的，但之前一直没有。粉色加樱草花色的卧室，锈色加米黄色的餐厅。你说不喜欢蓝色，厌倦了绿色。很抱歉那块地毯上有很多绿色，但不管怎样，我现在肯定不会去买他们那条淡蓝色的了。

我这里一团糟：老台阶上有一块漂亮的埃尔多拉多石材，我没什么钱，却什么都想要。看到地毯的时候，我的眼珠子都快瞪出来了！

爱你。

克里斯

## 1946 年 2 月 11 日

我亲爱的、美丽的、美妙的、可爱的妻子：

我今天收到 30 号信，说你已经到了，你现在已经是萨里郡桑德斯特德埃尔斯米尔大道 55 号的女主人了。对于你（为我们）达成今天的历史地位所做的一切，我谨表示我最真诚的祝贺。你真的成就非凡。在行动中，你与那些在机会擦肩而过时摇摆不定地挥挥手的懦弱之人形成鲜明对比。不要无谓地否认你的能力。不要声称自己是他们当中最摇摆不定的人。你所谓的“女性弱点”的声明是在嘲笑你。我亲爱的妻子，我真为你自豪！

我让伯特在我的“欢迎信”信封上写上地址，因为我得让他帮我寄出以确保准时到达，而且我幻想着我的信包在从英国寄出的信封里会让你觉得我就在英国。

我喜欢你“没有炉子、没有电流、没有燃料”，然后“它们开始慢慢出现”的想法。我希望煤够用，你没有把整整3个月的配额（比如）3天就用完。很高兴你遇到了一个很棒的工匠（我敢打赌他至少挣了5先令！）、一个好人。电工似乎也非常乐于助人。做一个有魅力的年轻女子是一件多么了不起的事啊！

爱你。

克里斯

他们的第一个家：埃尔斯米尔大道55号

## 1946年2月15日

我的挚爱：

今天，我把你的3英镑花掉了，以每块1英镑4先令6便士的价格买了2块地毯（一块是棕色，一块基本上是红色，我觉得应该很配你的粉色卧室）。我会等你的意见，然后再继续买其他地毯。7

英镑10先令可以买地毯三件套（1块大的、2块小的），粉色的，质量很好。今天早上（作为昨天晚上在军士长食堂抽屉里搜罗的结果），我给你寄了一个电灯开关，就是用在床头的那种。希望你能用到，这种开关在英国可能找不到。

我不应该对织东西的事过度担心。我相信有个南非公司专门提供新生儿所需的一切。在那里可以找到很多在英国不容易得到的东西。

爱你。

克里斯

## 1946年2月20日

我亲爱的妻子：

很高兴听说你找人铺了亚麻油地毡（好用吗？），因为我之前想着你会像条眼镜蛇一样跟它搏斗，很费劲地想把它铺好。无线连接的事有点遗憾，我希望你能换一下房间，或者做些其他安排，不要太麻烦。这种事确实很尴尬。还有，我不喜欢你在床上织太多东西，因为这样很容易感冒。

很高兴你收到了完整的12罐番茄。只要我有钱，我希望能给你多寄一些。我觉得你一周吃掉3罐应该很轻松。我很好奇厨房的瓷砖为什么会掉下来，希望你能早点弄好。

谢谢你说你从来没有觉得我很粗俗。有时候我真的很想你（而且，如果你能理解的话，我想你的好多地方），我有好多事想做。

很高兴你提到对《修修补补丛集》的偏见。我将尽我所能避免过分渲染那幅特别的画，不过现在你必须小心谨慎，我不建议你过得太过悠闲自在和舒适！

据我所知，在30万部电话需求中，有7~8万部在伦敦地区。虽然电话还是很奢侈，但我真的认为这可能对你很有用，所以我建议你试着装一部。能不能给东南区经理（如果确实属于东南区的话）写封信，告诉他你的情况，看看能不能获得优先权？

爱你。

克里斯

## 1946年3月2日

我的挚爱：

今天我得到了一个桶（搪瓷的），但没有太多的时间去处理它。我只是稍微清理了一下，但包得很好，所以应该能安全到达。桶上没有裂缝（目前来说），我想等你拿到之后，应该会同意将它加入你的“清洁材料”中。我还给你寄了一罐3磅的橘子果酱（是巴勒斯坦的，但对外宣称是意大利的）和1公斤豆子（豆子看上去特别小，花了2先令3便士）。我还给你爸爸寄了大概300根烟，（真的非常）希望它们能安全到达。

很高兴地毯终于到了，而且你觉得很棒。我想让你告诉我的是，你在英国能不能买到类似的地毯，如果能，要多少钱？

我注意到你做了许多油漆清洗、台阶清洗之类的工作。我不能说你做得太多，但我相信你的判断力，不怕让你自己想：“我应该再做一点，但我不做了。”

把床单切碎是个好主意。你真是个天才！我能从这儿寄张床单回去吗？真的，我真的很想这样做，但我需要有关颜色和质量的要求。

在这里，1英镑多一点就可以买到很好的床单，2英镑左右就可以买到非常好的。

你在意大利地毯上滑倒的事让我很难过。我可以向你保证，除非我在55号感到安全，否则这种抛光擦亮将立即停止。

希望你能顺利找到一个牙医。最希望你能在感觉正常的时候完成这些工作，好不好？

对于肉体的事情，我不希望你写得比做过的更多。一般的，我也会避免顺着这些话思考。这已经不像以前那么难了——我不知道为什么——但我偶尔会很冲动地想要你、整个你、你的一切，而你的信总会在我某个冲动涌起时到达。请不要说任何言不由衷的话。迄今为止你一直都做得很好，请继续保持。如果你觉得自己必须那样写的话，那只会让事情更糟糕。我们如此透彻，完整地理解我们缺少的是相互支持。对我来说，被你爱是完全的、毫无保留的、温暖的、毁灭性的可爱和美妙。我知道你对我的感受与我对你的感受相同。我不敢真的说我渴望做任何事，我只想在你身边。如果不能，那我只有在给你写信和读你的信时，或者给你寄出吃的东西或让你开心的包裹时才快乐。

希望小龙虾适合你。三文鱼是2先令8便士一罐，等你打开一罐的时候，我想让你告诉我好不好吃。很高兴你在为紧急情况储备物资。

亲爱的，我爱你。

克里斯

# 12

## 我终于踏上归途，去你的怀里

## 1946年3月3日

亲爱的贝茜：

今天特别糟糕，一直在下大雨、刮大风。我们离开那不勒斯的时候稍微停了一小会儿，看到摊上在卖水仙花觉得心情很好，沿着高速公路干线前行的时候，白粉色的杏花也很壮观。回来的时候（没有空邮），我们收到命令要搬到部队剩下的最后一间兵舍，所以只能匆匆地把所有东西都搬上卡车来到这里。

现在，我和另一个家伙在一条4米长、1米宽的走廊上摆上床。（在我写信的时候，我的背靠在一面墙上，脚抵在另一面墙上。）或许你可以想象一下现在是什么情况。我也不知道。不管怎样，你是一名平民，而军队的方式（谢天谢地）很不平民。我们到这儿的时候，没有任何人知道接下来该怎么办。军士长和长官的营地里有很多空房间。但在这里，法西斯百万富翁的别墅里，除了这条走廊什么也没有。我们第一眼看到它的时候，里面装了差不多200个半品脱的啤酒瓶。我把啤酒瓶清出去，移走了很多陈旧的小摆设，然后发现有只狗早就把这儿当成厕所了。

现在我们担心的是，今晚要不要我们站岗。RSM（团军士长）会告诉我们用餐时间，但他们找了一些通常穿着便服的ATS[①]女孩作为军士长们的客人，所以团军士长到现在为止还没有出现过。“放倒那些男人”，几乎是我们的长官们永恒不变的座右铭。还有一天

---

① 本地辅助服务团。

晚上，这里一个叫洛基特的上尉在晚上11点的时候把一个女人带进兵舍，那个女人一直到早上7点卫兵走了之后才离开。这一切都是如此厚颜无耻。这样的人（还有许多其他军阶的人）怎么还敢说想回家？我们有个厨子把我逗乐了（他看起来就是像父亲一样很无害的那种）。曾经有一个女人跟他一起在旧兵舍里过夜。昨天晚上她又在这里跟他过了一夜。他说："如果上校都能把老婆带来，我也可以！"如果被抓到，会被关大约3~6个月。

恐怕这不是一封特别私人的信。不过我很烦很不高兴，挣扎在半便士的边缘。我希望等我稍微安定一些，能更好地写信。

爱你。

克里斯

另：天气可能会变，我的兵舍可能会变，但我对你的爱永远不变，也不会有任何东西可变。你是我的一切、我的全部，我对你永远不会满足。我不知道如果你当初发现自己不愿意接受我，我将如何自处。

## 1946年3月6日

亲爱的贝茜：

这里的工作（军队邮局，重新寄送信件）时间很宽松，每天8：30—12：15，然后是下午2：00—4：45。我们负责本部队的邮件，不过也会帮那些没有代表在的其他部队。这完全是一种休息疗法；上午和下午都有喝茶的时间。食物比我一直吃的少得多，也差得多。不过我不会饿死，这才是最重要的。

我一直在想：你认为在短时间内说服你的医生我对于你的健康

必不可少的机会有多大？如果你能成功诉求，我觉得我可能得到一份英国的优先照顾职位。我希望你考虑下是否可以在医生面前扮演一个痛苦不堪的妻子。你的年龄、战争、希腊事件可能都会有帮助。如果成功的话，我就不会起什么坏心思了。好几百人都因为没那么充分的理由离开了。在国外待了 3 年之后，我不觉得自己在逃避任何事情。

是的，总有一天我们会有墙纸。这个在这里也可以买到。我会试着问问价格。

爱你。

克里斯

## 1946 年 3 月 9 日

亲爱的贝茜：

我觉得自己就像一个疲惫的旅行者，吃力地走着，知道自己一旦停下来休息，就会发现很难再继续往前走了。我知道这种感觉很奇怪，但我已经受够了写作，这对于任何事情都是一种毫无希望的表达方式。我想我开始理解那些一个月写一次信的人是什么心理了。我真的特别愤世嫉俗，对于这场复员闹剧中军队里所发生的一切感到厌恶和痛苦。我的思想是最不节制、最充满激情的，定期给你写信至少能让我保持理智，迫使我把我的表达方式变成文明的术语。

我对此很“失望”，非常失望。我鄙视那些负责复员的人，我鄙视我自己，因为我被环境吓倒了。我讨厌我周围的人，他们都太刻板了。我讨厌可怕的厕所，恶臭漫天，堵了也没人在意。我讨厌跟其他 5 个人共处一室，而且没有一个人愿意夜里开窗户。我讨厌自己动不动就“发脾气”，容易受别人影响。对我来说，亲爱的，恐怕这些都不是“挣扎的日子”，因为我已经停止挣扎。我已经投降了。你回信的时候没必要说这个。在你的信到达之前，我应该已经被钟摆推着轻松接受了还要在军队里待5个月的现实，没有你的5个月。

桃子的事我很抱歉。它们变成什么样了？发霉？发黑？还是怎么了？

我很想听听你在做束腹带的过程中遇到了什么麻烦。要是我能陪着你帮帮忙，看一看，感兴趣地摸一摸那些东西就好了。

写这封信的过程中，我换了五六个地方，写了十几次。很抱歉，但我明天会试着做得更好一点。请原谅我反军队的言论。我现在感觉好多了！真的！

爱你。

克里斯

## 1946年3月10日

亲爱的贝茜：

很高兴你喜欢《相见恨晚》。我想流点泪对你有好处。现在，所有人的麻烦有一半都来自这种自我压抑。

关于窗帘，我希望你能稍微想一想，给我列一张还需要的东西清单，就像我在昨天那封凄惨的信中所说的那样。

答复装饰，我估计我们还得好几年才能把所有房间都贴上壁纸。纸张管控仍然很严格。那个奶油色的涂料，我是放假后第一周涂好还是第二周涂好？

如果睡袍之类的对你来说是多余的，你知道，我不介意你卖掉。

没必要弄一堆乱七八糟的不想要的东西。但我觉得你会不止一次地离开温暖的床去安慰小宝宝，这样你就需要两件睡袍。

你提到“变胖了、没腰了、开始鼓起来了”，这个我之前就说过，这让我非常非常想要在你身边，看着你，跟你一起评估，考虑你的情况如何。或许该建议你慢慢地走一走，不要跑着去追巴士。

我知道你必须出去寄信。寄信的地方很远吗？尽可能待在家里是个好主意。羊毛衫你肯定织了很久。

爱你。

克里斯

## 1946年3月17日

我的挚爱：

真的很高兴折叠椅安全抵达，我一点儿也不觉得意外。刷成浅色，这样会很有利。很高兴听到柠檬和沙丁鱼也安全到达的消息。

我确定未来几年内都不会有任何战争。一个非常好的理由就是，“任何时候都不会与苏联开战”的理由是，美国有原子弹，如果苏联攻击美国或英国，美国都会迅速使用原子弹，而且就原子弹方面来说，苏联的研究目前不太可能有什么成果。即使是实力相当的大国（战争只有在双方实力相当但感觉自己高人一等时才会发生），我也不认为有什么值得它们去争的东西。苏联不会在军事上做任何事情来阻止我们邪恶的资本主义阴谋，而我们也没有任何国家会阻止苏联独特的发展方式。

拜托，我对打包东西并不是很厌烦。感谢上帝，让我能做些事情来帮助你，用一些事情来证明我的心里一直有你。当我把露营床、电器配件、折叠椅寄给你时，就像一只收集树枝筑巢的小鸟一样。这种感觉真好，我亲爱的巴克夫人。

爱你。

克里斯

## 1946年3月19日

亲爱的：

周日，我和道格·泰勒（在邮局工作时的老朋友）一起去了水族馆，从外观上看，那里和我去过的其他大多数水族馆并没有太大的不同，都是玻璃板，没什么好玩的。我们去了章鱼展，但没什么好看的。“Aspet！”（“等一下”）管理员喊着，跑到场地后面，拨弄着水把可怜的章鱼赶出来。然后，我们去看anenome（海葵）（我也不知道是不是这么拼），它们正在那里开心地漂流。“Aspet！”他又跑到后面，刺激海葵，让我们看海葵因为察觉到危险而缩回管里或壳里的精彩表演。那个刺激动物的人对一根烟的回报很不满意，但我们就给了他一根烟。

我刚刚出来，意外地遇到了一个叫斯科特的家伙（之前30翼队的），我还以为他在意大利北部的乌迪内。他解释说他被送到那不勒斯休假（虽然并不是正式的，因为这里并不是休假区），来找他的未婚妻，一个18岁的意大利女孩，他们俩是7周前认识的。他已经准备要跟她结婚了。最后我要告诉你一个信息，这样你才能对这个人有个完整的了解：他在苏格兰的女友（他们已经订婚了）还盼着他2周后回家呢。

爱你。

克里斯

## 1946 年 3 月 26 日

我的挚爱：

我一直在非常认真地考虑到底要不要告诉你下面的这个消息，但我还是决定必须得让你知道。但在你往下看之前，我真的希望你一定要保持冷静，尤其是一定要保持你的乐观精神。

呃，黛布昨天给我来信了，还附上了“大都会”分部发的一张传单。上面说邮局已经同意“……要求从 B 类部队中释放相当数量的人员”。如果劳工部同意邮局的请求，我应该不会意外。我不知道会采用什么程序，但如果这样，如果那样，或是其他，你可以看看可能会发生什么。我昨天很激动，而且心怀希望，我不敢说我已经完全放松下来了。首先，邮局要柜员就是往前走了一步，这表明有机会，这是我们该抓住的一根稻草。不过，亲爱的，我不想让你抓得太紧。可能一个月都没有任何动静——之后也是——谁知道呢？或者 6 个月都没有任何动静！

你“心心念念一个日期”的状态让我很难过，珍妮特或克里斯托弗加上与我分离的痛苦，我相信你应对得很好。我真希望能照料一下你的脚指甲！恐怕我得一有机会就亲吻你的脚趾，因为我真的太想在你身边了。

亲爱的贝茜，希望天气可以继续好转，希望这段分离给你带来的痛苦不再那么难熬。

你要一直记得你在我心里，你是我的一切。

爱你。

克里斯

## 1946年3月27日

亲爱的：

你说珍妮特或克里斯托弗会改变我们的行为，我觉得对于这个无须过分担心，不管怎样，我们的孩子都不会成为我们之间的阻碍。目前来说，珍妮特或克里斯托弗还在后台候场。我不知道等他/她正式登场的时候我会怎么想，但我想告诉我们所有的宝宝，我们俩都不会为任何事情牺牲彼此。亲爱的，我非常确定我们对彼此的感觉会继续像现在一样，我们会更加、更加、更加爱对方——而且我确定我们首先是爱人，不只是现在，而是永远。

是的，布莱顿很棒，虽然那好像已经是很久以前的事了，但有时候却觉得那只是昨天的事，明天我们又会在一起，就像之前一样。哦，那段时光多美妙啊，没有束缚、不必压抑，我们内在自我地流动与交流。能够从思想上和肉体上表达我们自己真的太好了。我们彼此相爱已久，能这样说让人觉得好舒服。与你在一起的每一刻我都很快乐，而且我知道我会一直如此。你那可爱的声音，你的智慧，你那美到令人窒息的可爱身体——哦！在你身边，我睡得比在军队的任何时候都好，这并不是因为我累了，而是因为你就是我的家。

我希望能在棚子里做些木匠活。你问过煤气拨火器了吗，还是你不喜欢？

爱你。

克里斯

## 1946年4月1日

亲爱的：

很抱歉你去诊所的时候不得不忍受其他人令人沮丧地讲述他们的婚姻问题。我想，人们在向几乎不认识的陌生人讲述自己丈夫的不足时，肯定是想做点什么，虽然她们也是被期待者。你所听到的证实了我早些时候的观点：对一些夫妻来说，战争是一种完全可以接受的打破单调的方式。的确，丈夫会改变——仅仅是成长的过程就会使他改变——但我认为，一些变化妻子会想到，她很可能已经在丈夫的影子上赋予了他从未真正拥有的各种美德。

我刚刚读了肯尼斯·霍华德的《退伍军人的性问题》，雷夫·莱斯利·威瑟海德牧师做的序。目前来说，我对它的评价是很好看、很不错。其中一个观点是，军队生活在一些婚姻中是一次受欢迎的分离。里面说结了婚的夫妻必须成功地变成“我们”，然后孩子们很可能会效仿。还说嫉妒是完全可以理解的，因为其中一方热切地渴望完全占有另一方。

对于我自己的小问题，上面是这样说的：“99%的男人都有过自慰的经历，剩下的1%是骗子。”这种行为是无害的，除非长期每天频繁自慰。远离家乡的已婚男人可能会在醒来后发现自己无意识地这么做了。回归正常生活后这个问题就不存在了。他说刚刚结婚或回家时，性无能（他将其定义为无法变硬并保持勃起）也不是什么不正常的事，不过通常会逐渐恢复。如果不行，那就应该寻求医疗帮助。这本书的潜在目的是表明婚姻中的一方必须仔细研究对方的需求和“喜好”。也就是说，如果一个人进入一个行业，那他就要研究这个行业，如果想要和另一个人成功地幸福生活四五十年，那也必须同样地去钻研。我想我没法把它寄给你，不过这本书确实值得一读。

我们的情况与那些战前就已经习惯婚姻生活的人不一样。正如你所说的，我们确实是从头开始。我觉得我们俩已经朝“我们”走了很远，而且我们的智慧将使我们能够成功地应对挑战。我还想说，很多人作为一个“军人”离开了军队，他们说话很大声，凡事不过脑子，喜欢显摆。短暂的军旅生活对我影响很小，我觉得我几乎没有丢失任何平民的美德。

【未完】

## 1946年4月5日

亲爱的：

前天晚上我去看了一场综艺表演。一个硬汉把马蹄铁（台上的士兵检查过）放在嘴里，咬在牙齿之间，然后用手把马蹄铁掰成了两半（太残暴了）！一个魔术师凭空变出来好多鸽子，然后转眼又让它们消失得无影无踪（也很残暴）。表演的名字叫“原子幼崽”，但吸引我的并不是这个有些不雅的名字。真正吸引我的是一位我从未见过的客座艺人，所以觉得我想去——然后我就去了，坐在观众席的第二排，离格雷西·菲尔兹大约有4码。她穿着一件深蓝色蕾丝长袍，打扮得很漂亮。她唱了很多歌，包括《克里斯托弗罗宾》《圣母玛利亚》《莎莉》《我的英雄》，我觉得很不错。她有自己的钢琴师，钢琴师也弹得很棒。她还收到了一束花。我想到她演出后穿过大海回到卡普里，离我这么近。我很高兴自己去了。其他“艺人”都很一般，喜剧演员也很差劲。或许有个笑话你会感兴趣。一个女人骑着骆驼去动物园，但骆驼突然把她扔下，然后以闪电般的速度顺着路跑走了。饲养员问她对骆驼做了什么，她回答说："我就是挠了挠它的肚子。""哦，"饲养员说，"那你最好也挠挠我的肚子，因为我得把那个精力旺盛的家伙弄回来。"

顺便说一句，我可以在这里弄到很多盒克里奈克斯纸巾。你想要吗？

爱你。

克里斯

我建议按下面这样写：

区域主管，行式打印，印刷总局，EC1

尊敬的阁下：

"B 类人员"复员——抄送并发送

埃尔斯米尔大道 55 号，桑德斯特德，萨里

我从一位邮局的朋友那里听说，劳工部已经同意从 B 类部队中复员一些柜员，服务期限为 3 个月。

我真切地希望我丈夫这种要求复员的请求不会被忽略，如果您能对下面这些关于他的详细信息稍加留意，我将不胜感激。

军衔等：

部队：意大利。

先前地区：

入伍时间：

登船时间：

A/S 组编号：14232134 信号员 H.C. 巴克。

他的复员对家里将是莫大的帮助，因为我7月份就要生宝宝了。非常感谢。

真诚的，B.I.巴克

## 1946年4月9日

我的挚爱：

我们必须留出点钱准备买一些“必需”的家用设备。或许是几把椅子、一张桌子、玻璃器皿、窗帘、亚麻制品，可以是类似的任何东西但不必全部都买。我建议在心里为这些东西留出20英镑。

然后是珍妮特或克里斯托弗。我不是很清楚这方面会发生哪些费用。我想第一年（就是我们现在正在考虑的）的衣服应该花不了多少钱，但接下来几年可能会让我们破产。不过我估计婴儿床要5英镑，手推车也要差不多5英镑。当然这些应该不会花费很多。还有，我认为我们必须增加20英镑买一张婴儿床上用的橡胶板，还有布，等等，总共要30英镑。所以：

| | |
|---|---|
| 珍妮特或克里斯托弗 | 30英镑 |
| 衣服 | 35英镑 |
| 家具等 | 20英镑 |
| 税费、账单等 | 15英镑 |
| 总计 | 100英镑 |

我昨天收到了黛布、妈妈、罗西，还有其他人的信。黛布想知道好天气是不是原子弹导致的？妈妈——呃，跟以前一样。她竟然

提到伯特，“他不理我了”，我想，这差不多是极限了。

在一本美国杂志（我记得应该寄给你了）上，我认为达到了另一个极限：上面是电热毯的广告，“睡前几分钟打开就行了”。在春季发布的一款产品中，妻子那一侧的加热温度可以与丈夫那一侧不一样！我的天哪！

爱你。

克里斯

## 1946年4月21日

我亲爱的、最最美妙的、可爱的、美丽的女人：

“B类人员”计划成功了，我们很快就会团聚。我花了好几个小时想开个更好的头，但这么美好、美妙的直白语言我还能如何修饰？想要告诉你的第一件事就是：请不要再写信了。（最好是坐下，如果你已经坐着了，那就想想以后都不用写啊写、写啊写的是件多么美好的事。）

今天是复活节，我会稍微晚一点走，不过我觉得我极有可能在5月5号那一周到家。这就是军队里一贯的不确定性。看起来似乎还要等很久，不过我应该可以每天给你写信，告诉你我到哪里了。

我想我应该会坐火车走，在米兰停留几天。等我回到英国的时候，估计我得先去瑟斯克，然后去吉尔福德。这些都需要时间。在收到我告诉你我已经到达英国的电报之前（我会从多佛发出），请不要改变你的习惯。到时候离我们团聚的日子、离我幸福的日子就只剩几天了。哦，我没法告诉你我是什么感觉！

请一定要保持冷静。首先需要清楚了解的一点是，在我的电报到达之前，你不需要停止出门。之后，你可以待在家里，但如果需要的话，一定要出去走半个小时左右。下面是展示你良好判断力的地方，第二点是，我不希望你为了把东西收拾得整整齐齐、挂窗帘或者其他什么事情把自己弄得很辛苦。

在我最终踏上归途之前，脑子里会想到许许多多“要做”的事。

从我们喜欢——并且敢于做计划开始，我们的计划就一直在变。这种改变是非常好的，我非常赞赏。我们会永远在一起，接下来的几个月本来会凄凉地继续分离，现在却会幸福地在一起。想到这么快就要与你呼吸相同的空气，想到就要闻到你的气息、看到你、听到你的声音、爱着你，叫我怎能不激动？亲爱的，我挚爱的，我们漫长的分离就要结束了。谢谢你所表现出来的勇气，谢谢你在平凡的命运中所燃起的斗志。我们很快就可以投入对方怀中，我们很快就可以一起喝可可、一起入眠。我将带着怎样的喜悦、欣赏和自豪看着你脱掉衣服，我将带着怎样的喜悦和欣慰迎接你进入温暖的被窝，我将带着怎样的狂喜把你搂在怀里。

请你一定一定不要太激动。你在家独守空房的日子只剩 3 个月了，我们不仅有了家，而且会一起住在家里，就是这个时候，是不是太棒了？很快、很快、很快，我的唇会奉上我对你的爱和感激，我的双手会臣服于你。

我挚爱的、最最可爱的女人，我是你的。我爱你。

克里斯

## 1946年4月21日

哦，亲爱的：

希望你现在已经很好地接受了这个巨大的消息：我们即将团聚，很快你将不再收到任何信件，而是直接见到我。我真的要回家了这个想法还需要一点时间来适应，但当我到达的时候，你已经完成了精神上的飞跃，并且做好了准备。

我们将开始真正意义上的生活。想象自己去伦敦桥车站、去桑德斯特德、去公共汽车站，去找你，与你一起生活真是太美好了。请允许我首先做你的爱人，其次才是其他，而且永远如此。

我想提几个奇怪的地方，以继续保持平淡无奇的风格：我已经要求道格继续使用三面镜子了。他坚持要付浴室那面镜子的钱。所以另外两面将花费我们3英镑4先令。这个钱我来负责，生活是不是太美好了？

妈妈问我你想不想要擀面杖，她很乐意把她的给你。这个我们以后再讨论。

啦啦啦啦。

我今天寄了一个箱子回家，里面是些零零碎碎的东西：我在箱子上写了“退伍军人的个人物品”。

爱你。

克里斯

## 1946年4月22日

我的挚爱：

我不知道我对于平民生活会有什么反应。我远离这样的生活已经有4年了，可能会被吓到。我知道你会在我适应的过程中帮助我，告诉我必须怎么做。其实，即使是在入伍之前，我也有很多缺点。我有很多东西要学，希望你能督促我学习。我完全能够理解我目前所做、你宁可我没有做的事情。当这些事情出现，或者我这么做的时候，请一定要告诉我是哪些事。我想做一个完美的丈夫，我非常清楚，我目前几乎没有什么资格！还要靠你多多调教。

我应该马上就能帮上忙，因为楼梯布可能很快就到，我可以帮忙把它铺上。我想我们需要楼梯扶手，但可能买不到。

我应该能够轻而易举地做任何重活。我们应该没什么可担心的，钱也不会真的成为什么烦恼，不过很遗憾我们没有再多几百英镑。希望你的“鼓起来”不会妨碍我们拥抱。

稍后再说。我不知道也不可能知道几点能到家，请不要在车站等或者在公交站等，或其他什么地方等。有的时候，有些人到了英国后过了一周才回家，而另外一些人两天就到家了。在收到我的电报之前，你该做什么就做什么，收到电报之后，呃，我建议你可以出去稍微买点东西，但不要去克罗伊登。

比我厉害的人可能会特意穿“便服”回家，不过我应该会穿看起来最方便的衣服回家。我回家之后很快就会把军装脱掉，穿上灯芯绒裤子或其他什么方便的衣服。我很可能还会洗个澡，只是为了测试一下“我们的”浴室！

坐在同一张桌子前看着对方吃饭是不是太棒了？

我爱你。

克里斯

## 1946年4月23日

我的挚爱：

谢谢你寄来我马上就要看到的房间布局。你问“你要住这里吗？”我的回答是——我很快就会住！你建议我一回家我们就去床上，我的答复是：“好！”不过真的比以前好太多了。10月份的时候，我把你搂在怀里，那么温暖、那么甜蜜，但又那么短暂，后来，我们只能跟你爸爸一起坐在客厅里。

蒲团——我有个主意——如果他们让我留下我的行囊，你能把它做成一个蒲团吗？涂上颜色，填上衬垫？

不给我写信的日子里你过得怎样？从现在到我回家，你可以省下好多个小时——亲爱的，这些时间就用来织织东西吧。乖女孩，不要编织一个巨大的“欢迎回家”的标志。我知道我很受欢迎！

我想你。我爱你。

克里斯

## 1946年4月25日

马上就要见面的宝贝：

哦，我已经动身了，现在正在距离那不勒斯几公里的拉曼临时宿营地给你写信。到现在为止，我才到了这里一个小时，领了餐券、帐篷号，弄了一张床。我跟其他8个人一起，都是“B类人员”，主要是建筑兵。我最初估计“在5月5号那一周到家”，现在看来仍然是这样，只是可能得周末了。

亲爱的，我那天早上都不想吃早餐了。我希望我们就像在27号时那样，在床上躺到10点钟，然后吃一片果酱面包。我想跟你躺在床上，不只是夜间在睡梦中相互理解和问候，而且要为新一天幸福地欢呼。哦，再一次亲吻你可爱的嘴唇，与你说话、听你说话。我挚爱的，我全心全意地爱着你。我的力量是你，因为它源于你、止于你。

爱你。

克里斯

## 1946年4月27日

我亲爱的妻子：

我刚刚听到一个谣言，说得还挺真的，说是德比队在加时赛中击败了我们队。真不走运。要是我爸爸还在，听到这个结果该开心死了。今晚伦敦有很多人要心碎了，而且我估计有大笔钱要易手。

你去现场看过全国越野障碍赛马吗？我觉得这真是个丑闻，就像一项血腥的运动，竟然期望那些马无所不能。只有6匹马跑完了全程，至少有一匹要吃枪子儿。

爱你。

克里斯

## 1946年4月28日

今天是周日，一切顺利的话，我们明天就会启程离开这里。所以，这将是我们在意大利度过的最后一个周日了。我下个周日踏上英国的土地还是有一点点希望的，真的太好了。当我离开那不勒斯，真的开始踏上去寻你的征程时，我会更开心的。

你觉得以合理的价格把我的靴子、衬衣、战斗服卖出去，然后换来等量的优惠券，这个主意怎么样？会有人买吗？如果有，我完全赞成，因为这样把它们处理掉真的太方便了。

我觉得从现在开始我可能只会写一些小纸条了。我今天很累，希望时间能快点走到明天晚上，到时候我们就可以离开那不勒斯了。到那时，每一公里我都将更靠近你、更靠近家、更靠近生活。我的挚爱，这种等待真让人筋疲力尽，是吧！等我到你那儿的时候，我会好好地清洗一番。

我的妻子，我爱你。

克里斯

## 1946年4月29日

亲爱的：

今天是周一了。

现在是8点30分，今天离开的人的名单将在10点30分公布，所以我还得熬过2个小时才能知道到底是最好的结果还是最坏的结果。没有人事先知道，我们的计算是基于希望而非信息。

我刚刚去办公室问了下薪水问题（铩羽而归），听到他们说53个复员的“B类人员”中的42个今晚出发。我几乎可以确定名单上肯定有我，所以谢天谢地，我终于可以去自己想去的地方了。今明两晚我会睡在火车的地板上，很脏、很不舒服——但很开心。亲爱的，在见到你之前，我还有漫漫长路要走，但只要我没有停下，我就不会介意。可怕的是无所事事。就比如现在，我只能无所事事地待在这里，没什么特别可做的。

名单公布了，上面有我。万岁！终于要走了。我很快就会在离开这里之前最后冲一次澡，稍后再刮刮胡子，这样我在路上就不用刮胡子了。我要去拿个小袋子把我的口粮装上，然后把行囊腾出来准备装东西。然后早早地喝个茶，在车站等2个小时，然后上车出发。我对路线一清二楚。我老早就在想象自己踏上这条路了。

我上路了。去找我们共同的生活，去你待着的地方，去感受你说的凉爽，去你安全的怀里，去寻你的温暖。

我爱你。

克里斯

## 1946年5月1日

亲爱的，我是你的：

我现在在所谓的“永恒之城”写这张字条——我们走了11个小时才到这里。我刚刚吃过早餐，鸡蛋和培根，稍微洗了一下，准备迎接6个小时后的下一站。11个小时走了240公里并不算快，但没什么好担心的，因为每一公里都是离我亲爱的妻子、可爱的贝茜更近的一公里。

我们希望不要在米兰耽搁太久，因为从5月2号开始，军队火车不再走瑞士，而是改走奥地利。这可能意味着我们得迅速穿过米兰，或者被送到博洛尼亚，然后再去奥地利。不管是哪种情况，我都相信一周之内（也就是周三）我肯定能到家。

除非海峡里有雾或者什么大事，否则我觉得我应该7天之内就可以和你在一起了。听起来好像还是要很久很久，不过我亲爱的、可爱的宝贝，时间会很快过去的。等你收到这封信的时候，如果走运，我应该快到加来了（如果我们要被送去那里的话）。

我会迅速换上你拿出来的随便什么衣服。希望你有很多事想做——这是我非常期望的——任何你本来可能只能自己做的工作。明天——米兰！

现在就是明天了。我已经到达米兰，趁吃早饭前迅速写下这封信，好赶上今天寄出去。现在才早上7点，所以今天什么事情都有可能发生。

亲爱的、亲爱的，我爱你。

克里斯

## 1946年5月4日

【多佛】

我的挚爱：

我乘坐的船在今天大约3点到达这里。早上8点，我们将离开这里去车站。我预计周日晚上8点到达瑟斯克。如果周一（我挚爱的读者，对你来说就是“今天”）走得够快的话，或许我可以周二到家。我不知道。我们只能祈祷最好的结果。

虽然明天晚上我将在300公里之外，但亲爱的，我离你只有80公里，而且终于踏上了同一“块”土地。这真是一大进步！今天到不了你身边令我很伤心也很痛苦，但军队从来不考虑个人感受。

这里的所有人都看起来很精神、很健康而且营养充足。这里有大量炸弹和（推测）炮弹破坏的痕迹，但似乎没有采取什么补救措施。

亲爱的，我真的好爱你。或许你现在已经收到我的电报了，知道我离你很近。亲爱的，今晚我们就能在比之前几个月都更清楚对方位置的情况下入睡了。我应该会很欢喜。亲爱的、温暖的女人，我离你并不是很远。

我挚爱的，我爱你。

克里斯

## 1946年5月5日，5月7日寄出

我的挚爱：

我现在已经到达瑟斯克，吹着刺骨的寒风在车站等了一个小时。

非常抱歉我用"可能周二"激起了你的希望——现在好像得说"可能周四"了。这样的耽搁令我焦虑，相信你也是。不过恐怕我们都只能尽可能地放松。请你千万不要尝试去车站接我之类的，因为我可能不在那趟火车上或者不是那天到。我会尽可能早点到。

到目前为止，我们在英国吃的食物都很丰盛——奶酪、香肠、人造黄油、面包，还有健康烹调食物。这里的水龙头有冷水和热水，上完厕所之后可以拔塞子。像家里一样舒服！

明天还是这样，不过我真的希望明天我能有更多关于我归期的消息。现在我要上床睡觉了。亲爱的，很快、很快、很快，我就会跟你一起上床睡觉了。

希望我最后的这几封信不会让你心烦意乱。我知道里面有很多错误。不过不管怎样，我真的希望能一直写下去，说点什么，保持联系。如果早知道现在所知道的情况，我可能会让你给我往这儿寄信。哦，为什么到最后了还要这么烦人地耽搁？

我的妻子、我的女人、我的贝茜，我爱你。

克里斯

## 1946年5月6日，5月7日寄出

我最亲爱的、美妙的妻子：

你收到这封信的时候应该是周三了。还有24个小时，你就会躺在我怀里了。我今天明确地听说我周三晚上会离开军队，所以，我挚爱的，这将是你最后一晚独守空房，今天是最后一天我不能亲口告诉你我多么需要你。太棒了，是不是？

今晚（周三）睡觉的时候，把闹钟调到6点30分，因为我会很早就到。我们明天（周四）早上要共进早餐（希望你今晚能睡个好觉！）。

我今天（周三）会给你发一份电报，上面就写“周四早餐”。夜晚降临的时候，我就会踏上去寻你、寻你、寻你的路，我亲爱的宝贝、我最珍贵的人。

等你起床后，试着烧点热水，这样我就可以洗澡了，拜托。然后稍微吃个早饭（香肠和番茄怎么样，或者吐司和番茄），等你。准备好花洒……

我的电报会从约克寄出，但之后我会返回瑟斯克。我们去那里只是为了拿到平民服装，然后必须在复员后原路返回！军队就是这么没道理。

亲爱的宝贝，我们现在真的很近了。再有20个小时左右，我们就会在一起，拥有彼此。

这很可能是我的最后一封信。去“伦农”的邮车下午3点30分从这里出发。

亲爱的，亲爱的，挚爱的，贝茜，我爱你。

克里斯

## 1946年5月7日

亲爱的：

呃，一切都很顺利，我已经得到了所需要的所有确切消息。我会在周四早上回家吃早饭。

让我们吃个简单的早餐（为了我），因为我敢保证，长途跋涉之后我的胃肯定会有点不舒服。然后午餐也吃简单点，不用花太长时间准备，把“真正的大餐”留到晚上。好吗？这样就没什么好着急的，我们可以随心所欲地处理事情。我想在周五之前你应该不会想要带我去克罗伊登转转。希望不会，因为我真的真的想完全私人地拥有你多一些时间。我希望我们稍微有点计划，但如果可以的话，我希望我们可以愉快地度过三周，漫无目的、顺其自然。

亲爱的，今晚是我在军队度过的最后一晚。明天晚上我会在火车上度过。周三晚上你上床睡觉的时候，想想我正沿着铁路加速奔向你，这是你最后一晚独自入睡。还有，记得等你早上醒来的时候，你就可以听到我的声音，看到我了。

我挚爱的宝贝、我的唯一，谢谢你这几年来为我所做的一切，带着我们的爱，我们一定可以克服日后所有的困难。我永远都配不上你的好，但我真的会非常努力地让自己变得更好，而且我知道你一定会帮我。我们将成为伙伴、同盟、男人和女人、夫妻、爱人。

我爱你。我想你。我需要你。永远。

你的克里斯

# 编后记

伯纳德·巴克

父亲踏入埃尔斯米尔大道的家门13个星期后，我出生了，并且以我母亲特立独行的偶像乔治·萧伯纳的名字命名。我的弟弟彼得随后于1949年出生。我们成为一个战后故事中的角色，有近60年，我们对那些最终导致我们降生的信、浪漫和戏剧化的故事都一无所知。

这一切在2004年我去看望刚丧偶的父亲时发生了变化。他拿出一个小蓝盒子问："这些东西我是扔掉呢，还是留给你？"他说的就是他战时写的那些信。他说在他和我母亲都去世之前，谁也不能看那些信。根据他的指示，我直到2008年才打开那个盒子。

我把那些叠得严严实实的包裹拿出来，发现里面有500封个人信件，笔迹干净漂亮，写在薄薄的蓝色航空信纸或NAAFI抬头的信笺上。我花了几个星期的时间看完了大约50万字的信，沉浸在充满爱、渴望和沮丧的战时世界中无法自拔。

我和父亲一起在沙漠里看他记下猪和老鼠的死；我和母亲一起在伦敦勇敢地面对爆炸和火箭弹。看着他们的信，我脑子里又浮现出他们的样子——神采奕奕、充满激情、明察秋毫、聪明可爱。

我决定建一个档案馆，把这些战时的信与卖掉父亲的房子时从那里收集来的其他一些文件放在一起。莱斯特大学的管理人员凯蒂·艾吉同意打印这些信件。

我对这些文件进行了整理和编辑，并准备了一份详细的清单。我们计划将最后的成果保存在萨塞克斯大学的大众观察档案室中。

贝茜和两个儿子，伯纳德（站着）和彼得，在伍拉科姆路27号的花园里

我父母的信中既有危机重重的冒险，也有枯燥乏味的寂寞生活，而且表达了他们之间因经历战争而日益强烈的爱。我开始问，随着激情退去，以及创造激情的语言逐渐淡出，随之而来的家庭生活和以孩子为中心的生活是否属于一种反高潮。

父亲并不这样认为。1946年离开军队后，他很高兴有了妻子和儿子，并且陶醉于自己的房子和花园。他很高兴能回到邮局柜台。

母亲就没那么淡定了。自从她的母亲在战争中去世后，她就觉得自己有责任照顾哥哥和父亲。他们在她老家——伦敦东南3区布莱克希思——管理家务的尝试非常没有说服力，这令她十分着急。父亲似乎非常理解她的感受。所以新家庭成员都搬去跟老家庭成员一起住，这样母亲就可以照顾我们所有人了。

1947年，外公把布莱克希思的房产卖给了我父母。彼得出生后，外公觉得房子太挤了，住得不舒服，就去萨里投奔他妹妹了。父母在伍拉科姆路27号一起度过了剩下的日子。

母亲的哥哥，威尔弗雷德，一直都是妹妹婚姻生活中的一分子。威尔弗雷德舅舅内向、温柔、宽容，与父亲的活泼、严厉形成了鲜明对比。我小的时候就是家里的宠儿，有4个大人跟我说话，给我讲故事，陪我玩游戏。

我有一些20世纪40年代家里人在海边拍的一些照片，母亲抱着彼得，我站在她旁边。父亲在邮局资历不够老，这意味着我们度假只能是初春的时候，从3月份开始。我们的照片说明那时的北肯特海岸寒风凛冽，我们在海滩上冻得瑟瑟发抖。

母亲小时候一直陪着我们，做饭、等我们放学。当我们得了水痘、麻疹或腮腺炎时，她会把客厅里的两把扶手椅推到一起，这样我们就不用单独住在楼上了。

她相信教育的重要性及其在个人和社会发展中的作用。她教我们读书（对我来说，这是一个缓慢而令人沮丧的过程），让我们一边刷牙，一边洗脚，一边背诵表格。后来她用《急救英语》和模拟智商测试纸提高了我们在升学考试中的口头推理成绩。

母亲在文法学校接受的教育使她在家庭作业方面大大发挥了作用，尤其是在我们上中学的时候，但当我在代数和法语中挣扎时，紧张气氛就会加剧。

她自己也是个失眠症患者，却让我们早早上床睡觉。我们会在床上蹦蹦跳跳，在傍晚的灯光下无法入睡，我们会从卧室的窗帘间偷看父母在花园里干活，还有舅舅在照料他新买的助力车——急速NSU。

母亲热情奔放，偶尔也好斗。有时她觉得自己被家里的男人们压迫着，包括她的儿子，她总是与我们争论，不管我们可能变得多么成功，受过多么良好的教育。

她一生都热衷于阅读，尤其是哲学、历史类书籍和侦探小说。母亲很欣赏那些充分体现女性勇气和能力的作家，非常喜欢萧伯纳、伯特兰·罗素和鲁德亚德·吉卜林。

20 世纪 50 年代初，贝茜和克里斯在布莱克希思

父亲是个不知疲倦的人，总是在家里忙来忙去。他身材瘦小，体重从来没有超过 10 英石，但对我们来说，他似乎非常强壮，像一台精力充沛、满身汗水的发动机，在花园里翻着泥土。他对除草、挖土豆兴致勃勃，会按照指示在指定的地点挖并且照料妈妈珍贵的植物。

鸡蛋是有配额的，所以他自己在后院里养鸡，而且必须处理逃跑的小鸡、球虫病和大堆大堆的粪便。他找到了治疗啄羽毛的法子："就是松焦油，我在羽毛上涂了很多这种很黏、很臭的东西，后来突然意识到应该只涂伤口的，但为时已晚。"

他会抓紧时间洗碗，盘子里的东西还没吃完就把我们赶去喝淡奶。但父亲喜欢食物，尤其是特别喜欢做食物，包括他称之为烙饼的烤薄饼，以及罐头三文鱼胡萝卜碎。

跟用木头给我们做战舰，送给我们板球拍、积木和小士兵的威尔弗雷德舅舅相比，父亲似乎不太适合跟孩子们玩耍。有一次他下班早回到家之后宣布"我现在是你们的了"，但大家都不知道接下来该做什么。

后来他说，他的想法受到了悉尼·弗兰肯堡夫人的《育儿常识》的强烈影响，她建议不要过分刺激孩子。所以，父母给我们看书（亚瑟·兰塞姆、罗伯特·路易斯·史蒂文森、H.G. 威尔斯），而把玩具、游戏和运动都留给和蔼可亲的舅舅。

父亲对自己的柜台工作充满热情，是邮局工会（UPW）的坚定支持者。他服务于包括肖迪奇在内的不同分局，曾负责剑桥希思路 493 号，后来又成为西部地区主管。

相比战前，父亲参加的工会会议少了，但他在 1954~1967 年间为邮局写了 250 多篇文章。他的《柜员日志》从人性化且诙谐的角度描述了邮局柜员的生活。

我能想起父亲在楼上的卧室里，坐在他的奥林匹亚打字机前敲打着键盘，寻找合适的单词或短语。在《晋升前景》（1957）中，他回忆了自己的职业生涯：“邮局职员的职业生涯分为 3 个阶段：入职、晋升、退休。在这些事件前后会发生很多事，但真正重要的不过是报到、升职、离开。”

当我们想商量一下看电视、写作业、零花钱或者睡觉时间的问题时，父母的亲密关系对我们来说会是个麻烦。他们真的是密不可分。就算偶尔眉头都皱起来了，他们也从不争吵。你根本不可能赢。

当我们都上学后，母亲的激情表现得更加明显了。她全神贯注于花园，种了各种各样的植物。她会抬起一棵藜芦头，在客人们凝视它复杂的美时叫道：“看，看这个！”40 岁时，她开始了艺术家生涯。

最开始是鲁宾斯、毕沙罗等人的水彩画和油画临摹，后来她去了巴黎，爱上了塞尚、莫奈、马蒂斯和毕加索。她去参观伦敦画廊，参加成人教育课程，还在查令十字街上搜寻带有她最喜欢的画作插图的书籍。

她从花园里摘来鲜花，努力用一种特别的光线捕捉它们的美，并以毕加索的风格画了她自己的立体派斗牛。她织了一条楼梯地毯（80000 节，8 码长，2 英尺宽），这条地毯后来成为父亲一篇文章中的角色：“地毯越来越重，越来越臃肿，看起来很舒服。现在，它一直卷在长沙发上，好不容易被说服了不再养它，这就是我妻子创造的娇生惯养的怪物。”

父母都是当地工党的活跃分子，并且加入了核裁军运动（CND），当时人类似乎正准备将地球化为尘土和灰烬。他们参加了奥尔德马斯顿游行，并且终生积极参加和平运动。

在 70 岁出头时，父亲出现在格林汉姆平民妇女和平营，胸前挂着战争勋章。他并不完全明白，反对巡航导弹的抗议活动只针对女性。母亲去世时，她自己织的帽子上别着的 CND 徽章就放在床边的抽屉里。

但父亲比母亲更有意识地参与政治。他热衷于阅读报纸，通过《每日先驱报》《新闻纪事报》《曼彻斯特卫报》和《新政治家报》的版面了解了造成自己那个时代的根本原因。

他威胁说，如果他的儿子接受洗礼，他绝对不会参加。他坚持认为，虽然我们在升学考试中取得了成功，但我们应该去一所新的综合学校（埃尔瑟姆格林），而不是当地的文法学校。

这个决定引起了很大争议。朋友们认为我们的父母是在为他们的原则而牺牲我们。相反，彼得和我在一种似乎一切皆有可能的教育实验氛围中茁壮成长。我们都在剑桥大学的冈维尔和凯厄斯学院学习历史。

随着我们逐渐长大，我们意识到我们的父母是不同寻常的，甚至是非凡的。他们的精力充沛和对传统近乎偏执的漠视给他们的朋友、孩子、孩子的朋友，最终还有孙子孙女们带来了巨大的挑战——同时也带来了惊人的刺激。当客人们进入房子时，他们受到的迎接是被不断地问问题，这些问题把他们拉进了关于政治、宗教、哲学和生命意义的激烈辩论中。

升职后，父亲变成了一个热衷旅游的人。家庭假日从北肯特海岸变成了法国、意大利、南斯拉夫和瑞士。他预定的餐馆、火车和酒店都是经过精心安排的，但有一次，当我们到达维多利亚时，本来应该给我们提供票的中介却全然不见踪影。父亲主持了这次派对，从伦敦到原本计划的卢布尔雅那的路上，他一直在说他已经在辛普伦东方快车的餐车上预定了晚餐。每一次边境检查和检票时，我们都吓得发抖，但父亲流利的英语似乎比大陆检查员更胜一筹，他们根本不知道该拿他或我们怎么办。

然而，在少女峰上，当他袖珍炉里的水没有烧开时，就轮到他困惑了。难道是燃料片有问题？他不知道海拔的问题。

我们从大学毕业后，母亲的艺术创作变得更加重要了。她买了一个窑，把玻璃烧制在铜上。1969 年，她在圣保罗大教堂附近的基督教堂塔举办了一场珐琅画展，卖出了许多作品。

她的导师还记得她在陶艺工作室时的情景，“她在努力发展自己对黏土及其可能性的理解”。她运用盘管壶技术创作出原汁原味的大型雕塑和充满异域风情的漂亮花瓶。他钦佩她充满激情的思想、热爱辩论且具有强烈的社会正义感。像父亲一样，她能抓住要点，而且往往能总结成一个简单的、有先见之明的句子。

1969 年，克里斯和贝茜在贝茜的画展上

从剑桥毕业后，我与约克大学的生物学家安结婚，开始了教师、学校领导和学者的职业生涯。我们的孩子克里斯和伊丽娜出生于20世纪70年代。

伊丽娜继承了祖父对语言的热爱，成为一名记者，她在霍尔本的办公室距离祖父的最后一份工作——爱德华国王街伦敦总办公室的助理总监——的办公室很近。父亲在有生之年看到她嫁给了来自毛里求斯的尼克，但没有见到他的曾孙康拉德和马塞尔。

彼得在缓刑局工作了30年，1981年与佩妮（公务员）结婚。他还担任了7年的家庭法庭顾问。退休后，他成立了一个儿童联络中心，并发起一项运动，要求在法定基础上设立儿童联络中心。他收养了女儿萨拉和西蒙，萨拉后来成了一名助教，西蒙是西澳大利亚州珀斯的一名招聘顾问。他的孙女瑞秋是一名医学研究员。

父亲于1974年退休。一开始，母亲很不乐意他放下干了46年的邮局工作回家，但慢慢地他们又开始了一起的新生活。父亲非常为他的妻子感到自豪，因为房子里摆满了绘画、挂毯和雕塑，为了给各种各样的物种腾出空间，草坪也缩小了。

他们是邮局艺术俱乐部的活跃成员，加入了皇家园艺学会，参加了切尔西花展，还去许多花园寻找更多不寻常的植物。他们喜欢新的国家剧院，尤其是有萧伯纳的戏剧演出时。

他们在福克斯通买了一套底层公寓，与哥哥威尔弗雷德合住，并在伦敦和肯特郡两地生活。虽然父亲身体很好，但他还是宣布他需要住在医院附近。在和朋友们最后一次去巴黎旅行后，他们放弃了出国旅行。70岁时，父亲成为一名素食主义者，并且希望改变他食肉的朋友和家人。

1986年，他接受了关于颇具争议的电视连续剧《隐藏的战争》

的采访，这部电视剧讲述的是德国撤退后希腊的冲突。父亲给制片人复印了几封他战时的信。

母亲的记忆力开始衰退后，父亲接手了所有的家务。他照顾了她15年左右，同时维护房子和一大堆朋友，不管是老朋友还是新朋友。

他那台50岁的奥林匹亚打字机使他与邮局老员工、和他一起被希腊共产党囚禁过的幸存者（他很同情他们），以及他疼爱的孙子孙女们和侄子侄女们保持着联系。

因为肺炎住院后，父亲把自己当成了一名囚犯，还写了一份监狱日志，数着他获释的日子。几年后，在一次脑出血之后，他同样下定决心逃跑，还恳求我把他偷偷带出去。

他自己努力练习说话、走路和写作，但最终还是意识到他无法照顾母亲了。在亲戚、朋友和护理人员的帮助下，他每天都带着精心包装的巧克力和苹果去养老院看望她。

如果哪天没有朋友送他，他就坐公共汽车去，在月台上一瘸一拐地上上下下，然后再一瘸一拐地走在街上。起初他跟我说，他跟他在那里遇到的那些空虚和疯狂的人不一样，但后来他还是担心自己会变成那样。

2004年，90岁的贝茜去世；随后，2007年，93岁的克里斯去世。

2014年5月，当本尼迪克特·康伯巴奇和路易斯·布里利在海伊节上读到他们的文字时，我的父母仿佛又活了过来。他们用他们的温柔、热情和谦逊的平凡吸引了新的听众。我担心我在他们认为隐私很重要时暴露了他们的爱，但我也很高兴他们的作品赢得了这么多新朋友的喜欢。这些不期望的关注和名气会令他们感到尴尬。他们都是伟大的真相揭露者。但现在，我相信他们的生命和爱属于历史，属于那个时代。

# 结语

伊丽娜·巴克

我的祖父母是彻头彻尾的功利主义者，所以我从来没有想象过他们会是那种浪漫的人。他们从来不热衷于给对方送礼物、表达自己的感情，或者表现得不那么死板、不那么像英国人。

当然，就我祖父而言，他所做的每件事都带有清教徒式的严格纪律性。比如，他狼吞虎咽地吃完最后一口饭之后洗碗的样子，他用假牙无情地咀嚼着干瘪无味的食物——因为这“只是燃料”时。

他选择的厕纸是老式的、让人不舒服的“描图纸”，用一种特殊的陶瓷分配器贴在墙上。祖母可能有浪漫的一面，因为她年轻时有吸烟的习惯，而且热爱绘画。她选择了更柔软、更奢侈的纸，紧紧挨在祖父的纸卷旁边。的确，这个厕纸的场景和我祖父母其他许多滑稽古怪的行为构成了我最强烈、最持久的记忆。

对我来说，祖父是用他供应的食物来定义的：他坚信沙拉和大量粗粮是长寿健康的关键，他的这一理念一直体现在他的食物中，而他准备食物时也总是充满活力和激情。

直到去世前几年，他还在生锈的旧刨子上使劲擦胡萝卜，在锅里翻炒土豆，锅柄是用胶带粘住的，屋里充满了油脂的臭味。他端上来的是一种很奇怪的甜菜根汤，除了一股灰尘味什么也没有。甜菜根片、生菜和豆瓣菜的彩饰出现在每一个生机勃勃的大浅盘里。我一直认为，作为一个无神论者，他害怕死亡，而且他似乎是速成食品的超前先驱。我现在一看到甜菜根就想起他——每一口都像是在向他致敬。

但他也会屈服于美食——枣、巴西果和芝麻蜜饼——他送我们走的时候，总是在手提袋底下塞一堆这些食物。我还记得有一次从祖父家回来的路上开车穿过黑墙隧道，我试图在昏暗的灯光下辨认出里面的东西。

祖母更喜欢巧克力。进了养老院之后，祖父每天都会去看她，每次都会给她一小块牛奶巧克力，这样她就不会一次吃太多。在他照顾她的后面几年里，我还记得他早上起来给她做小酵母吐司块。他把苹果切成很小的块，这样方便咀嚼。他会端上一杯又一杯淡味甜咖啡。或许这样可以让她不会老是在椅子上睡着。

虽然采取了这种清教徒式的生活方式，但祖父母都非常热情、乐善好施。我们去看他们的时候，祖母会突然冲出来给我们一个大大的拥抱和吻。

我和弟弟小的时候，祖父在自己的小棚子里给我们建了一个工作室，这样我们每次去看他的时候都可以在那里敲打些木头、金属和皮革。那是我们非常快乐的一个回忆。“棚子”里有成卷的皮条，装着钉子和螺丝的罐子，那里散发着神秘的霉味，几乎有一种神奇的魔力。

后来，祖父开始给我们寄来许多信件和报纸剪报（大部分是从曾经培养了他的《卫报》上剪下来的）。

当我一个人去法国生活一年的时候，他把波西·西蒙兹的《杰玛·博威利》连环画的每一集都寄给了我。现在它们还卷在我衣柜的手提袋里。他坚信邮政服务能激励和唤醒一个孤独的灵魂。

20 岁出头的时候，我在伦敦工作，那时就寄宿在祖父母家。一个 80 多岁的老人还要给我煮茶，每天晚上想到这个场景，我都深感内疚。

如果我晚上坐地铁回来得很晚，他会冒着被袭击的危险到漆黑的基德布鲁克车站接我。我会挎着他的胳膊（或者是他挎着我？）跟着他一瘸一拐地回家。

真的有太多太多回忆了。关于他们的一切都影响了我，不管是祖母喜欢穿裤子，还是祖父滑稽的秃顶脑袋和让人觉得很痒的花呢帽子。

通过他们的信，我发现他们比我们任何人所能想象到的还要丰富多彩，这真让人高兴。

2003 年 7 月，在格林尼治公园，贝茜最后一次离开养老院。当时这对夫妇都已经 89 岁了，结婚 58 年。

# 编者的话

编辑这些信一直是一个非常愉快的过程。我对伯纳德·巴克的感谢无以言表，真的非常感谢他把父亲的文件放在大众观察，感谢巴克一家人信任我，让我负责他们的宣传和编辑。（伯纳德在凯蒂·艾吉的大力协助下策划了这些文件，版权由克里斯和贝茜的小儿子彼得·巴克以及他们的孙女伊丽娜·巴克共同所有。）伯纳德和伊丽娜的结语以敏锐而生动的细节完成了整幅画面，这无疑是一种遗传。

克里斯·巴克所有的文章都可以在布莱顿附近“The Keep”的大众观察档案室预约查看。更多信息请访问 www.massobs.org.uk。

更多信件和巴克夫妇晚年生活的照片可以在 www.simongarfield.com 上找到。

一个引人注目的战时通信故事，这个故事说明了最简单的信件如何改变一个人的一生。——西蒙·加菲尔德《书信的历史》作者

一次闪亮的成功。——《星期日泰晤士报》

精彩、有趣、感人。——《金融时报》

非常优美。——《观察者》

图书在版编目（CIP）数据

活着为了相爱：残酷战争下笃定一生的爱情誓言 /
(英) 克里斯·巴克 (Chris Barker)，(英) 贝茜·摩尔
(Bessie Moore) 著；(英) 西蒙·加菲尔德
(Simon Garfield) 编；张源译. -- 南京：江苏凤凰文
艺出版社, 2020.8
书名原文: MY DEAR BESSIE
ISBN 978-7-5594-4654-1

Ⅰ. ①活… Ⅱ. ①克… ②贝… ③西… ④张… Ⅲ.
①书信集－英国－现代 Ⅳ. ①I561.65

中国版本图书馆CIP数据核字(2020)第044062号

MY DEAR BESSIE
Letters copyright © Peter Barker and Irena Souroup, 2015
Introduction and selection © Simon Garfield, 2015
Afterword © Bernard Barker, 2015
Epilogue © Irena Barker, 2015
Copyright licensed by Canongate Books Ltd.
arranged with Andrew Nurnberg Associates International Limited

**活着为了相爱：残酷战争下笃定一生的爱情誓言**

（英）克里斯·巴克　（英）贝茜·摩尔　著
（英）西蒙·加菲尔德　编　张　源　译

---

责任编辑　李龙姣
策划编辑　胡　杨
装帧设计　尚燕平
出版发行　江苏凤凰文艺出版社
　　　　　南京市中央路 165 号，邮编：210009
网　　址　http://www.jswenyi.com
印　　刷　北京中科印刷有限公司
开　　本　880 毫米 ×1230 毫米　1/32
印　　张　10
字　　数　200 千字
版　　次　2020 年 8 月第 1 版
印　　次　2020 年 8 月第 1 次印刷
书　　号　ISBN 978-7-5594-4654-1
定　　价　49.80 元

---

江苏凤凰文艺版图书凡印刷、装订错误，可向出版社调换，联系电话025-83280257